W0460918

Secrets of Love – Teil 2

Lara Steel

SECRETS of LOVE – Teil 2

Roman

Copyright: © Lara Steel 2014

Vervielfältigung, Übersetzung und die Einspeicherung
und Verarbeitung in elektronischen Systemen
sind für Bild und Text untersagt.

Ähnlichkeiten von Romanfiguren mit realen Personen
sind rein zufällig.

Lektorat: Lara Steel
Satz: Lara Steel
Umschlaggestaltung: Lara Steel
Grafiken und Titelbild: Lara Steel

Kontakt: lara.steel.mail@gmail.com

ISBN-13: 9781500207632

ISBN-10: 1500207632

I

Gabriel hatte die Beine untergeschlagen, saß auf dem abgewetzten, nach kaltem Rauch *stinkenden Teppich des Wohnzimmers vor dem Fernseher und sah mit großen Augen den* 6 Millionen Dollar Mann.

Was der alles konnte! Und wie stark er war! So wollte er auch sein. Genau so! Natürlich jetzt noch nicht. Aber wenn er groß war, dann wollte er so stark und so schlau werden wie er.

Sein Blick fiel auf den Hausaufgabenblock. Er wusste, dass er alle Aufgaben richtig gelöst hatte. Das war wichtig, denn ohne Schule gab es keinen Abschluss. Ohne Abschluss keinen Job. Ohne Job kein Geld. Und ohne Geld würde er vielleicht ein genauso schrecklicher, böser Mensch werden wie sein Vater.

„Gabe!"

Als hätten ihn seine Gedanken angelockt, dröhnte plötzlich die Stimme seines Vaters durch das Haus.

Gabriel zuckte zusammen, raffte seine Papiere, klemmte sie sich unter den Arm und stopfte sie in seine Schultasche.

Dann sprang er auf die Füße, rieb sich die feuchten Hände an den abgetragenen Hosenbeinen trocken und hoffte und betete, dass die Stimmung seines Vaters heute nicht ganz so schlimm sein würde.

Doch seine Hoffnung zerschlug sich in dem Augenblick, da sein Vater durch die Tür trat. Sein Blick war glasig. Die Lippen hatte er fest aufeinandergepresst und seine Nasenflügel blähten sich unnatürlich weit, als er Luft holte.

Gabriel kannte diesen Blick. Auf einer Wut-Skala von 1-10 war das eine 12. Fieberhaft überlegte er, wie er das Gemüt seines Vaters nur schnell besänftigen konnte, bevor er völlig die Beherrschung verlor.

„Soll ich dir ein Bier bringen, Dad?"

Er bekam ein unartikuliertes Grunzen zur Antwort, während sich sein Vater auf die Couch plumpsen ließ und die Beine von sich streckte.

Gabriel interpretierte das Geräusch als Ja und lief so schnell ihn seine Füße trugen in den Keller. Die einzelne Glühbirne, die von der muffigen Betondecke hing, sprang blinzelnd an, während er in den Bierkasten blickte.

„Oh, nein." Fast panisch hockte er sich über die Kiste und zog hektisch eine Flasche nach der anderen heraus. Doch es war, wie befürchtet. Sie waren alle leer.

„Wo bleibt mein Bier?", dröhnte es aus dem Wohnzimmer.

Die Angst überfiel Gabriel so übermächtig, dass ihn ein Zittern überlief. Daran, was geschah, wenn er seinem Vater kein Bier beschaffen konnte, durfte er gar nicht denken.

In der Hoffnung in der Küche noch etwas zu finden, lief er schnell die steinerne Kellertreppe hinauf.

Doch zu spät. Sein Vater wartete als unheilvoller Schatten an der Kellertür und hatte wutentbrannt die Fäuste in die Hüften gestemmt.

„Na?", giftete er. „Was treibst du da unten mit meinem Bier, du verdammter Taugenichts?"

„Ich …, es … tut mir leid, aber es ist alle, Dad."

„Was?" Er baute sich bedrohlich vor ihm auf. „Was soll das heißen: … alle?"

„Es … ist keines mehr da. Aber vielleicht ist in der Küche noch …"

„Trinkst du etwa mein Bier, du kleiner, jämmerlicher Dieb?" Er war so zornig, dass er beim Schreien spuckte.

Gabriel schüttelte hastig den Kopf. „Nein. Nein, Dad. Ich verspreche es. Ich … bin doch erst acht. Ich würde dir nie etwas -"

„Lüg' mich nicht an!"

Die Ohrfeige traf ihn so hart und unvermittelt, dass Gabriel das Gleichgewicht verlor. Er versuchte sich noch auf den harten Steinstufen auszubalancieren, doch er schaffte es nicht und fiel rücklings die Treppe hinunter.

„Mein Gott, es geht schon wieder los!“

Daria griff nach Gabriels Hand, die plötzlich wie sein gesamter Körper heftig zuckte. Die Überwachungsmonitore zeigten, dass sein Puls schlagartig anschwoll. Sein Kopf schlug im Kissen so stark hin und her, dass ihm der Sauerstoffschlauch aus der Nase rutschte.

„Keine Sorge“, versuchte sie die Krankenschwester zu beruhigen, die schnell eine Flüssigkeit auf eine Spritze zog und sie in Gabriels Infusion spritzte, dann abwartete bis sein Körper wieder die Spannung verlor und sich sein Herzschlag normalisierte.

Wieder traten Daria Tränen in die Augen, wie schon so oft in den letzten vier Tagen.

„Sind das … Krämpfe?“, fragte sie.

Die Krankenschwester, die Gabriel auf der Intensivstation betreute, hieß Rosalie und war eine Frau Mitte Fünfzig mit gräulich-braunem Dutt und einem gütigen Gesichtsausdruck. Es war das Gesicht einer Frau, die schon viel Leid gesehen und miterlebt hatte.

„Ganz genau wird Ihnen das nicht einmal der Arzt sagen können, meine Liebe. Die körperlichen Reaktionen im Koma sind so schwer einzuordnen. Ich fürchte, es wird uns nichts anderes übrigbleiben, als seinen Zustand so gut es geht zu kontrollieren und abzuwarten, bis er aufwacht.“

Wenn er aufwacht, schoss es Daria durch den Kopf. Doch sie erlaubte sich nicht es auszusprechen und nickte stattdessen schwach.

„Soll ich Ihnen etwas zu Essen bringen?“, fragte Schwester Rosalie mit einem fürsorglichen Lächeln.

Daria schüttelte schwach den Kopf.

„Sie müssen etwas essen, meine Liebe. Sonst belegen Sie hier bald selbst ein Bett.“

„Ich danke Ihnen, aber … ich bekomme einfach nichts

runter.“

Die Krankenschwester seufzte. „Aber wenigstens einen Kaffee bringe ich Ihnen mit“, beharrte sie. „Und da dulde ich auch keine Widerworte.“

„Gut, einen Kaffee.“ Daria zwang sich zu einem schwachen Lächeln. „Vielen Dank.“

Schwester Rosalie nickte zufrieden und verließ das Zimmer.

Gabriel und Daria blieben allein zurück. Umgeben von nichts als Monitoren und Schläuchen und der niederschmetternden Hoffnungslosigkeit.

Vier Tage saß sie schon so bei ihm. Vier Tage, seit er wie durch ein Wunder unter den Trümmern des eingestürzten Felsen lebend geborgen worden war. Aber was war das für ein Leben? Kein Knochen in seinem Leib war gebrochen. Nichts. Nur sein Bewusstsein war nicht mehr zurückgekehrt.

Zuerst waren die Ärzte noch hoffnungsvoll gewesen, weil sich weder Blutungen noch Schwellungen am Gehirn gezeigt hatten. Doch trotzdem kehrte Gabriel nicht aus dem Koma zurück. Und bei jeder Visite, die Daria miterlebte, sah sie, wie sich auf den Gesichtern der Spezialisten mehr und mehr Ratlosigkeit breitmachte.

Sie streichelte Gabriels schlaffe Hand und sprach oft mit ihm, hatte sie doch gehört, dass Menschen im Koma noch immer Dinge von außen wahrnahmen, auch wenn sie nicht darauf reagieren konnten. Doch im Augenblick fehlte ihr die Kraft dazu. Sie wollte stark sein. Stark für ihn. Und doch liefen ihr die stummen Tränen einfach so übers Gesicht, das sie hilflos in seiner Handfläche vergrub. Sogar den Geruch seiner Haut veränderte das Krankenhaus, raubte ihm die Kraft und ihr den letzten Trost.

Als es plötzlich an der Tür klopfte, fuhr sie auf und wischte sich hastig die Tränen aus dem Gesicht. Im Laufe der letzten Tage war praktisch das ganze Dorf zu Besuch gekommen.

Sie hatte es nicht übers Herz gebracht, irgendjemandem den Eintritt zu verwehren, war sie doch selbst nur hier, weil sie sich als Gabriels Frau ausgab. Und sie würde es auch jetzt nicht fertigbringen, jemanden wegzuschicken.

„Herein“, sagte sie mit schwacher Stimme und trocknete noch einmal ihr Gesicht, bevor sie sich umdrehte.

Als sie es schließlich tat, traf sie beinah der Schlag.

„Nicolai?“ Ihre Stimme war ein schwächliches Zittern.

Der Mann, der plötzlich im Raum stand, war der Mann, mit dem sie vor ihrer Gefangenschaft verheiratet gewesen war. Und Gabriels bester Freund.

Dass das vermaledeite Implantat in ihrem Kopf tatsächlich nicht mehr funktionierte, bemerkte sie daran, dass sie bei Nicolais Anblick nicht in blinder Panik ausbrach, so wie es anfangs der Fall gewesen war. Sie empfand vielmehr Mitleid, mit dem Mann, den sie nicht mehr kannte, und der nun mit so offensichtlicher Traurigkeit das Zimmer betrat.

„Daria.“

Sie sah ihm an, dass er etwas sagen wollte, aber scheinbar nicht die richtigen Worte fand. Sie schwiegen beide für einen beklemmenden Augenblick. Dann stand sie auf und holte einen zweiten Stuhl, den sie neben ihren stellte.

„Setz dich bitte“, sagte sie auf Russisch.

Nicolai deutete ein Nicken an und setzte sich neben sie an das große Bett. Sein Blick glitt über das halbe Dutzend Monitore, die Schläuche in Gabriels Arm und Nase. Er schüttelte den Kopf.

„Wie schlimm ist es?“

Das satte Grün seiner Augen war umwölkt von tiefer Traurigkeit.

Daria gab ein hilfloses Achselzucken von sich. Drangvolle Tränen brannten in ihrer Nase.

„Er wacht einfach nicht auf." Die letzten Worte waren nur noch ein Hauchen. Hilflos griff sie wieder nach Gabriels Hand und drückte die schlaffen Finger, zwang sich soweit es ging zur Ruhe.

„Als er mit dem Schädel-Hirn-Trauma ins Krankenhaus gekommen ist, waren die Ärzte zuversichtlich, dass die Bewusstlosigkeit nur … kurzfristig sein würde. Aber er wacht nicht auf." Sie blickte in Nicolais hartes Gesicht. „Er wacht einfach nicht auf", sagte sie noch einmal.

Nicolai griff nach ihrer freien Hand und drückte sie fest. Daria ertrug es und tatsächlich spendete es ihr sogar Trost. Dieser Mann hatte sie jahrelang geliebt und vermisst. Es gab niemanden, dem Gabriel näher stand. Er musste ein guter Mann sein, auch wenn sie ihn nicht kannte. Oder … nicht mehr.

„Woher weißt du, dass er hier ist?" Immerhin lebte Nicolai mit seiner Frau in London.

„Von Eric. Er ist ja immer noch beim MI6 und hat die Info von einem befreundeten Kollegen bekommen."

„Ist er auch hier?"

Nicolai nickte. „Wir wollten euch nur nicht … überfallen."

„Er kann ruhig reinkommen. Praktisch das ganze … Reservat war hier und wollte ihn sehen. Ich denke mir, vielleicht …" Sie zuckte hilflos mit den Achseln. „… vielleicht bekommt er etwas davon mit, dort, wo er im Augenblick ist."

Wieder brach sie ab, drängte die Tränen zurück und schüttelte den Kopf. Im selben Moment klopfte es wiederum an der Tür.

Diesmal brauchte sie nicht einmal Herein zu sagen, denn die Tür öffnete sich von selbst.

„Nahimana?"

Unweigerlich standen Nicolai und Daria auf, während Rose ihre Mutter hereinführte. Sie grüßte Daria mit einem stummen Nicken, während die silberäugige Schamanin die Hand nach ihr ausstreckte.

„Meine Liebe“, sagte sie mit brüchiger Stimme. Daria folgte ihrer Geste und berührte ihre Finger. „Rose, bitte warte draußen, ja?“, wies die Alte ihre Tochter an.

Rose wartete Darias zustimmendes Nicken ab und ließ ihre Mutter dann in deren Obhut.

Das silberne Leuchten in ihren schwarzen Augen wirkte im künstlichen Licht des Krankenzimmers besonders befremdlich. Unweigerlich trat Nicolai näher. Daria spürte seinen Beschützerinstinkt und kam ihm zuvor.

„Nicolai, das ist Nahimana. Die Schamanin und Heilerin des Stammes. Nahimana, das hier ist -“

Daria brach ab, als die alte Frau die Hand hob. „Er will dich beschützen, wie der Falke es will. Seine Gefühle für dich sind … tief. Es ist nicht mehr die Liebe eines Mannes für seine Gefährtin, wie es einmal war. Und doch würde er fast alles für dich tun.“ Sie zeigte auf den bewusstlosen Gabriel „Und für den Falken ist er ein wahrer Freund.“

Nicolai beugte sich sichtlich überrascht etwas zu Daria, als die Schamanin an ihnen vorbei ging und mit tastenden Fingern an Gabriels Bett trat.

„Hast du ihr von mir erzählt“, fragte er leise.

Daria schüttelte den Kopf. „Nein, sie … ich weiß nicht, woher sie das weiß.“

„Manche Dinge werden für den Menschen erst sichtbar, wenn er sich nicht mehr auf sein Augenlicht verlässt“, erklärte die alte Frau wage und griff nach Gabriels Hand. Ein Ruck fuhr durch ihren Körper, als sie seine Finger berührte, so stark, dass sie kraftlos auf Gabriels Bettkante sank.

Daria wollte ihr zur Hilfe kommen, doch wieder brachte die alte Heilerin sie mit einer Geste zum Innehalten.

„Wird er wieder … aufwachen?“, fragte sie deswegen nur, ignorierte Nicolais verwunderten Blick und konzentrierte sich auf das plötzlich schmerzverzerrte Gesicht der Medizinfrau.

„Ich sehe die Zukunft nicht, meine Liebe. Es ist eine Geschichte, die noch nicht aufgeschrieben ist. Die Gedanken und Geschehnisse, die sie formen werden, sind noch nicht … wirklich. Aber ich sehe die Qual im Körper des Falken. Er ist gefangen in einem Gewirr von Ängsten, die lange zurück liegen.“

Nicolai seufzte neben ihr. „Ich kann mir in etwa vorstellen, welche das sein könnten.“

„Ja“, sagte die Schamanin mit plötzlich starker Stimme. „Du kennst ihn. Du bist immer an seiner Seite geblieben, genau wie er an der deinen. Genau, wie er jetzt an der Seite seiner Frau bleibt.“

Als sie in Darias Richtung nickte, flog Nicolais Blick herum. „Seine … *Frau*?“, fragte er verblüfft. Daria sah zu ihm auf und nickte wortlos. Sie wollte ihm nicht erzählen, dass es keine Ehe auf dem Papier war, sondern vielmehr das Ergebnis von Gefühlen und einem uralten Ritual.

„Können Sie nicht irgendetwas tun?“, fragte sie stattdessen die Medizinfrau.

„Meine Kräfte sind bei weitem nicht mehr so stark, wie es die der spirituellen Ahnen waren“, räumte diese ein.

Daria nickte bedrückt.

„Kind“, sagte die Nahimana, „das ist ein dummer Gedanke. So etwas darfst du nicht annehmen, auf keinen Fall.“ Mit beiden Händen griff sie auf Gabriels Brust. Sie schloss die Augen, schien einen Moment in sich hineinzuhorchen und nickte dann langsam.

„Es ist ein Opfer wert“, befand sie undurchsichtig.

„Wie meint sie -? – *Oh, shit!*" Nicolai sprintete um das Bett herum, als der Körper der Schamanin schlaff wurde. Im letzten Moment schaffte er es, sie aufzufangen. „Sie ist bewusstlos."

„Ich hole die Schwester." Daria lief zur Tür. „Schwester Rosalie! Kommen Sie schnell!"

Aus dem Schwesternzimmer war ein Scheppern zu hören. Kurz danach spurtete die Schwester in beachtlicher Geschwindigkeit auf den Gang und schlug mit der Faust gegen einen Notfalltaster, bevor sie ins Zimmer stürzte. Sie stutzte kurz, bevor sie zu Nicolai lief, der etwas hilflos den reglosen Körper der alten Indianerin im Arm hielt.

„Was ist passiert?"

Ein Arzt stürmte ins Zimmer und lief ans Bett.

„Sie ist einfach zusammengebrochen." Daria schüttelte ahnungslos den Kopf. Sie hatte sich auf die Bettkante gesetzt und dann hat sie ihn berührt und dann …" Sie stockte und blickte auf Gabriel hinab, der noch immer regungslos dalag.

Der Arzt rief einer weiteren Schwester, die eine Trage ins Zimmer rollte, einige Begriffe zu. Blitzartig wurde die Schamanin aus dem Raum gerollt.

„Was ist mit ihr?" Daria hielt Schwester Rosalie am Ärmel fest. „Sie ist doch nicht tot, oder?"

„Nein." Rosalie befreite sich aus Darias Griff. „Sie ist kollabiert. Wir müssen Sie stabilisieren." Mit diesen Worten lief sie aus dem Raum und ließ Nicolai und Daria mit Spock zurück.

Ihre Knie zitterten, genau wie ihre Finger, als sie sich auf die Bettkante niederließ.

„Was war das denn, um Gottes Willen?" Nicolai ging zurück zu Daria und setzte sich neben sie. „Erst dieses eigenartige Voodoo-Gerede und dann bricht sie hier einfach zusammen?"

Daria biss sich auf die Unterlippe. „Wir müssen Rose Bescheid geben."

„Die Frau, die sie herein gebracht hat?"

Sie nickte. „Sie ist ihre Tochter."

„Ich gehe zu ihr." Er stand auf und warf einen Blick auf Gabriel, von dem Daria wusste, dass er viel mehr bedeutete, als er zu zeigen bereit war. „Darf ich dir Eric reinschicken?"

Sie versuchte sich an einem Lächeln, scheiterte aber kläglich. „Natürlich", sagte sie und wandte sich wieder zum Bett.

Ihre Gedanken rauschten unkontrolliert durcheinander. Die Sorge um Gabriel und die neue Sorge um die Schamanin, ihre kryptischen Worte und ihr seltsames Verhalten, der plötzliche Zusammenbruch.

Opfer. Was für ein Opfer konnte sie nur gemeint haben?

Alle Monitore zeigten dieselben Dinge an wie immer. Es hatte sich nichts verändert. Wie all die Tage zuvor.

„Darf ich reinkommen?"

Daria fuhr herum und blickte in das ernste Gesicht eines blonden Hünen, an den sie sich dunkel erinnern konnte.

„Kommen Sie rein. Sie sind Eric, nicht?"

Er machte ein paar Schritte ins Zimmer, den Blick aufs Bett gerichtet und sekundenlang nicht in der Lage Daria auf ihre Frage eine Antwort zu geben.

„Ja, ich bin …" Unverwandt ging er zum Bett und ließ sich mit einem schweren Atemzug auf den Stuhl nieder, auf dem gerade noch Nicolai gesessen hatte.

„Nicolai sagte, er würde nicht aufwachen."

Daria nickte und verschränkte die Arme vor der Brust, so fest als wollte sie sich selbst umarmen; sich selbst trösten. „Ja, das stimmt."

In diesem Moment kam Nicolai zurück ins Zimmer.

„Und?", fragte sie.

„Sie lebt. Sie … hatte wohl einen Nervenzusammenbruch. Ihre Tochter war schon bei ihr und sagte mir, dass sie außer Gefahr ist."

„Gut …, das ist … gut." Daria blickte wieder zu Gabriel. Nicolai berührte sie an der Schulter, woraufhin sie zusammenzuckte.

„Tut mir Leid", entschuldigte er sich. „Ich wollte nur …, Daria, können wir nicht einen Happen essen gehen?"

„Das ist nett gemeint, aber … ich lasse ihn nicht alleine."

„Aber du musst etwas essen. Die Tochter der alten Indianerin hat mir gesagt, dass du alles ablehnen würdest, was man dir mitbringt. Bitte, Daria, nur einen Happen. Nur unten in der Cafeteria."

„Ich kann ihn doch nicht alleine lassen."

„Aber er ist doch nicht alleine. Schau!" Er zeigte leise an ihr vorbei.

Daria sah gerade, wie Eric nach Gabriels Hand griff und sie drückte. Dass die beiden noch anwesend waren, schien er gar nicht mehr zu bemerken.

Wenn sie kurz aus dem Zimmer ginge, wäre Gabriel sicher in Gesellschaft eines Mannes, dem er viel bedeutete.

„Nur ganz kurz", gab sie schließlich nach.

Das schien Nicolai offenbar auszureichen. Auf eine Art, die zeigte, dass er Daria schon seit Jahren kannte – auch wenn es dank ihres Gedächtnisverlustes nicht mehr auf Gegenseitigkeit beruhte – schob er sie aus dem Krankenzimmer.

II

„Ist deine Frau nicht mitgekommen?" Daria rührte lustlos in dem Kaffee, den Nicolai ihr aufgedrängt hatte.

„Nein, sie … hatte keine Lust."

Daria fixierte ihn mit gerunzelter Stirn. „Das ist eine Lüge."

„Wie kommst du darauf?"

„Keine Ahnung. Ich … sehe es dir an. Warum ich das tue, weiß ich nicht."

„Du kennst mich eben seit über zehn Jahren. – Na schön, ich … habe ihr nicht gesagt, dass ich in die Staaten fliege. Ich meine, mittlerweile weiß sie es wahrscheinlich und spuckt Blut und Feuer." Er lächelte, wie man es nur tut, wenn man von jemandem spricht, den man liebt.

„Warum hast du sie nicht mitgebracht?"

Er rieb die Hände ineinander. „Weil … das Baby erst zehn Wochen alt ist."

Jetzt begriff sie, dass er nicht davon gesprochen hatte, weil er sie nicht auf dieses Thema bringen wollte. Auch er kannte die Narbe an ihrem Bauch.

„Verstehe." Daria lehnte sich zurück, als die Bedienung vor ihr einen Teller Spaghetti abstellte. Es war ein wahrhaftig gigantischer Nudelberg.

„Das soll wohl ein Witz sein."

„Was du nicht willst, das esse ich." Er lächelte sie aus grasgrünen Augen an. „So haben wir das früher auch immer gemacht."

Als sie stockte, hob er die Hand. „Tut mir leid, ich …, manchmal vergesse ich, dass du dich an nichts mehr erinnern kannst."

Wenn in seinen Augen etwas anderes als Freundschaft gestanden hätte, wäre sie zurückgeschreckt oder hätte es ihm übel genommen. Aber als sie sah, dass seine Zuneigung einer ehrlichen Freundlichkeit und Fürsorge entsprang, nickte sie.

„Kein Problem. Ich weiß, dass es für dich vermutlich eine eigenartigere Situation ist, als für mich.“ Sie drückte ihren schmerzenden Rücken durch und nahm die Gabel in die Hand.

„Tut dir etwas weh?“, fragte er.

„Nein, nur mein Rücken ein bisschen. Diese Krankenhausstühle sind nicht die bequemste Schlafstätte, die man sich vorstellen kann“, versuchte sie sich an einem Scherz.

Nicolai zog die Stirn kraus. „Du schläfst auf einem Stuhl?“

„Auf zweien, um genau zu sein. Aber das ist schon in Ordnung. Ich will nur bei Gabriel sein. Der Rest … interessiert mich nicht.“

„Er hat großes Glück mit dir, Daria.“

Sie gab ein Geräusch von sich. Ein abfälliges Lachen, das ihn die Stirn runzeln ließ.

„Siehst du das etwa anders?“

„Naja …“ Sie brach ab und sprach nicht weiter. Natürlich sah sie es anders.

Nicolai war förmlich anzusehen, wie sein Gehirn arbeitete. „Ich meine, ich glaube natürlich nicht an Hellseherei und dergleichen Hokuspokus. Aber … was hat die alte Frau gemeint mit: *das darfst du nicht denken*?“

„Liegt das nicht auf der Hand?“

„Für mich nicht.“

Wenigstens war nicht damit zu rechnen, dass sie irgendjemand im Café verstand. Schließlich unterhielten sie sich noch immer auf Russisch.

„Vielleicht …“

„Na, raus mit der Sprache!“

„Vielleicht ist es meine Schuld?“

Nicolai verzog das Gesicht. „*Was?*“

„Du bist doch das beste Beispiel. Ich meine, man kann ja nicht gerade behaupten, dass ich dir Glück gebracht hätte. Gabriel sagt, du bist beinahe zerbrochen, als ich fort war. Und du wärst es wahrscheinlich, wenn du deine Frau nicht gefunden hättest. Und jetzt sieh doch nur, was mit Gabriel passiert ist! Ich komme mir vor, wie eine … schwarze Witwe. Oder schlimmer noch, denn den Männern, die mich lieben, bringe ich etwas, das augenscheinlich schlimmer ist, als der Tod.“

„Das ist so … dämlich, Daria!“

„Ach ja? Ist es das? Und wie würdest du dir das dann erklären?“

Nicolai sah sich um, als befürchtete er, dass irgendjemand ihnen würde zuhören können.

„Jetzt pass mal gut auf“, sagte er leise, verschränkte die Arme auf dem Tisch und beugte sich etwas nach vorne. „Die Explosion am Berg hat mit vielem etwas zu tun, aber ganz sicher nicht mit dir.“

Sie stockte. „Was weißt du darüber?“

Nicolai griff nach Darias Kaffeetasse und nahm einen großen Schluck, bevor er anfing zu sprechen.

„Ich habe mir alles besorgt, was Spock ins Labor geschickt hat. Vor allem die Gesteinsproben. Darin kommen ungewöhnlich hohe Konzentrationen von Torbenit, Heinrichit und noch zwanzig anderen Mineralien vor, die ich nicht aussprechen kann.“

„Und was heißt das?“

„Das sind Indikatoren dafür, dass es unter diesem Berg etwas gibt, das weitaus brisanter ist, als Gold.“

Daria zog die Stirn kraus. „Was soll das sein?“

„Vermutlich Uran“, sagte Nicolai leise. „Und wenn dieser Aufwand wirklich deswegen betrieben wird, dann eine enorme Menge davon.“

„Ist das sicher? Wusste Gabriel das?"

„Nein und nein. Aber er muss etwas in der Art vermutet haben, warum sonst hätte er die Proben einschicken sollen."

„Um Gottes Willen." Sie erinnerte sich an die enormen Uranvorkommen in Russland und was aus den Landschaften geworden war, aus denen man das radioaktive Material herausgeschlachtet hatte. „Und was jetzt?"

„Zuerst: iss die Nudeln."

Sie verzog das Gesicht, drehte sich aber eine weitere Gabel auf.

„Danach muss ich wissen, was Spock sonst noch in diesem Zusammenhang wusste oder was vorgefallen ist, das ihn so misstrauisch hat werden lassen. Weißt du darüber etwas?"

Daria nickte.

„Ich muss alles wissen. Gib mir alle Informationen, die du hast!"

Schweren Herzens versuchte sie sich zu sammeln und fing an zu erzählen, was in den letzten Wochen alles passiert war. Angefangen beim Unfall im Stollen von Harry DancingMoon, über Jimmys explodiertes Haus, bis hin zu ihrem Besuch in New York und den Unterlagen, die sie dort bekommen hatten.

„Und was danach passiert ist, weißt du ja", schloss Daria ihre Erzählung und legte die Gabel auf den Teller, der erstaunlicherweise mittlerweile leer war.

„Diese Papiere", hakte Nicolai nach, der die ganze Zeit über hochkonzentriert geschwiegen hatte, „hast du sie?"

„Sie sind zu Hause."

„Kann ich sie haben?"

„Natürlich. Ich kann dir die Adresse geben. Oder vielmehr den Weg beschreiben. Das Haus liegt sehr abgelegen."

„Nicht nötig. Ich weiß, wo es ist."

Sie zog die Brauen zusammen. „Woher?"

„Wir waren schon dort. Eine kräftige Indianerin hat uns Steaks serviert." Er gab ein Achselzucken von sich. „Keine Ahnung, wer das war. Aber die Steaks waren toll."

Daria lächelte schwach. „Das war Meggy. Sie … kocht sehr gern."

„Ja, das hab ich bemerkt. Komm!" Er stand auf und winkte der Kellnerin, die mit sichtlich beeindruckter Miene Nicolais Geld und sein großzügiges Trinkgeld entgegennahm.

„Draußen wartet jemand auf dich."

Ihr Zögern ignorierend schob Nicolai sie aus der Cafeteria, durch die Halle und hinaus ins Freie.

„Wer ist es denn?"

„Das ist eine Überraschung. Komm mit!"

Er führte sie über den kleinen gepflasterten Vorplatz, an einem kleinen See vorbei Richtung Parkplatz. Daria kniff die Augen zusammen und fragte sich, wie lange es her war, dass sie das letzte Mal an der Sonne gewesen war.

Noch bevor Nicolai seine Überraschung auflösen konnte, ließ sie ein lautstarkes Bellen zusammenzucken. Seit Tagen lächelte sie das erste Mal, als sie hinter dem Steuer eines Mietwagens, durch die vom Hecheln beschlagene Scheibe hindurch Nanuk sah. Ohne weiter nachzudenken, lief sie los, hin zu dem Wagen und streichelte und herzte den Hund durch den schmalen Fensterschlitz hindurch, den Nicolai für die Frischluft gelassen hatte.

Nanuk war außer sich vor Freude und brachte unwillkürlich etwas Licht in Darias Herz.

„Du meine Güte", befand Nicolai und öffnete den Wagen. Die Tür flog auf und Nanuk regelrecht in Darias Arme, die sich nur durch einen schnellen Ausfallschritt nach hinten davor bewahren konnte, auf dem Hosenboden zu landen.

„Oh, nein!" Nicolai blickte ins Wageninnere, während sie versuchte ihren Hund zu beruhigen.

„Was ist?"

„Er hat die Armatur angefressen. Und den Sitz!"

„Tut mir leid", sagte sie und richtete sich schnell auf, bevor Nanuk ihr quer übers Gesicht lecken konnte. „Ich ersetze es dir."

„Bitte beleidige mich nicht, Daria." Er zog das Hemd aus, unter dem er nur ein schwarzes T-Shirt trug, und fing an, Hundespeichel von Lenkrad und Fahrersitz zu wischen. Dann warf er das Hemd achtlos auf den Rücksitz und wandte sich den Beiden zu. „Diese … Meggy meinte, er würde die ganze Zeit heulen, weil du nicht da wärst. Mich fand er auch wenig interessant. Eric hingegen fand er toll. Er steht wohl mehr auf Blondinen. – Was hältst du davon, wenn du eine kleine Runde um den See herum mit ihm drehst?"

„Und was tust du?"

„Ich gehe nochmals nach drinnen und hole Eric ab. Dann nehmen wir den Hund wieder mit und du kannst zurück zu Spock. Ist das in Ordnung?"

Sie zögerte. Gabriel würde allein sein. Wenn auch nur für wenige Minuten. Dann seufzte sie.

„Ja, gut."

Nicolai verschwand wieder ins Krankenhaus und Daria blickte ihm noch kurz nach. Sie war ihm dankbar dafür, dass er den weiten Weg auf sich genommen hatte. Er kannte Gabriel sein halbes Leben lang. Eine tiefe Freundschaft, die ihn offenbar auch jetzt dazu brachte, die Umstände aufklären zu wollen, die zu Gabriels Zustand geführt hatten, verband die beiden Männer.

Nanuk sprang winselnd an ihr hoch und unterbrach ihre Gedanken. Erst jetzt fiel ihr auf, dass sein Gips ab war.

Sie fragte sich, wer ihn wohl abgenommen hatte, bückte sich nach einem Stück Holz und schleuderte es von sich. Freudig bellend schoss der blauäugige Husky hinterher und fing es im Sprung, noch bevor es die Chance hatte, den Boden zu berühren. Sie drehte eine kleine Runde um den See. Und sie musste sich eingestehen, dass ihr das Essen und die Bewegung an der Sonne guttaten.

Gerade als sie den See einmal umrundet hatten, kamen ihnen Eric und Nicolai zusammen entgegen.

Tatsächlich lief Nanuk freudig zu dem blonden Eric und sprang an ihm hoch. Daria lächelte ein wenig. Es fiel ihr etwas leichter nach ihrem Ausflug.

„Wir fahren jetzt zu eurem Haus und holen die Unterlagen, um sie zu untersuchen.“ Nicolai blinzelte gegen die Sonne, während er sprach.

„Wohin bringt ihr die Unterlagen?“

„Nicht weit fort. Wir haben uns hier ein kleines Basiscamp eingerichtet, sozusagen. Dort haben wir alles: Labor, Zugang zu allen Datenbanken und so weiter.“

„Gut, okay.“

„Ich bringe dich rein, Daria. Eric nimmt schon mal Nanuk mit und wartet im Wagen.“

Sie blickte zu dem blonden Hünen auf, der sie mit einem aufmunternden Lächeln bedachte. „Ich passe gut auf ihn auf“, versprach er. Und Daria glaubte ihm.

Das Durchschreiten der Drehtür ins Innere der Klinik war wie ein Wiedereintritt in eine andere, düstere Welt.

Schweigend ging sie neben Nicolai her, der sie zurück zu Gabriels Zimmer brachte.

Als er ihr die Tür zu dem abgedunkelten Raum öffnete, in dem sie die letzten Tage verbracht hatte, empfing sie das vertraute Piepen der Monitore.

Dann stockte sie plötzlich. „Was ...?“

Sie ging zum Bett, in dem Gabriel noch immer regungslos lag. Allerdings war es plötzlich doppelt so breit. Neben sein Bett war ein zweites geschoben und frisch bezogen worden. Nun sah es aus, wie ein Doppelbett.

Fragend drehte sich Daria zu Nicolai um. Er wirkte besonders aufgewühlt.

„Du solltest“, hob er mit bebender Stimme an, „auf keinen Fall auf Stühlen schlafen müssen, während du … auf ihn aufpasst. Auf gar keinen Fall!“

Schweigend blickte sie zu ihm empor, sah dann noch einmal zum Bett. „Aber … wie hast du das hinbekommen?“

„Ich habe dem Krankenhaus eine nicht unerhebliche Summe gespendet.“

„Wann?“

„Vor etwa fünf Minuten.“

„Und dann darfst du in einem Intensivzimmer ein Besucherbett aufstellen lassen?“

„Ich hab dem Direktor gesagt, wenn er sich weigert, kaufe ich das scheiß Krankenhaus und feuere ihn als erstes.“ Er versuchte sich an einem Lächeln. „Ich hab‘ mein böses Gesicht aufgesetzt.“

Daria traten Tränen in die Augen. „Ich weiß gar nicht, wie ich dir danken soll.“

„Ich schon.“ Er stand vor ihr und schien ganz offenbar mit sich zu ringen. „Ich … würde gerne noch einmal deine Hände halten.“

Daria blickte in seine tiefgrünen Augen und konnte darin förmlich all die Jahre der Qual und des Schmerzes sehen, die er mitgemacht hatte; aber auch das Glück, dass sie ganz offenbar zusammen erlebt hatten.

Sie tat das, was ihr richtig erschien; streckte die Hände nach Nicolai aus, umarmte seinen breiten Brustkorb und legte die Wange an seine Kehle.

Ein Beben fuhr durch seinen Körper, als er die Umarmung so fest erwiderte, dass es schmerzte. Sie kannte diese Art von Beben: es war ein unterdrücktes Schluchzen.

Sekundenlang verharrten sie so, bevor Nicolai ihr einen keuschen Kuss auf den Scheitel hauchte und sich von ihr löste.

„Ich muss raus, sonst wundert sich Eric noch, wo ich bleibe." Er hielt kurz ihre Schultern fest und lächelte sichtlich gerührt. „Es tut sehr gut zu sehen, dass du wieder zurück bist, Daria." Er nickte in Gabriels Richtung. „Und jetzt geh zu deinem Mann. Du bist eine so wundervolle Frau, dass er schlichtweg aufwachen *muss*, wenn er nur ein bisschen Grütze in diesem hässlichen Schädel hat."

„Ich danke dir, Nicolai." Sie löste sich von ihm und ging zurück zu Gabriel. „Ich glaube, ich war die Frau eines guten Mannes."

„Nicht wirklich." Er deutete eine Verneigung an und warf noch einen letzten Blick auf Gabriel. „Aber ich hatte meine lichten Momente."

Dann verschwand er aus dem Zimmer.

*

Darias Schultern sanken herab, als sie zurück zum Bett ging. Obwohl sie das Gefühl hatte, dass in der vergangenen Stunde unendlich viel passiert war, lag Gabriel noch immer regungslos da und weigerte sich aufzuwachen. Sie streifte sich die Schuhe von den Füßen und ging auf Socken zur anderen Seite. Es würde mindestens eine Stunde vergehen, bis Schwester Rosalie wieder ihre Runde durch die Zimmer drehte, so gut kannte sie die Routine des Krankenhauses bereits.

Vorsichtig krabbelte sie auf das Bett, um ja keinen seiner Schläuche zu verrücken oder womöglich einen der

Messwerte zu verfälschen. Sie zog sich die frische Decke über die Beine bis zur Taille und drehte sich so auf die Seite, dass sie Gabriel ansehen konnte. Traurigkeit und Hoffnung rangen in ihrem Inneren um die Vorherrschaft. Und über allem lagen die Dinge, die Nicolai ihr erzählt hatte. Wenn es wirklich Uran im Reservat gab, das jemand plante illegal abzubauen, würde es bald noch mehr Verletzte, womöglich sogar Tote geben.

Langsam tastete sie nach Gabriels Hand und umschloss die kühlen, kraftlosen Finger. Je ruhiger sie wurde, desto klarer spürte sie seinen leisen, aber regelmäßigen Puls, der sie so sehr beruhigte, dass sie die Müdigkeit zuließ, die sie prompt übermannte.

Der köstlich würzige Geruch irgendeiner Suppe ließ Daria aufwachen. Als sie die Augen aufschlug, sah sie direkt in das gütige Lächeln von Schwester Rosalie.

„Wenn Sie schon beim Geruch der Krankenhaus-Bio-Tütensuppe aufwachen, meine Liebe, dann haben Sie mehr Hunger, als Ihnen gut tun kann.“ Sie stellte lächelnd ein Tablett auf das Nachtkästchen und wickelte einen Suppenlöffel aus einer Papierserviette.

Daria setzte sich mit einem Lächeln auf, das nicht verbergen konnte, dass sie sich ertappt fühlte.

„Ich habe eigentlich gerade gegessen“, erklärte sie, indem sie ein Gähnen unterdrückte.

„Wenn Sie das Essen meinen, dass Sie mit diesem etwas düster wirkenden Gentleman mit den grünen Augen hatten, dann lassen Sie sich gesagt sein: das liegt schon fast acht Stunden zurück.“

„Was?“ Daria blickte zum abgedunkelten Fenster hinüber. Tatsächlich brach schon die Dämmerung herein. „Großer Gott, Sie hätten mich wecken sollen.“

Rosalie winkte ab. „Ach, woher? Es tut Ihnen gut, wenn

Sie ein bisschen zur Ruhe kommen. Und – ob Sie's glauben oder nicht – ich passe auch ein bisschen auf Ihren Mann auf."

Darias Blick fiel auf Gabriel.

„Wie geht es …" Sie brach ab, weil sie keine Ahnung hatte, wie die Schamanin mit wirklichem Namen hieß. „Wissen Sie, wie es der Frau geht, die hier im Zimmer zusammengebrochen ist?"

Rosalie schob Daria einen Rolltisch vor die Nase, so dass sie nicht einmal aus dem Bett klettern musste, um ihre Suppe zu löffeln.

„Sie ist vor zwanzig Minuten auf Intensiv gekommen", sagte sie und verzog bedauernd das Gesicht.

„Was?" Daria ließ sich den Suppenlöffel in die Hand drücken, wie ein kleines Kind. „Aber ich dachte, es wäre nicht so schlimm."

„War es auch nicht. Aber ihr Zustand hat sich verschlechtert. Sie hatte Verdacht auf einen Schlaganfall oder Hirnschlag, was sich aber beides nicht bestätigt hat. Trotzdem. Sicher ist sicher und hier auf Intensiv hat sie die beste Betreuung." Rosalie lächelte aufbauend. „Essen Sie, Kindchen. Sie sind ja in den letzten Tagen immer weniger geworden. Ich konnte förmlich zusehen. Tun Sie mir den Gefallen?"

Obwohl sie es nicht zugeben wollte, ließ ihr der würzige Geruch der Suppe das Wasser im Munde zusammenlaufen. Sie nickte und pustete in die weiße Schüssel.

„Gut, dann werde ich nachher wieder nach Ihnen beiden sehen."

Rosalie ging um das Bett herum, warf einen routinemäßigen Blick auf die Monitore, überprüfte Sitz von Sauerstoffschlauch und die Tropfgeschwindigkeit der Infusion.

„Hatte er noch einmal einen Krampf?", fragte sie.

Daria überlegte kurz und schüttelte etwas erleichtert den Kopf. Bisher hatte er diese Schüttelkrämpfe mit verlässlicher Regelmäßigkeit alle zwei bis drei Stunden gehabt, nun aber schon seit dem Mittag nicht mehr.

„Nein, er … war ganz ruhig."

„Schön. Dann geht es ihm sicher schon etwas besser."

Mit diesen Worten verließ sie das Krankenzimmer.

Daria beugte sich über die Suppe und nahm den ersten Löffel. Es war eine schlichte Gemüsebrühe mit kleinen Griesklößchen darin, aber sie schmeckte ihr so köstlich, wie ein Sternegericht. Die Wärme breitete sich wohlig in ihrer Magengrube aus und löste ihren Körper auf angenehmste Weise. In Rekordgeschwindigkeit löffelte sie die dampfende Brühe leer und schob den Tisch wieder von sich.

Sie hatte sich eine Zahnbürste ins Zimmer geschmuggelt, die sie nun aus ihrer Tasche holte, und damit in das kleine Badezimmer verschwand.

Nachdem sie sich schlaffertig gemacht hatte, ging sie zurück und legte sich auf ihre neu aufgestellte Bettstatt. Dies war fürwahr eine ganz andere Art die Nacht zu verbringen. Und das schönste daran war, dass sie direkt neben Gabriel liegen und seine Hand halten konnte.

Ihr Blick glitt über sein regloses Gesicht, während sie versuchte sich seine Mimik ins Gedächtnis zu rufen. Ihre Augenlider waren so schwer, dass sie es nicht lange durchhielt. Und schließlich einschlief.

III

Es war ein stetiges, viel zu schrilles Piepen, das Daria aus ihrem Schlaf holte und sie widerwillig die Augen öffnen ließ. Sie lag auf dem Rücken und starrte auf die Lüftungsschlitze an der Decke. Obwohl der Raum abgedunkelt war, wurde es auf der Intensivstation nie wirklich dunkel.

Das Piepen kam vom Flur, so dass sich Daria aufsetzte und nach draußen blickte. Die Nachtschwester ging an ihrem Zimmer vorbei, offenbar auf dem Weg zu dem Zimmer, in dem der Alarm ausgelöst worden war. Daria hatte genug Stunden auf der Intensivstation verbracht, um zu wissen, dass dies wenigstens kein hochdramatischer Alarm war.

Etwas kitzelte an ihrer Hand, so dass sie sich kratzte, während eine zweite Schwester an ihrem Zimmer vorbeiging.

„Verflixte Mücken“, flüsterte sie, stockte aber sofort.

Dies war die Intensivstation. Hier gab es ganz sicher keine Insekten.

Als sie an sich hinabblickte, lag ihre Hand neben Gabriels. Sie beugte sich tief über ihre Finger und beobachtete sie genau; blinzelte so lange nicht, bis ihre Augen brannten. Da sie keine Bewegung erkennen konnte, sah sie zu den Monitoren auf, dann zu Gabriels Gesicht. Beides war unverändert.

Sie legte sich wieder neben ihn, ganz nah, so dass sie seinen leisen Atem beobachten konnte, während die Maschinen das Geräusch übertönten. Seine Hände steckten in breiten Lederschlaufen wegen der wiederkehrenden Krämpfe, und sie hoffte, ihm wenigstens diese baldmöglichst ersparen zu können, wenn ihn diese Anfälle verließen.

Plötzlich fuhr ein Ruck durch die Matratze. Daria riss die Augen auf. Ihr erster Blick fiel auf Gabriels Hände, die – zu Fäusten geballt – in ihrer Fessel vor Anspannung zitterten.

Oh, nein, fuhr es Daria durch den Kopf, *ein neuer Anfall!*

Sie richtete sich schnell auf, wandte sich suchend nach dem Alarmknopf. Doch plötzlich hörte sie ein Stöhnen und hielt inne. Ihr Blick flog herum und obwohl Gabriels Körper unter Hochspannung verkrampft war, wie sonst auch, war diesmal etwas anders. Seine Augen waren offen.

„*Oh, mein Gott*“, hauchte sie, beugte sich über ihn, schob ihr Gesicht in sein Blickfeld. Seine schwarzen Augen starrten ausdruckslos an die Decke, dann plötzlich blinzelte er.

„Gabriel.“ Daria wollte nach der Schwester klingeln, doch sie konnte sich nicht von ihm lösen. „Gabriel, mein Gott! Ganz ruhig. Beruhige dich. Ich bin hier. Du bist in Sicherheit!“

Als sein Blick ihre Augen fixierte, blieb ihr schier das rasende Herz stehen. Er öffnete die zitternden, trockenen Lippen, als wollte er etwas sagen, doch er hatte keine Stimme. Daria beugte sich tief über ihn, hielt ihr Ohr über seine Lippen, fing seinen rasenden Atem auf, in den sich Laute mischten, die sie nicht für Worte hielt. Sie wollte sich schon wieder aufrichten, da fing sie plötzlich etwas auf, das sie glasklar verstand.

„*Nahimana*“, hauchte Gabriel. Sein Gesicht war angespannt vor allergrößter Sorge und Angst.

„Sie ist nicht hier. Gabriel. Ich, … ich bin hier.“

Doch es schien, als würde er gar nicht verstehen, was sie sagte. Sein Kopf flog hin und her. „Nahimana“, brachte er noch einmal mühevoll hervor. „Nicht!“

Zeitgleich mit Gabriels letztem Wort, setzte ein neuer Alarm ein. Auch diesen kannte Daria mittlerweile. Sie hatte ihn bereits mehrmals gehört in den letzten Tagen. Es war ein Herzstillstand.

Gabriel sank in sich zusammen, obwohl kaum bei sich mit dem Ausdruck allergrößter Trauer auf seinem Gesicht.

„Nicht“, sagte er noch einmal und schloss die Augen.

Zuerst hatte Daria schon Angst, er hätte wiederum das Bewusstsein verloren, doch als sie seine Hand berührte, griff er nach ihren Fingern und drückte sie schwach. Im selben Moment lief der Arzt, der offenbar Bereitschaft hatte, vorbei und verschwand in einem der Zimmer. Daria spürte Schwindel. Für sie konnten Gabriels Worte nur eines bedeuten, auch wenn sie nicht erklären konnte, warum um alles in der Welt er sie ausgesprochen hatte: die Schamanin war tot.

*

„Er ist nicht bewusstlos.“ Schwester Rosalie kontrollierte Gabriels Monitore und löste seine Fesseln. „Er ist nur wieder eingeschlafen, weil er noch sehr schwach ist.“ Sie lächelte, wobei ihr die Erschöpfung deutlich anzusehen war. Denn tatsächlich hatte sie mit ihren Kollegen um das Leben der Medizinfrau gekämpft. Und verloren.

„Ich lasse den Sauerstoff noch dran. Der wird ihm helfen, neue Kraft zu schöpfen. Hier ist ein wenig Creme. Wenn er wieder aufwacht und versucht zu sprechen, reiben sie ihm die Lippen damit ein. Sie sind sehr trocken.“

„Ja, gut.“ Daria blickte auf sein stilles Gesicht. Voller Freude einerseits und dennoch geschockt darüber, was der Nahimana passiert war, die doch vor wenigen Stunden noch bei bester Gesundheit gewesen zu sein schien.

„Freuen Sie sich, meine Liebe.“ Rosalie hatte einen

Schritt zurück gemacht und blickte auf Gabriel, dann zu Daria auf. „Er wird bald wieder auf dem Damm sein." Mit diesen Worten verließ sie das Zimmer.

Praktisch gleichzeitig schlug Gabriel die Augen auf. Daria wollte die Schwester zurückrufen, doch er griff so schnell nach ihrer Hand, dass sie regelrecht erstarrte.

Vorsichtig legte sie sich wieder hin und brachte ihr Gesicht nah an seines.

„Wurde … jemand … verletzt?" Seine Stimme war heiser und schwach. Seine Gedanken kreisten offenbar immer noch um die Explosion. Kein Wunder, schließlich war es seine letzte Erinnerung, bevor er das Bewusstsein verloren hatte.

„Nein, sie sind alle gerettet." Daria strich ihm über die stoppelige Wange und sog den Anblick seiner glänzenden Augen in sich auf.

„Und … die Nahimana?"

Daria zögerte kurz, überlegte, ob sie ihn anlügen sollte, entschied sich aber dagegen. Anstelle einer Antwort schüttelte sie den Kopf.

Gabriel schloss mit einem gequälten Ausdruck die Augen.

„Was hat das nur zu bedeuten?"

„Ich bin so froh, dass du hier bist", sagte er, ohne auf ihr Nachfragen einzugehen.

„Und ich bin erst froh." Sie streichelte über seinen Handrücken, unterdrückte die Tränen. „Ich dachte, ich hätte dich verloren."

„Ich habe dir doch … gesagt, dass ich nicht sterbe."

Sie zog die Nase hoch und lächelte. „Ja, das hast du."

„Warum bin ich hier?"

„Du hast ein Schädel-Hirn-Trauma?"

„Operiert?"

„Nein. Du warst bewusstlos. Fast vier Tage lang."

„Vier?“ Er deutete ein Kopfschütteln an, verzog ungeduldig das Gesicht. „Muss wieder nach Hause. Muss … schnellstmöglich … die Unterlagen -“

„Du musst erst einmal gesund werden.“

„Muss nach Hause.“

Daria seufzte. Sogar halb bewusstlos war er so stur, dass er um seine Entlassung feilschte.

„Es ist spätabends, Gabriel. Vor morgen früh wird dich sowieso niemand entlassen können.“

„Morgen?“ Er blinzelte nachdrücklich. „Gut, morgen dann. – Küss mich … bitte.“

Daria entspannte sich und lächelte. Dieser Aufforderung kam sie gerne nach.

*

Tatsächlich gelang es ihr Gabriel noch einen Tag länger im Krankenhaus zu halten. Als er dann jedoch auf die normale Station verlegt werden sollte, schien das für ihn ganz offenbar der Moment zu sein, sich selbst aus der Klinik zu entlassen.

Daria hatte gleich am nächsten Morgen, nachdem Gabriel aufgewacht war, Nicolai angerufen und ihm berichtet. Sie hatten beschlossen, Gabriel mit ihrer Anwesenheit zu überraschen und sich in der Zwischenzeit auf die Recherche und Auswertung der Unterlagen zu konzentrieren.

Als Daria den Pickup durch die Wälder steuerte, den ungeduldigen Gabriel auf dem Beifahrersitz, war sie aufgeregt und nervös. Wie er wohl auf die Anwesenheit seiner alten Freunde reagieren würde? Vor allem auf die von Nicolai. Immerhin war er früher ihr Mann gewesen.

Als sie endlich den Wald verließen und auf die große Lichtung zusteuerten, auf der Gabriels Haus stand, erblickten sie beide gleichzeitig den überdimensionalen Container, an dem Antennen und Satellitenschüsseln angebracht waren.

Die kleinen Fenster waren alle zur Hälfte abgedunkelt und der Blechtritt, der zur Eingangstür führte, wirkte mehr als wackelig.

„Was, zum Teufel, ist das?“

Gabriel, der sich geweigert hatte, in der etwa hundekorbgroßen Krankenzimmerdusche zu duschen, war noch immer unrasiert und wirkte besonders grimmig, als er stirnrunzelnd aus dem Fenster blickte.

Daria hatte keine Ahnung gehabt, dass Nicolai und Eric mit einer ganzen Basisstation angereist waren.

„Das dürfte Besuch für dich sein“, antwortete sie und quittierte seinen fragenden Blick nur mit einem undurchsichtigen Lächeln.

Dann parkte sie den Wagen direkt vor dem Container, so dass Gabriel nur wenige Schritte machen musste. Obwohl er sich vehement gegen einen Rollstuhl gewehrt hatte, war er noch immer recht wackelig auf den Beinen, so dass sie versuchte die Distanz, die er zurücklegen musste, möglichst gering zu halten.

Sie stieg aus dem Wagen und öffnete Gabriel die Beifahrertür, bevor er es konnte. Widerwillig ließ er sich heraushelfen.

„Jetzt stütz‘ dich schon auf mich“, beschwerte sie sich bei seinem heldenhaften Versuch, auf seinen wackeligen Beinen zu gehen.

„Es geht mir großartig“, gab er mit zusammengebissenen Zähnen zurück und griff nach dem Aluminiumgeländer, das die drei Stufen hinauf zum Container-Eingang begleitete.

Mit sichtlichen Schwierigkeiten nahm er die Stufen und öffnete schließlich die Tür.

Daria erstarrte.

Die komplette Innenwand war tapeziert mit einem halben Dutzend Monitore und mehreren Pinnwänden, an denen Aufzeichnungen, Listen und einige Satellitenbilder hingen.

Nicolai hatte breitbeinig davor gestanden, die Arme vor der Brust verschränkt und mit dem Rücken zu den beiden. Als die Tür aufging, drehte er sich um und entspannte sein ernstes Gesicht zu einem erleichterten Lächeln.

Gabriel war sichtlich überrascht. Fragend blickte er Daria an, die kurz nickte, während Nicolai um den Tisch herumkam.

„Verdammt nochmal, tut das gut, dich in der Senkrechten zu sehen.“ Nicolai breitete die Arme aus. „Arschbacken zusammenkneifen, mein Freund, jetzt kommt eine Umarmung.“

Mit einer entschlossenen Bewegung zog er Gabriel an sich, der sich die Berührung gefallen ließ; sogar Nicolais Rücken ein wenig tätschelte.

„Nicolai?“ Endlich fand er seine Sprache wieder. „Was, zum Teufel, treibst du hier?“

„Nachdem du ja nichts Besseres zu tun hattest, als fast eine Woche im Krankenhaus herumzuliegen, dachte ich mir, es würde nicht schaden dir ein bisschen unter die Arme zu greifen.“

Noch bevor Gabriel etwas antworten konnte, ertönte lautes Hundegebell.

Alle fuhren herum zur einzigen anderen Tür des Containers, die plötzlich aufging. Nanuk stürmte heraus und sprang voller Freude in Darias Arme, leckte ihr jedes Stück Haut ab, das er erwischen konnte, und wollte sich dann Gabriel vorknöpfen. Da sie diesen allerdings nicht für stabil genug hielt, stoppte sie den Hund und kraulte ihn so lange, bis er sich beruhigt hatte.

Als sie aufsah, stand Eric in der Tür.

„Du bist auch hier?“, fragte Gabriel fassungslos.

„Allerdings.“ Er schob ihm einen Stuhl hin, auf den er sich nach kurzem Zögern sogar niederließ. „Schön, dass du wieder unter den Lebenden bist.“

„Ich weiß gar nicht, was ich sagen soll.“ Er blickte Nicolai an. „Weiß Amanda, dass du hier bist?“

„Nicht direkt“, gab dieser ausweichend zurück. „Es ist sicherer für sie und das Baby, wenn sie in London sind. Wenigstens, bis ich weiß, was hier vor sich geht.“

Gabriel sah zu Eric auf. „Und Heather?“

Eric stieß ein kurzes Lachen aus. „Sie hat eine Knarre, Mann. Wenn sie darauf kommen würde, dass ich ohne ihr Wissen in die Staaten geflogen bin, findet und tötet sie mich.“

Gabriel lächelte, wenn auch etwas ungläubig. „Es tut wirklich gut, euch zu sehen.“ Er streckte die Hand nach Daria aus, die sie ergriff und fest drückte. „Und es sieht aus, als wärt ihr durchaus fleißig gewesen.“

Sein Blick glitt über die Pinnwände und Monitore, denen er offenbar mehr Informationen entnahm, als Daria.

„Das kannst du laut sagen.“

„Und werde ich jetzt auf den neuesten Stand der Dinge gebracht, oder muss ich euch alles aus der Nase ziehen?“

Nicolai streckte ihm die Hand hin und half ihm auf die Beine. „Nichts für ungut, aber du hast seit einigen Tagen nicht geduscht und das hat deinen Körpergeruch nicht unbedingt positiv beeinflusst. Ich schlage vor, Daria stellt dich unter die Dusche, du isst eine Kleinigkeit und dann sehen wir weiter. Was hältst du davon?“

Gabriel verzog unzufrieden das Gesicht. „Habe ich eine Wahl?“

Eric lächelte. „Nicht wirklich.“ Nanuk schmiegte sich an sein Bein und ließ sich auf seine Füße fallen, bot ihm den

Bauch zum Kraulen an.

„Hast du ihn hypnotisiert?“, fragte Daria.

Eric ging grinsend in die Hocke und ließ seine langen Finger durch das weiche Fell des Huskys gleiten. „Ich schiebe es auf meine animalische Anziehungskraft.“

Daria lachte und nahm Nicolai Gabriels Arm ab.

„Hast du ihn?“, fragte dieser.

Noch bevor Daria antworten konnte, gab Gabriel ein ungeduldiges Geräusch von sich.

„Verdammt, ich bin kein Greis.“

„Aber du bist hässlich wie einer. Und jetzt verschwindet!“ Nicolai öffnete die Tür und blieb stehen, bis Daria und Gabriel sicher die Stufen hinuntergekommen und ins Haus hinübergegangen waren. Als Daria sich umdrehte, lächelte er. Es war ein Lächeln, das sie nicht einordnen konnte. Aber sie sah, dass es ehrlich gemeint war.

*

Spock konnte es nicht fassen, dass seine beiden Freunde tatsächlich um die halbe Welt geflogen waren, um ihn zu besuchen und bei seinen Nachforschungen zu helfen. Er hatte keine Ahnung, wie sie das ganze Equipment vom MI6 abgezweigt hatten. Angefangen vom Basiscontainer, dem man nicht ansah, dass er was Angriffe und mögliche Versuche des Ausspionierens anging auf allerhöchstem Niveau gesichert war, über die Zugänge zu Satelliten, die offiziell nicht einmal existierten, bis hin zu dem kompletten forensischen Labor.

Fest stand jedoch, dass beide ihn im Krankenhaus besucht hatten.

Nicolai hatte das erste Mal seit ihrer Befreiung seine frühere Frau getroffen, sich vielleicht mit ihr ausgesprochen, womöglich eine Nähe aufgebaut, die sie früher einmal gehabt hatten. Die Eifersucht legte sich wie zähes, giftiges Öl über seine Wiedersehensfreude, obwohl er sie mit aller Kraft niederzukämpfen versuchte.

Er warf Daria einen unauffälligen Seitenblick zu, während sie sich mit ihm die Treppen hinauf zum Badezimmer kämpfte. Sie hatte nicht gewirkt, als wäre etwas geschehen, was sie vor ihm verbergen wollte.

„Wenn du weiterhin die Stirn so krausziehst, bekommst du Migräne.“ Sie schob ihn die letzte Stufe hinauf und war sichtlich außer Atem. „Und streite es ja nicht ab. Ich weiß genau, worüber du nachdenkst.“

„Ich denke überhaupt nicht nach.“

„Einer der wenigen Männer auf dieser Welt, der bereit ist das zuzugeben.“ Sie schob die Schlafzimmertür auf und ihn zur Badezimmertür.

„Nein, ich meine -“

„Wie ich schon sagte …“ Sie pflanzte ihn auf einen Hocker im Bad und stützte erschöpft die Hände in die Hüften. „… ich weiß genau, was du denkst.“

„Und was sollte das wohl sein?“

Sie ging vor ihm in die Knie und fing an ihm die Schuhe auszuziehen.

„Du fragst dich, wie das Aufeinandertreffen von Nicolai und mir wohl vonstattengegangen ist. Was er zu mir gesagt hat. Wie er sich verhalten hat. Und was ich empfunden habe.“ Sie zog ihm die Socken aus, während er auf ihren Scheitel blickte und sich fragte, ob ihm seine Gedanken wohl auf die Stirn tätowiert waren.

„Habe ich Recht?“, hakte sie nach.

„Nun“, er konnte es ja wohl schlecht abstreiten, „zumindest nicht direkt Unrecht.“

Sie stand auf und knöpfte Gabriels Hemd bis zur Mitte auf, zog es aus seiner Jeans und öffnete auch die restlichen

Knöpfe. Vorsichtig streifte sie ihm das Hemd über die Schultern und entblößte seinen nackten Oberkörper. Gabriel beobachtete sie seltsam distanziert dabei und fragte sich, was ihr wohl durch den Kopf ging.

„Und?“, fragte er, als sie weiter schwieg.

Wieder ging sie vor ihm in die Knie, öffnete seine Jeans, stand dann auf und zog ihn auf die Beine.

„Und was?“

„Gibt es Antworten auf diese Fragen?“

Als sie ihm die Hose über die Oberschenkel hinabstreifte, zuckte er kurz zusammen. Erst jetzt bemerkte er seine eigene Erregung. Völlig unangebracht, wie er fand, zumal er sich kaum auf den Beinen halten konnte.

Daria deutete ein gütiges Kopfschütteln an und knöpfte sich selbst das Kleid auf; weit genug, dass sie es sich über die Schultern streifen und zu Boden gleiten lassen konnte. Ein Anblick der spezielle Regionen von Gabriels Körper dazu brachte wild zu zucken.

„Eigentlich“, antwortete sie, zog sich dabei wie selbstverständlich ganz nackt aus, wandte sich der Dusche zu und drehte sie auf, „solltest du dir diese Fragen nicht stellen müssen.“

Sie wandte sich wieder zu ihm und blickte ihm fest in die Augen. Das Himmelblau ihrer Iris konnte hart wie Stahl wirken, wenn sie ernst war, so wie in diesem Moment.

„Eigentlich … solltest du es mir ansehen.“ Sie zog ihn zur Dusche. Er folgte ihr willig unter den warmen Wasserstrahl, betrachtete ihr goldenes Haar, das nass und dunkel wurde. Sie griff nach einer Flasche Duschgel und drückte sich einen Klecks auf die Hand. „Aber weil du das offenbar nicht tust“, fuhr sie fort, nahm seine Hand und fing an seinen Arm einzuseifen, „helfe ich dir ein wenig auf die Sprünge.“ Erst als sie wieder zu ihm aufsah, bemerkte er, wie aufgewühlt sie war. Ihre Augen wirkten gerötet und ihr Kinn zitterte.

„Wahrscheinlich“, hob sie mit mühsam beherrschter Stimme an, „hast du überhaupt keine Vorstellung davon, wie froh ich bin, dass du lebst. Und nicht weniger wahrscheinlich ist es, dass du nicht einmal ahnst, wie wütend ich auf dich bin, weil du mich in dieser beschissenen Situation mit der Bombe weggeschickt hast, wie ein Kind, und dabei selbst schier gestorben wärst. Ich glaube nicht, dass du dir vorstellen kannst, wie viel ich gebetet habe um dich, darum, dass du mir nicht weggenommen wirst. Du kannst dir die ganzen Tauschhandel, die ich Gott im Geiste für dein Leben angeboten habe, überhaupt nicht vorstellen; kannst dir nicht vorstellen, was ich alles gegeben hätte, um dich wieder bei mir zu haben und den Druck deiner Hand zu spüren.“ Sie griff nach seinen Fingern, verschränkte die ihren darin und drückte überraschend fest zu. „Nichts spielt für mich eine Rolle, wenn du nicht bei mir bist. Nichts ist etwas wert … ohne dich. Und das hat nur einen einzigen Grund, der dir vielleicht auch Antwort genug auf deine Fragen und Überlegungen ist: ich liebe dich.“

Ohne ihm nach dieser Offenbarung ins Gesicht sehen zu können, griff sie mit zittrigen Fingern wieder nach dem Duschgel. Schnell umschloss Gabriel ihre Finger. In diesem Moment, da sie den Blick zu ihm hob, verfluchte er seine offenbare Unfähigkeit sich vernünftig auszudrücken; das in Worte zu fassen, was er so aufrichtig und tief empfand.

„Wenn ich dir nur alles sagen, dir nur alles zeigen könnte, was ich für dich empfinde“, begann er und hoffte, dass sie verstehen würde, wenn er nur einfach heraussprudeln ließ, was ihm durch den Kopf ging, „wenn du nur für einen Sekundenbruchteil fühlen könntest, was ich fühle. Für dich. Ich liebe dich, Dasha. Mehr, als du es dir wahrscheinlich vorstellen kannst. Es ist ein Gefühl in mir, ein Drang, stärker und bestimmender als Hunger, Durst und der Wunsch nach dem nächsten Atemzug. Es ist wundervoll. Und es ist grausam, weil es mich dazu bringt mich um dich zu sorgen. Plötzlich … lauern an jeder Ecke Gefahren, vor denen ich dich beschützen will und ich werde ständig von der Furcht beherrscht, es nicht zu können. Ich bin eifersüchtig. Und schockierenderweise lässt sich dieses Gefühl auch von der Tatsache nicht bremsen, dass du mir nicht den Hauch eines Anlasses dazu gibst. Schon, wenn dich ein anderer Mann ansieht, möchte ich auf etwas einschlagen."

Nun fuhr sie doch fort seinen anderen Arm zu waschen, dann seine Schultern und seinen Brustkorb.

„Wie ich es dir schon auf dem *Powwow* gesagt habe. Dieser Tanz …, er sollte etwas bedeuten. Ich habe ihn genau so gemeint, wie es die Ahnen schon vor Jahrhunderten getan haben. Ich wünsche mir, dass du bei mir bleibst. Und zwar für immer." Er sog tief die Luft in seine Lungen und blinzelte sie an. „Habe ich dir schon gesagt, dass ich dich liebe, oder ist das in meinem Redeschwall irgendwie untergegangen."

Sie lachte leise, halb unter Tränen. „Ja, das hast du gesagt." Indem sie sich auf die Zehenspitzen stellte, presste sie ihre Lippen zu einem keuschen Kuss auf die seinen, fast als hätte sie Angst, dass er noch nicht genug Gleichgewicht hätte, um dem Druck ihres Mundes stattzuhalten.

Er legte die Arme um ihren Körper und presste sie an sich. Seine Erregung drängte sich heiß gegen ihren Bauch und hatte offenbar keine Ahnung davon, wie schwach er war, und wie überwältigend seine Gefühle. So viel stärker als Begierde und Lust.

Das Wasser wurde abgestellt und Daria löste sich vorsichtig vor ihm. Ihr strahlendes, feuchtes Gesicht war das schönste, das er jemals erblickt hatte.

Umsichtig half sie ihm aus der Duschkabine und wickelte ihn und sich selbst in ein übergroßes Badetuch ein.

Wortlos brachte sie ihn ins Schlafzimmer, schlug die Decke zurück und legte sich hin. Das Handtuch ließ sie achtlos auf den Boden fallen.

Gabriel legte sich zu ihr, warf sein eigenes Handtuch ebenfalls ab und konnte, als er endlich wieder lag, ein erschöpftes Stöhnen nicht unterdrücken.

Die wenigen Minuten in der Senkrechten hatten ihn angestrengt wie ein Marathon.

In den Tropen.

Mit 40 Kilo Marschgepäck.

Er wollte Daria seine Brust als Kissen anbieten, doch sie drehte den Spieß einfach um, bettete seinen Kopf in ihre Schulterbeuge und umarmte ihn fest. Er konnte sich nicht erinnern, jemals in einem seligeren Gefühl eingeschlafen zu sein.

IV

Daria wachte erst auf, als die Strahlen der hoch stehenden Sonne sie so vehement in der Nase kitzelten, dass sie niesen musste. Sie drehte sich auf den Bauch, streckte Arme und Beine von sich und genoss das Gefühl der weichen Kissen und des vertrauten Duftes, der sie umschloss und einlullte, wie ein Kokon. Als sie nach Gabriel tastete, fand sie nur aufgewühlte Laken und ein bereits kaltes Kopfkissen vor. Offenbar war er schon aufgestanden.

Der Blick auf den Wecker verriet, dass es schon nach zehn Uhr morgens war. Eigentlich war sie eine Frühaufsteherin, doch wahrscheinlich hatte das unbequeme Lager im Krankenhaus dafür gesorgt, dass sie einiges an Schlaf nachzuholen hatte. Schweren Herzens schwang sie die Beine aus dem Bett und ließ die Zehen kreisen. Das Wetter schien wundervoll zu sein.

Sie mochte wetten, dass Gabriel sich bereits auf seinen wackeligen Beinen aus dem Haus und hinüber in den Container geschleppt hatte, wo er sich von Nicolai und Eric auf den neuesten Stand der Dinge bringen ließ.

Gähnend raffte sie sich die Haare zu einem Knoten und stand auf, warf sich einen Bademantel über und machte sich notdürftig frisch. Die Neugierde, was die Männer herausgefunden hatten, und der Drang Gabriel zu sehen, ließen ihr keine Zeit für eine ausgiebige Dusche.

„Guten Morgen, meine Liebe.“ Jimmys Mutter stand am Herd und wendete etwas in der Pfanne, das aussah, wie vier Pfund Speck. Nanuk saß wie hypnotisiert neben ihr und starrte auf ihre Hände, als würden sie ab und zu wie zufällig ein Stück Speck fallen lassen.

„Guten Morgen, Meggy." Daria ging zur Kaffeemaschine und goss sich eine Tasse ein. „Wo sind … die anderen?"

„Sarah ist in der Schule, Jimmy im Restaurant und Spock hat sich heute schon zu seinen Freunden geschlichen." Sie drehte sich zu Daria und strahlte dabei über das ganze Gesicht. „Zwei sehr nette Männer. Groß und stark. Gute Esser."

„Ja, das kann ich mir vorstellen." Sie nahm einen Schluck Kaffee und seufzte zufrieden. „Was machte Gabriel denn für einen Eindruck? Ging es ihm gut?"

Meggy wandte sich Daria zu und lächelte gütig. „Er ist wohl nicht ganz so fit, wie er es mich gerne glauben machen wollte. Aber er sieht gut aus. Wenn man bedenkt, was er alles mitmachen musste, ist er wohl in sehr guter Verfassung. – Könnten Sie mir helfen das Frühstück zu den Männern zu tragen?"

„Sie wollen es Ihnen rüber tragen?" Daria zog die Stirn kraus. „Die sollen gefälligst in die Küche kommen. Immerhin dürfen sie froh sein, dass sie ein so herrliches Essen serviert bekommen. Da können sie ruhig ein paar Meter gehen."

Entschlossen stellte sie die Kaffeetasse auf dem Tisch ab und marschierte aus dem Haus. Tatsächlich riss sich Nanuk von der vielversprechenden Speckstreifen-Aussicht los und folgte ihr.

Sie überquerte die kleine Lichtung bis zum Container. Bereits von draußen hörte sie mehrere Männerstimmen, von denen eine ganz sicher Gabriel gehörte. Ohne anzuklopfen ging sie hinein. Zuerst bemerkten sie die Männer gar nicht, die über dem großen Tisch standen und sich über irgendwelche Aufzeichnungen unterhielten. Gabriel war schließlich der erste, der aufsah.

„Dasha!" Noch immer etwas langsam stand er auf und kam zu ihr, hauchte ihr einen Kuss auf die Stirn, was von den anderen beiden mit einem undurchsichtigen Blickwechsel kommentiert wurde. „Du bist schon wach?“

„Das müsste ich eigentlich dich fragen. Du gehörst ins Bett.“

„Hört! Hört!“, bemerkte Eric mit einem Schmunzeln und klopfte sich auf die Oberschenkel, um Nanuk anzulocken, der seiner Aufforderung nur zu gerne nachkam.

„Meggy hat das Frühstück fertig“, sagte Daria und kam an den großen Tisch, auf dem unzählige Unterlagen ausgebreitet waren, „aber vor dem Essen würde ich gerne wissen, was ihr herausgefunden habt.“

Daria rechnete damit, dass die Männer ihr irgendwelche Ausflüchte auftischen würden, von wegen: sie würde das nicht verstehen, oder irgendetwas in der Art. Doch das taten sie nicht. Im Gegenteil.

„Nicolai hat mir erzählt, dass sie der Mineralienzusammensetzung des Gesteins ab einer bestimmten Tiefe entnehmen, dass sich wohl Uran unter den Bergen befindet“, begann Gabriel und setzte sich neben Daria an den Tisch. „Wir haben Proben der beiden Flüsse genommen, die aus dem Felsen entspringen. Die Ergebnisse sind noch nicht da, aber Eric hat einen kleinen Spaziergang mit dem Geigerzähler unternommen und die radioaktiven Werte sind wohl ungewöhnlich hoch. Noch nicht so hoch, dass sie gefährlich wären, aber in jedem Falle auffällig. Die Satellitenbilder“, er zeigte auf einen der Monitore, „verraten, dass abseits der Zugänge, die wir zu den Minen kennen, zwei weitere angelegt wurden, weitab von allen Häusern, so dass es bisher keinem aufgefallen ist. Es war noch keiner dort, aber das werden wir bald nachholen.“

Daria kam nicht dazu zu widersprechen, weil Nicolai nun das Wort an sich riss. Er hielt eine kleine Tüte in die Höhe.

Darin enthalten waren einige Plastikstückchen und etwas Draht.

„Das hier ist alles, was von der Bombe, die den Felsen am Dorfplatz zerfetzt und euch und einige Dutzend andere Menschen beinah umgebracht hätte, übrig ist."

„Wie kommt ihr da ran?"

„Die Asservatenkammer der hiesigen Polizei ist schockierend schlecht gesichert", erklärte Nicolai mit einem unschuldigen Achselzucken. „Mal davon abgesehen, dass jedem geknackten Briefkasten mehr Aufmerksamkeit geschenkt wird, als einer Bombe, die hier im Reservat explodiert."

„Verdammte, ignorante Schweine", sagte Eric kurz und schüttelte den Kopf.

„Allerdings. Dennoch spielt uns das in diesem Fall in die Karten. Die Spurensicherung hat sich so dämlich angestellt, wie eine Horde blinder Trampeltiere. Wir haben einige Leute dorthin geschickt, die nun versuchen noch irgendetwas zu finden, das uns einen weiteren Hinweis geben könnte."

„Einen Hinweis darauf, wer dahinter steckt, meinst du?" Daria besah sich die Monitore während Gabriel nach einer Fernbedienung griff.

„Wir haben schon einen ziemlich konkreten Verdacht, wer dahinterstecken könnte."

Auf einem der Bildschirme tauchte das Bild einer Asiatin auf. Laut der Daten war sie in Hongkong geboren, hieß Mei-Lin Lu, hatte einen Doktor in Ökologie und war wegen Steuerhinterziehung, Veruntreuung und Betrug zu weit mehr Jahren verurteilt, als sie jemals würde erleben können. Vor allem weil …

„Sie ist … tot." Daria zeigte auf die entsprechende Zeile auf dem Bildschirm.

„Zumindest offiziell", schaltete sich Eric ein und griff

nach einem weiteren Plastiktütchen, das er Daria vors Gesicht hielt. Darin war eine Art Münze. Sie wirkte alt. Das Silber war angelaufen, die Prägung abgewetzt und das Loch in der Mitte alles andere als rund.

„Was ist das?"

„Ihr Markenzeichen." Nicolai setzte sich an den Tisch. „Sie hat eine sehr traditionelle Ader. Wo auch immer sie auftaucht und Schaden anrichtet, findet sich eine dieser Münzen.

„Aber laut dieser Liste ist sie nur wegen Betrügereien und Diebstahl verurteilt worden. Nicht wegen … Mordes."

„Sie ist im eigentlichen Sinne auch keine Killerin, nimmt aber ganz offenbar Kollateralschäden billigend in Kauf. Das ist nichts, was ihr den Schlaf zu rauben scheint."

„Großartig", befand Daria ironisch. „Und wie sicher ist es, dass sie dahintersteckt?"

„Sie hat ihre Spuren gut verwischt, sie gehen kreuz und quer über alle fünf Kontinente wie eine Flipperkugel. Auch die Münze hätten wir nicht gefunden, wenn wir nicht einen Trupp mit Metalldetektoren losgeschickt hätten. Mehrmals."

„Dann will sie nicht, dass man die Münze findet. Sie will sie nur hinterlassen. Sie ist … selbstbewusst."

Alle drei Männer blickten sie staunend an.

„Ja, genau." Nicolai schaltete den Monitor ab, als könnte er den Anblick von Mei-Lin Lu nicht länger ertragen.

„Also verstehe ich das richtig, dass diese Frau ein Uran-Vorkommen unter dem Felsen vermutet und es versucht unbemerkt abzubauen?"

„Die Mine hat insgesamt sechzehn Eigentümer. Bereits sechs davon haben ihre Anteile verkauft. Die anderen waren unentschlossen, so wie Jimmy. Wie man versucht hat, ihn zu überzeugen wissen wir ja. Auf Nachfrage haben wir herausgefunden, dass zwei weitere Familien erpresst wurden, oder es immer noch werden. Die Explosion während des *Powwows* sollte die Attraktivität des Dorfes, der ganze Gegend so kaputt machen, dass generell mehr Bereitschaft zum Verkauf bestand. – Sie wollte dafür sorgen, dass so viele Menschen wie möglich die Region und das Reservat verlassen, damit ihre Bemühungen möglichst nicht auffallen."

„Der Abbau von Uran ist hier illegal", schaltete sich Eric ein. „Auch unter dem Grand Canyon gibt es immense Vorkommen. Unnötig zu erwähnen, dass sie nicht abgebaut werden dürfen. Auch das Reservat liegt im Schutzgebiet."

„Trotzdem", schloss Gabriel die Ausführungen ab, „ist es viel unauffälliger hier Uran abzubauen, als an einem der größten Naturdenkmale der Welt."

Das konnte sich Daria allerdings gut vorstellen.

„Wenn ihr nicht in einer Minute im Haus seid, verfüttere ich das Frühstück an den Hund."

Die Stimme der sanften Meggy dröhnte durch die Tür. Ganz offenbar kam ihr der mütterliche Ton bei Verspätung unmittelbar abhanden, jetzt wo Daria sie darauf hingewiesen hatte.

Eric lachte auf. „Wir sollten essen, bevor wir weitermachen."

*

Wie es eigentlich nur mit einer Handvoll Männer möglich war, herrschte am Frühstückstisch glückseliges, gefräßiges Schweigen.

Zuerst war Daria sicher gewesen, dass niemand den Zentner Rührei würde aufessen können, den Meggy vorbereitet hatte. Doch er verschwand genauso flink und unauffällig in den Mägen der drei Männer, wie es der Speck und die kleinen Pancakes taten. Meggy hatte sichtlich Freude daran, wie sehr es ihnen schmeckte und bot auch dann noch fleißig Kaffee an, als wirklich alle pappsatt waren.

„Wenn du fit genug bist, Spock, sollten wir nachher einen Abstecher zu den beiden Stellen machen, die wir per Satellit gefunden haben."

Daria bemerkte, dass Nicolai seine Worte wage hielt, sicherlich wegen Meggy. Trotzdem verstand sie, dass er von den beiden freigelegten Arealen am Fels sprechen musste, die weit ab von den anderen Häusern lagen.

„Ich bin topfit", antwortete er. „Bevor wir fahren, möchte ich nur noch einmal kurz mit Daria sprechen." Er stand auf und streckte ihr die Hand entgegen. „Dasha, kommst du mit?"

Etwas überrascht griff sie nach seinen Fingern und erhob sich ebenfalls, während Nicolai und Eric verständnisvoll nickten.

Letzterer ließ ein Stück Speck unter den Tisch fallen, offenbar in der irrigen Annahme, dass Daria das nicht bemerken würde. Als er aufsah, warf sie ihm einen grimmigen Blick zu. Ertappt hielt er die Hände hoch und murmelte irgendeinen Satz, in dem das Wort runtergefallen vorkam.

Daria kam nicht dazu darauf einzugehen, da sie Gabriel entschlossen die Stufen nach oben zog. Wortlos dirigierte er sie über den Flur im Obergeschoss zu seinem Zimmer und schloss betont leise die Tür hinter ihnen beiden.

„Was möchtest du denn so dringend mit mir bespr-?"

Seine Lippen schnitten ihr das Wort ab. Heiß und gierig pressten sie sich auf ihren Mund, während sich seine Finger in ihr Haar gruben. Als er sich von ihr löste, waren sie beide atemlos. Daria blickte in Gabriels Gesicht, das plötzlich hart vor Erregung war.

„Das … musste ich unbedingt tun“, brachte er mühsam beherrscht hervor.

Sie wollte etwas antworten, doch ihre plötzlich staubtrockene Kehle versagte ihr jeden Ton. Erst nach dem zweiten Schritt bemerkte sie, wie Gabriel sie rückwärts zum Bett drängte.

„Aber … du bist doch noch -“

„Ich fühle mich großartig“, antwortete er und knöpfte ihr Sommerkleid nicht ohne eine gewisse Dringlichkeit auf, küsste sie wieder und sorgte für ein sehnsuchtsvolles Brennen in ihrem Schoß. Einerseits wollte sie ihn aufhalten, ihm sagen, dass er vor kurzem noch ohne Bewusstsein auf einer Intensivstation gelegen hatte, andererseits fühlte sich seine drängende Berührung so herrlich an, entflammte sie so sehr, dass sie nicht anders konnte, als die Augen zu schließen und das Gefühl seiner fordernden Hände zu genießen. Sie küsste ihn wieder, knöpfte sein Hemd in einer hektischen Bewegung auf, riss an den Knöpfen, die es wagten sich zu zieren.

Ehe sie es sich versah, war Daria nackt. Ungehemmt drängte sie sich an seinen Körper, plötzlich von einer so unbändigen Lust überrollt, dass sie allein die Emotion aufstöhnen ließ. Es war so intensiv, dass sie glaubte allein durch den Gedanken, dass Gabriel sie liebte, kommen zu können.

„Mein Gott“, raunte er, während er aus seinen Hosen stieg und Daria in die Kissen presste. „Ich weiß gar nicht, … wo das herkommt.“

Sie schlang die Arme um seinen warmen Körper, spreizte die Beine weit, um so viel wie möglich von ihm spüren zu können; das Gewicht seines Körpers, seine bebenden Muskeln, seine steinharte Erektion, die sich heiß in ihren Bauch bohrte.

„Mehr“, brachte sie schwer atmend hervor, wand sich

unter ihm und brachte ihn so an ihre feuchte Schwelle. „Ich will … mehr."

„Dein Wunsch ist mir Befehl." Mit einem heftigen Aufbäumen drang er in sie ein, erfüllte sie ganz.

Das Gefühl war so überwältigend, dass sich Tränen in ihren Augenwinkeln sammelten. Hilflos krallte sie sich in Gabriels Rücken, der sich in einem drängenden Rhythmus über ihr bewegte.

„Heute Abend … nehme ich mir … mehr Zeit", versprach er hitzig und atemlos.

Daria war nicht imstande zu antworten oder sonst wie zu reagieren. Gabriel hielt sie unter seinem Körper gefangen, nahm sie auf die berauschendste und innigste Art, die sie sich vorzustellen vermochte. Ihre Gedanken verschmolzen zu einem wortlosen Brodeln, bäumten sich in ihrem Schoß als wildes Brüllen auf, das mit aller Kraft nach Erlösung schrie.

„Hör nicht auf", keuchte sie, begegnete jeder seiner Bewegungen mit ihren Hüften, grub ihre Nägel in seine harten Pomuskeln und zog eines ihrer Beine an, um ihn noch weiter in sich aufnehmen zu können.

Sie spürte, wie sich die ersten Spasmen der Erlösung in ihrem Körper ankündigten. Ihre Beine verkrampften sich, ihr Atem ließ sich nicht länger kontrollieren und wurde zu einem willenlosen Stöhnen. Gabriel vergrub das Gesicht an ihrer Kehle, leckte die salzige Feuchtigkeit von ihrer Haut und kurz bevor sie kam, vergrub er seine Zähne in ihrem weißen Fleisch um nicht vor Ekstase aufzuschreien, als sein eigener Höhepunkt ihn mit sich riss.

Es dauerte Sekunden, bis die beiden ein wenig zu Atem kamen, dann schloss Gabriel seine Arme um sie und rollte sie herum, so dass sie auf seiner Brust lag.

„Tut mir leid, … dass ich dich so überfallen habe.“ Mit geschlossenen Augen streichelte er ihren Rücken. Daria umfasste mit beiden Händen sein Gesicht und küsste ihn.

„Du kannst mich jederzeit … überfallen.“

Ihr Lächeln steckte ihn an.

Er war noch immer in ihr, als sie sich aufrichtete und die Arme in die Luft reckte. Seine Hände glitten über ihre Brüste. Als sie aufreizend die Hüften kreisen ließ, klopfte es plötzlich an der Tür.

„Hey, ihr Turteltäubchen!“ Diskretion war offenbar nicht Nicolais Stärke. *„Wir müssen los!“*

Gabriels Oberkörper schnellte empor. Als würde Nicolai überhaupt nicht existieren, leckte er genüsslich über Darias Brust, neckte ihre harten Knospen mit seinen Zähnen, bis es ihr fast unmöglich war, ein Aufstöhnen zu unterdrücken. In ihrem Inneren spürte sie das verheißungsvolle Zucken von Gabriels Lust, das sie mit einem weiteren Aufbäumen ihrer Hüften beantwortete.

„Ich weiß genau, dass ihr da drin seid!“

Gabriels Arm schnellte um Darias Oberkörper. In einer besitzergreifenden Geste zog er sie so eng an sich, dass ihr beinah der Atem aus dem Leib gepresst wurde.

„Wir kommen in zehn Minuten“, rief Gabriel Richtung Tür und wirbelte Daria übermütig herum.

Er machte keine leere Versprechung.

*

Als die beiden zurück ins Erdgeschoss kamen, war der Küchentisch bereits abgeräumt und sowohl von den Männern, wie auch von Meggy fehlte jede Spur.

„Sie müssen schon drüben im Container sein“, flüsterte Daria, deren Wangen auf die hübscheste Art gerötet waren, die Spock sich vorzustellen vermochte.

Und tatsächlich. Als die beiden die Tür zum Container öffneten, waren Nicolai und Eric bereits in eine Art schwarze Kampfuniform gekleidet. Eine keineswegs kleinliche Auswahl an Schusswaffen war vor ihnen aufgereiht, die nach und nach von beiden überprüft und in Holstern, Hosenbunden und Stiefelschäften verstaut wurde.

Beiden fiel es schwer ein Schmunzeln zu unterdrücken, als sie aufsahen.

„Wie schön euch zu sehen", stellte Nicolai mit einem Zwinkern fest und legte einen Stapel schwarzer Kleider auf den Tisch.

„Ich würde sagen, du ziehst dich an, mein Freund. – Daria, willst du eine Pistole oder ein Gewehr?"

Spock erstarrte und blickte überrascht zu Daria hinab. Bevor sie antworten konnte, wandte er sich Nicolai zu.

„Ist das dein Ernst?"

„Warum nicht?"

„Naja …" Er brach ab, als er Darias Blick an seiner Schläfe spürte.

Nicolai schüttelte lächelnd den Kopf und nahm eines der Gewehre. „Daria", sagte er, „könntest du bitte einmal herkommen?"

Nach einem unsicheren Blick zu Spock, folgte sie Nicolais Aufforderung. Eine Geste, die in Spock unverhältnismäßig große Eifersucht auslöste. Er ging mit ihr zu dem Tisch und sah Nicolai fest in die Augen, der Daria das Gewehr hinlegte.

„Könntest du es bitte einmal für mich zerlegen?"

Aufmerksam beobachtete Spock, wie sie zögerlich das Gewehr ergriff, es einmal in ihren Händen drehte, als müsste sie sich orientieren.

Dann, mit einer Bewegung, die genauso schnell wie routiniert wirkte, drehte sie das Zielfernrohr um 90 Grad und nahm es ab, löste die Arretierung für Schaft und Trommel und zerlegte das Gewehr in weniger als einer halben Minute komplett in seine Einzelteile.

Zufrieden verschränkte Nicolai die Arme vor der Brust und blickte Spock an. „Ich bin mir ziemlich sicher, dass sie nicht viel schlechter schießt als du. Zumindest … nicht schlechter als Eric."

„Also bitte!", beschwerte sich dieser im Hintergrund, gab dann aber ein Achselzucken von sich. „Naja, … kann schon sein."

„Keine Ahnung, woher ich das kann", erklärte Daria kleinlaut.

„Dein Vater war Polizist", sagte Nicolai. „Er hat dir das Schießen beigebracht, als du neun Jahre alt warst. Du warst oft mit ihm auf der Jagd."

Als er Spocks grimmigen Blick auffing, brach er ab.

„Trotzdem würde ich eine leichtere Waffe vorschlagen", befand dieser.

„Natürlich." Nicolai breitete die Arme über dem Tisch aus. „Einmal freie Auswahl!"

Daria ließ ihren Blick über die Waffen gleiten und entschied sich recht spontan für eine 36er Glock.

„Sehr schön."

Spock wandte sich den Satellitenbildern zu und zeigte schließlich auf eines davon. „Ich würde sagen, wir fangen hier an. Es scheint der größere Eingang zu sein. Die nächsten Häuser sind weiter entfernt. Wenn ich irgendetwas tun wollte, das ungesehen bleiben soll, würde ich hier anfangen."

Eric nickte. „Ja, ich auch."

Noch einmal blickte Gabriel zu Daria hinab. „Und du bist sicher, dass du mitkommen möchtest?"

Sie wirkte über die Frage nicht sehr glücklich.

Entschlossen griff sie nach einem Pistolenhalfter und wandte sich zur Tür. „Ich ziehe mir Hosen an. In fünf Minuten bin ich draußen."

Mitten im Wald, offenbar einige hundert Meter von der Stelle, die sie eigentlich ansteuerten, entfernt, hielt Eric den Wagen an.

„Wir schicken erst einmal die Drohne hoch", erklärte er und ging zum Heck des großen Geländewagens. Dort holte er eine Art Minihelikopter mit vier Rotoren heraus, betätigte einige Knöpfe an der Unterseite und kontrollierte einen kleinen Monitor, den er aus der Jackentasche zog.

Dann stellte er die Drohne auf dem Boden ab und holte eine übergroße Fernbedienung aus dem Wagen, fast wie für ein Spielzeugmotorboot.

Nachdem er einen der Knöpfe betätigte hatte, begannen sich die kleinen Rotoren zu drehen. Die Drohne hob ab und stieg mit einem Geräusch senkrecht in die Höhe, das an einen Schwarm Hummeln erinnerte.

„Spock?"

Sofort auf Erics Ruf hin ging die Autotür auf. „Ja?"

„Kannst du überprüfen, ob die Sensoren funktionieren?"

Gabriel nahm Eric den Bildschirm aus der Tasche, während letzterer die Drohne geschickt zwischen den Ästen hindurch nach oben steuerte.

„Ich bekomme ein glasklares Bild."

„Und die Thermokamera?"

Spock wischte über den Bildschirm und wartete kurz. „Wir vier sind klar zu erkennen. Außerdem mehrere Tiere im unmittelbaren Umkreis. Und ein größeres in nordwestlicher Richtung. Ich würde auf einen Schwarzbären tippen, dem wir vielleicht nicht zwingend begegnen sollten."

„Ich steuere jetzt die Koordinaten des Schachtes an und scanne die Umgebung ab“, erklärte Eric, sichtlich auf seine Fernbedienung konzentriert, immer wieder einen Seitenblick auf Spocks Tablett gerichtet, auf dem das Luftbild der Drohnenkamera zu sehen war. „Hier ist der Eingang.“

Spock zog die Stirn kraus und Daria beobachtete das Bild, das aus ihrer Sicht auf dem Kopf stand.

„Da ist ein Wagen“, sagte sie und zeigte auf den Bildschirm.

„Wo?“, fragte Gabriel.

„Hier. Unter dem Baum.“

„Sie hat Recht“, bemerkte Eric. „Ich schalte um auf Wärmebild.“

Beide beobachteten die blaugrünlichen Wellen, die auf dem Bildschirm erschienen und durch die immer wieder ein roter Punkt tanzte.

„Sind die roten Punkte Menschen?“

„Nein, dafür sind sie zu klein. Das sind Tiere.“

„Achso.“

Es dauerte einige Minuten, bis die beiden das komplette Areal überprüft hatten. Dann holte Eric die Drohne wieder zurück und ließ sie zielsicher vor seinen Füßen landen.

„Alles um den Eingang herum ist gut zu sehen. Aber im Schacht wird es ein Blindflug.“

„Ja, das ist mir klar.“

„Wo ist Nicolai?“

„In einer pikanten Verhörsituation mit seiner Frau.“

Eric verzog das Gesicht. „Verstehe. Kein Kinderspiel bei Amanda.“

Gabriel nickte. „Er ist dem Untergang geweiht.“

Daria versuchte sich an Nicolais Frau zu erinnern. Sie hatte sie nach ihrer Befreiung nur wenige Male gesehen. Natürlich hatte sie Daria, als Nicolais früherer Frau, nicht gerade die allergrößte Sympathie entgegengebracht.

Dennoch war schwer zu übersehen gewesen, dass sich die beiden aufrichtig liebten.

„Dasha?“ Gabriel berührte sie an der Schulter und riss sie aus ihren Gedanken. „Komm, wir müssen weiter.“

Mit einem Nicken folgte sie ihm in den Wagen. Eric packte seine Drohne wieder ein und setzte sich hinters Steuer. Nicolai verstaute sein Handy mit einem nachdenklichen Gesichtsausdruck.

„Probleme?“, fragte Eric.

Nicolai nickte. „Vorsichtig ausgedrückt.“

Keiner fragte weiter nach, und Eric setzte den Wagen in Bewegung.

„Also …“ Gabriel drehte sich im Sitz herum. „Wir teilen uns auf. Ich gehe mit Nicolai. Daria, du gehst mit Eric.“

Sie zog wenig begeistert die Stirn kraus.

„Eric ist von uns dreien der beste Nahkämpfer. Er kann dich beschützen, falls es nötig ist.“

Eigentlich wollte sie bei Gabriel bleiben, doch sein Argument war einleuchtend. Außerdem war Daria klar, dass es nicht besonders hilfreich war, wenn man sich im Ernstfall um sie kümmern musste, als wäre sie ein kleines Kind.

„Nicolai und ich gehen voraus. Ihr folgt uns. Handys werden im Schacht nur die ersten Meter funktionieren. Funk sicher nur auf minimale Entfernung. Deswegen werden wir ab einer gewissen Zeit den Funkkontakt verlieren.“ Er gab Daria ein kleines Headset, das sie sich nach seinem Vorbild ebenfalls ins Ohr klemmte. „Und bitte daran denken: keine Heldentaten. Wir wollen erst einmal nur die Gegend auskundschaften.“

„Warum siehst du mich dabei an?“, fragte Nicolai.

„Aus gutem Grund, mein Freund.“

Eric brachte den Wagen zum Stehen. „Wir sind jetzt etwa noch 400 Meter entfernt. Näher sollten wir nicht ranfahren, wenn wir keinen Wert darauf legen, dass wir per Handschlag begrüßt werden“, befand er.

„Hier ist eine kugelsichere Weste für dich, Dasha.“ Gabriel gab ihr die starre, dicke und unerwartet schwere Weste, die sie sich etwas umständlich über den Kopf zog.

Er schloss die Klettverschlüsse und zurrte sie fest. Als sich ihre Blicke trafen, war ihm seine Sorge deutlich anzusehen. Ihr war klar, dass er sie am liebsten Zuhause gelassen hätte. Noch lieber vermutlich in einem Bunker. In Europa.

„Ich passe auf mich auf, das verspreche ich dir“, sagte sie leise.

„Nun bleibt mal ganz ruhig“, ging Nicolai dazwischen. „Wir machen nur einen kleinen Spaziergang und sehen uns um. Kein Grund gleich die Panzerfäuste auszupacken.“

„Vorsicht ist besser als Nachsicht“, erklärte Eric mit erhobenen Händen und stieg aus. Die anderen taten es ihm gleich und folgten ihm etwas abseits des Trampelpfades und möglichst lautlos zu der großen Lichtung, die erst kürzlich durch massive Baumfällarbeiten vergrößert worden war.

„Da hinten steht das Auto“, flüsterte Daria und zeigte quer über die Lichtung.

„Sitzt jemand drin?“

Eric hob sich ein kleines Fernglas an und schüttelte den Kopf. „Negativ.“

„Sonst ist die Luft auch rein?“, fragte Gabriel.

„Soweit ich es sehen kann, ja.“

„Wir können die Thermokamera im Schacht einsetzen. Das dürfte unauffälliger sein als eine MagLite.“

Nicolai nickte Gabriel an. „Gute Idee.“

Eric hielt die Thermokamera in Richtung Schachteingang und ging voran. Solang er das tat, schien die Luft offenbar rein zu sein, also folgten ihm alle.

Er platzierte sich neben dem Eingang und hielt die Kamera in den dunklen Stollen.

„Alles sauber“, sagte er und ließ das sperrige Gerät sinken. Nicolai und Gabriel bildeten eine massive Wand vor ihr, so dass sie sich auf ihre Zehenspitzen stellen musste, um die verrosteten Schienen zu erkennen, auf denen einst das Erz transportiert worden war.

Der Boden war staubig und es waren zahllose Fußabdrücke zu sehen, die sie sich genauer besah.

Den groben Profilen nach zu urteilen, waren es alles Männer mit Arbeitsschuhen gewesen, die hier entlanggegangen waren.

„Ich sehe sechs unterschiedliche Spuren“, sagte Gabriel nach einem kurzen Blick auf den Boden. „Zwei davon nicht älter als 24 Stunden.“

„Sehe ich auch so“, antwortete Nicolai und schob Eric voran, der weiter mit der Wärmebildkamera den Schacht durchforstete. Als keinerlei rote Punkte vor ihm auftauchten, winkte er die anderen hinter sich her.

„In diesem Abschnitt ist niemand.“

„Und wem gehört dann das Auto?“, fragte Daria.

Eric gab ein abwägendes Geräusch von sich. „Da hat sie Recht. Ich schlage vor, wir gehen tiefer rein.“

Daria befiel ein ungutes Gefühl, als das Licht in ihrem Rücken immer kleiner wurde und sie sich schließlich fast komplett im Dunklen vorantasten mussten.

„Hier vorne ist ein Aufzug.“ Gabriel knipste eine kleine Taschenlampe an und beleuchtete das rostige Aufzuggitter. „Wer hat Lust auf eine kleine Abfahrt?“

„Oh, nein. Bitte lass mich mit!“, sagte Nicolai ironisch, als bei Eric und Daria diplomatisches Schweigen herrschte.

„Wir gehen voraus“, stellte Gabriel fest. „Wenn wir unten sind, gebe ich euch über Funk Bescheid, ob die Luft rein ist. Dann könnt ihr nachkommen.“

„Das ist in etwa so leise und subtil wie eine Abrissbirne“, bemerkte Eric.

„Keine Witze über Miley Cyrus. Die ist heiß.“

„Großer Gott, Nicolai, verschone mich!“

„Außerdem, hast du eine bessere Idee nach unten zu kommen?“

„Momentan nicht.“

„Na also.“

Daria und Gabriel wechselten einen Blick, bevor er in den Aufzug stieg und das klapprige Gitter zuzog.

„Wenn in diesem Schacht irgendwer ist, hat er das jetzt bestimmt gehört“, sagte Daria leise und lauschte dem Klappern des Aufzugs.

„Ein Grund mehr, dass wir sehr, sehr vorsichtig sind.“

„Hier ist alles sauber“, rauschte es durch das Headset, kaum dass das Knattern des Aufzuges aufgehört hatte. Dann fuhr er wieder nach oben und die beiden stiegen hinein. Daria konnte ihre Aufregung während des ruckelnden Hinabs kaum ertragen, und musste dem dringenden Wunsch widerstehen drei Kreuze zu schlagen, als Eric die Tür wieder aufzog.

„Da hinten habe ich mehrere Menschen auf dem Wärmebild“, sagte Gabriel.

„Wie viele?“ Nicolai sah ihm über die Schulter.

„Fünf auf jeden Fall. Möglicherweise sechs. Etwa … 60 Meter Entfernung.“

„Wir gehen vor“, erklärte Gabriel. „Wartet hier.“

Eric nickte und Daria musste sich mit aller Kraft davon abhalten Gabriel zu folgen. Ihr Herz raste und die Angst, dass ihm etwas passieren könnte, war übermächtig.

Plötzlich stieg ihr ein beißender Geruch in die Nase. „Riecht es hier nach … Benzin?“, fragte sie Eric flüsternd.

„Diesel.“ Vorsichtig folgte er Nicolai und Gabriel und Daria folgte wiederum ihm. „Das Erz wird sicherlich mit

Diesel getriebenen Schlitten abtransportiert."

„Also wird hier wirklich Uran angebaut?"

Er nickte und blendete auf seiner Wärmebildkamera ein zusätzliches Fenster ein. „Das hier ist ein Sensor für Radon. Ein Gas, das geruchslos ist, aber nicht unerheblich radioaktiv. Es ist ein Nebenprodukt, das beim Uranabbau oft entsteht."

„Gefährlich?"

„Wenn wir hier nicht länger bleiben, vorerst nicht. – Vorsicht!" Er packte Daria plötzlich und presste sie gegen eine der Stollenwände. Die grobe Kontur der Wand raubte ihr fast die Luft, obwohl sie die kugelsichere Weste trug. Eric hatte seine Hand um ihren Hinterkopf gelegt, um sie vor dem spitzen Gestein zu schützen und schirmte sie mit seinem massigen Körper ab. Ein lautes Rauschen kündigte sich an, und schwoll innerhalb kürzester Zeit zu einem immensen Dröhnen an. Daria schielte unter Erics Arm hindurch und erkannte einen Stollenwagen, gefüllt mit grobem Gestein, der aus einem Schacht kam und an ihnen vorbei in die Dunkelheit rollte.

„Er ist fahrerlos." Eric löste sich von ihr und blickte dem Wagen nach. Dann warf er einen Blick auf seine Wärmebildkamera und packte Daria am Arm.

„Komm!", forderte er sie auf und folgte dem Wagen. „Wir wollen sehen, wohin das Erz fährt."

„Was ist mit Gabriel und -"

„Die beiden machen das selbe", unterbrach er sie und schlich sich an der Wand entlang vorwärts, ein Auge immer auf der Wärmebildkamera.

Das Dröhnen des Wagens wurde leiser und verstummte schließlich ganz. Eric stoppte.

Beim Blick an seiner massigen Schulter vorbei, sah Daria, dass der Schacht in einer Sackgasse endete. Erst da fiel ihr auf, dass das Erz ja normalerweise nach draußen fuhr und nicht nach drinnen.

„Was machen sie mit dem Zeug?“, flüsterte sie.

Eric machte noch einige Schritte nach vorne. Nach und nach wurde es etwas heller im Schacht. Sie konnte nicht sehen, woher das Licht kam, aber es sorgte zwangsläufig dafür, dass sie sich nicht mehr ganz so schrecklich eingesperrt fühlte.

Eine Erleichterung, die spontan verpuffte, als zwei Männer in weißen Laborkitteln vor ihnen auftauchten und sich über den Wagen beugten.

Schnell schaltete Eric die Kamera aus, verharrte lautlos und beobachtete mit Daria die Szenerie.

Die Männer waren zu sehr beschäftigt mit dem Inhalt des Wagens, um sie zu bemerken. Sie wählten zwei Stücke des Erzes aus und verschwanden damit in die andere Richtung, aus der ganz offenbar das Licht kam. Wenige Sekunden später setzte sich Eric wieder in Bewegung und schlich weiter.

„Macht Fotos!“, flüsterte er in sein Funkgerät. „Gesichter!“

Ganze Sätze waren offenbar nicht notwendig.

Schritt für Schritt kamen die beiden näher an den Stollenwagen und sahen endlich auch Nicolai und Gabriel von weitem.

Hinter dem Wagen war ein Teil des Stollens verbreitert und ganz offenbar in eine Art provisorisches Labor umgebaut worden. Daria fragte sich, was dort wohl gemacht wurde, wagte aber nicht, die Frage laut zu stellen.

Nicolai hielt etwas auf das Labor gerichtet. Sicherlich eine Art Kamera. Wenige Sekunden später steckte er sie ein und nickte Gabriel zu, zog seine Waffe und hielt sie mit ausgestreckten Armen auf den Boden gerichtet.

Dann plötzlich schlich sich Gabriel zu dem Stollenwagen. Am liebsten wäre Daria nach vorne gesprungen und hätte ihn zurückgerissen, doch Eric baute sich noch breiter vor ihr auf, als hätte er ihren Impuls gespürt.

Mit einem wachsamen Blick Richtung Labor griff sich Gabriel ein Stück Erz und schlich sich vorsichtig zurück zu Nicolai, gab ihm den Erzbrocken, der ihn in seinem Rucksack verstaute.

„Alles klar. Raus hier“, rauschte es in Darias Headset. Ein Befehl, dem sie nur zu gerne nachkam.

Eric schob sie leicht vor ihr her an der Stollenwand entlang. Der Weg zum Aufzug kam ihr plötzlich kilometerlang vor. Als sie ihn endlich erreichte, zeigte der Blick zurück, dass Nicolai und Gabriel ihnen im Abstand von etwa 15 Metern folgten.

Möglichst geräuschlos betrat sie mit Eric den Aufzug. Es kam ihr wie Stunden vor, bis Nicolai endlich dazukam und Gabriel schließlich als Letzter nach der Aufzugtür griff.

Dann brach auf einmal die Hölle los.

Ein ohrenbetäubender Knall zerfetzte die stickige Stollenluft. Nicolai griff sich mit schmerzverzerrtem Gesicht ans Bein. Gabriel fuhr zurück und zielte in die Dunkelheit.

„Fahrt hoch!“, schrie er und feuerte einen Schuss Richtung Labor ab. Es war so dunkel, dass man nicht sehen konnte, woher die anderen Schüsse kamen, und wer überhaupt schoss.

„Komm rein!“, schrie Daria haltlos. Im nächsten Moment wurde sie von Nicolai und Eric in die Ecke des Aufzugs gedrängt, so vollständig mit ihren Körpern abgeschirmt, dass es praktisch unmöglich war, dass sie eine Kugel traf. Oder sie selbst eine abfeuerte.

„Er muss in den Fahrstuhl!“, rief sie noch einmal.

Wieder waren Schüsse zu hören. Daria versuchte gegen die beiden Männer anzukämpfen, die sie zurückhielten, um zu Gabriel zu kommen. Doch genauso gut hätte sie gegen eine massive Steinmauer laufen können.

„Fahrt endlich hoch!“, rief Gabriel. „Solange ich noch Deckung geben kann!“

„Wir lassen ihn doch nicht hier!“ Darias Stimme überschlug sich. „Die bringen ihn um!“

„Verdammt nochmal! *Verschwindet*!“

Eric fluchte herzhaft und warf Gabriel eine weitere Waffe über den Gang hinweg zu. Dann riss er an der Aufzugtür und warf sie ins Schloss.

□
V

„Jetzt leg dich doch endlich ein bisschen hin, Daria.“ Nicolai schenkte sich die wer weiß wievielte Tasse Kaffee ein und streckte sein linkes Bein von sich, das ein Streifschuss erwischt hatte, während Daria am großen Tisch im Container saß und scheinbar ziellos gegen die Bildschirme starrte.

Sie fühlte sich blind und taub. Ihre Gedanken waren wie gelähmt. Ihre Furcht, die sie nur schwer gegen ihre Hoffnungslosigkeit aufrechterhalten konnte, nahm ihr die Fähigkeit klar zu denken. Sie versuchte in sich hinein zu fühlen, fragte sich, ob sie es spürte, wenn Gabriel tot war, und fand doch keine Antwort darauf.

„Daria.“ Nicolai beugte sich über den Tisch und versuchte ihren Blick zu fixieren. „Du musst ein bisschen zur Ruhe kommen.“

„Und wie soll ich das bitteschön machen?“ Sie starrte ihn regungslos an und wartete, denn auch Nicolai wusste darauf offenbar keine Antwort.

Eric räusperte sich, während er die Stollenpläne an der Pinnwand musterte. „Er muss entweder in diesen oder in diesen Stollen geflohen sein.“

„Das sind beides Sackgassen“, sagte Nicolai.

„Er hatte 28 Schuss übrig“, antwortete Eric. „Das könnte auf jeden Fall gereicht haben.“

„Verdammt nochmal!“ Daria schlug mit beiden Fäusten so fest auf die Tischplatte, während sie emporsprang, dass beide Männer herumfuhren. „Ihr redet über ihn, als würdet ihr den Wetterbericht diskutieren. Es geht um Gabriel, verflucht! Und er ist vielleicht schon tot!“

„Wem, glaubst du, dass du das erzählst?“ Nicolais Stimme dröhnte voller verzweifeltem Zorn zurück.

Daria begriff schlagartig, dass er sich um Gabriel scheinbar fast genauso sorgte, wie sie selbst. Nur anstatt in dumpfes Starren zu verfallen, versuchte er ruhig zu bleiben und einen Weg zu finden, Gabriel aus dieser Lage zu befreien.

Erst als sie etwas Salziges auf ihrer Lippe schmeckte, begriff sie, dass sie weinte.

„Tut mir Leid." Hastig wischte sie sich die Augen trocken und nickte. „Ich stehe völlig neben mir."

„Ja, ich weiß." Nicolai strich sich mit beiden Händen durch sein schwarzes Haar und schloss für einen Moment die Augen. „Ich gebe zu, mir geht es auch nicht anders."

Plötzlich klopfte es an der Tür des Containers.

„Das ist Meggy", sagte Eric, der dank seiner Größe durch das schmale Fenster über der Tür sehen konnte.

Daria öffnete die Tür.

„Telefon", sagte Meggy und drückte ihr das schwarze Mobilteil in die Hand. „Es ist für dich, Kindchen."

Dann verschwand sie wieder.

Erschrocken fuhr Daria herum und presste ihre Handfläche auf den Hörer. „Wer, um alles in der Welt weiß, dass ich hier bin?"

Eric machte ein paar schnelle Schritte zu ihr und schloss ein Kabel an das Mobilteil, dann schaltete er auf Lautsprecher und machte eine auffordernde Geste.

Zögerlich räusperte sich Daria. „Hallo?"

Nicolai stellte sich zu ihr, während Eric über einen Laptop gebeugt die Stirn runzelte.

„Miss Sarakowa, ich wünsche Ihnen einen guten Tag." Die Frauenstimme war eisig und hatte einen asiatischen Akzent. Darias Blick flirrte zu Nicolai empor, der eine weitere auffordernde Geste machte.

„Wer … sind Sie?"

„Das ist doch völlig unwichtig, Teuerste." Ihre Stimme war

blasiert und voll eisiger Selbstsicherheit. *„Wichtig ist doch nur, wer hier bei mir ist.“*

Sie schreckte auf. Nicolai warf Eric einen Blick zu. Dieser machte eine Geste und sagte lautlos „Weiter!“

„Wer ist bei Ihnen?“ Darias Finger zitterten so sehr, dass sie das Telefon mit beiden Händen festhalten musste.

„Sie müssten den Gentleman gut kennen. Immerhin wohnen Sie mit ihm zusammen.“

Daria schloss einen zittrigen Atemzug lang die Augen. „Was wollen Sie?“

„Nun, da Sie vielleicht schon bemerkt haben, dass wir ein gewisses Interesse daran haben die Mine aufzukaufen, wäre es sicher hilfreich, wenn Sie uns hierbei unterstützen könnten.“

„Was soll das heißen?“

„Sie scheinen ein bisschen schwer von Begriff zu sein, meine Teuerste.“ Die Frauenstimme stieß ein abfälliges Lachen aus. *„Dann will ich mich einmal klarer ausdrücken. Ich will die unterschriebenen Kaufverträge mit den Mineneigentümer. Und zwar innerhalb von 48 Stunden.“*

„Was? Aber das sind doch über zehn.“

„Zwölf, um genau zu sein. Ich rufe sie in vierzig Stunden wieder an und teile Ihnen den Übergabezeitpunkt mit.“

„Und was ist mit Gabriel?“

„Wir machen ein faires Tauschgeschäft. Ihr Freud gegen meine Anteile.“

„Lassen Sie mich mit ihm sprechen.“ Daria warf Nicolai einen Blick zu, der ernst nickte. „Ich muss zuerst wissen, dass es ihm gut geht.“

Ein kurzes Rascheln war zu hören. Dann ein schwerer Atemzug.

„Dasha? Geht es euch gut?“

„Gabriel!“ Seine Stimme ließ sie aufschluchzen, irgendwo zwischen Erleichterung und rastloser Panik. „Uns geht es gut. Und dir?“

„Ich bin unverletzt. Ich …, ich habe keine Ahnung, wohin sie mich gebracht haben.“

„Okay, das reicht“, ging sie dazwischen. *„Wie Sie hören, ist er bester Dinge. Nach 40 Stunden melde ich mich. – Ach ja, und sagen Sie den beiden Gorillas, die bei Ihnen sind, dass sie die Finger stillhalten sollen, sonst garantiere ich für nichts.“*

Dann war die Leitung tot.

Nicolai blickte zu Eric um. Dieser schüttelte den Kopf. „Verschlüsselt. Ich kann sie nicht orten.“

Daria fuhr sich verzweifelt durch die Haare. „Ihr habt Gabriel gehört. Sie könnten überall sein.“

„Sie sind noch im Stollen“, stellte Nicolai fest, woraufhin ihn Eric und Daria verwundert anblickten.

„Wie kommst du darauf?“

Nicolai ging zu den Stollenplänen. „Einmal Wahrheit, einmal Lüge. – So haben wir es immer gemacht, wenn wir nicht frei sprechen konnten.“

„Das heißt, es geht ihm gut und er ist noch genau dort?“

„Ja.“ Nicolai nahm eine der Reiszwecken und steckte sie an eine Stelle im Plan. „Und es sagt uns noch etwas.“

„Dass Mei-Lin ebenfalls dort ist“, erklärte Eric.

„Ganz genau.“

„Und was machen wir jetzt?“ Daria rieb die Hände so fest ineinander, dass ihre Fingerknöchel weiß hervortraten.

„Wir tun, was sie sagt“, erklärte Nicolai.

„Was?“

„Wir beide werden gleich losziehen und alle Eigner der Mine abklappern.“

„Und was sollen wir ihnen erzählen?“ Darias Blick flirrte zu Eric, der aber dabei war die Stollenkarte zu studieren.

„Die Wahrheit natürlich. Spock ist das Oberhaupt des Stammes. Er hat dem Reservat Millionen zur Verfügung gestellt, dafür gesorgt, dass die Kinder zur Schule gehen können, mittellose Familien unterstützt, das Touristendorf bezuschusst und dafür gesorgt das Dutzende von Männern Arbeit haben. Wir erzählen ihnen die Wahrheit", sagte er noch einmal.

Daria nickte und fragte sich einmal mehr, woher Gabriel all das Geld hatte, um so etwas zu tun.

„Eric, zeig mir, wo das provisorische Labor eingerichtet ist."

Eric zeigte auf eine markierte Stelle auf dem Plan.

„Gut, ich denke nicht, dass sie sich weit davon entfernt eingerichtet hat. Ich will alle möglichen Zugänge zu dieser Stelle kennen. Alle Flucht- und Verteidigungsmöglichkeiten. Kannst du das rausfinden?"

„Schon dabei."

Nicolai nickte. „Daria!"

„Ja?"

„Wir fahren."

*

Als Daria las, dass auch Rose DancingMoon, die Tochter der Nahimana, auf der Liste der Eigner stand, wollte sie diese als erstes besuchen. Sie wollte ihr kondolieren, aber vor allem … wollte sie es auch hinter sich bringen.

Sie erzählte Nicolai, dass es die Tochter der Medizinfrau war, die im Krankenhaus zusammengebrochen und schließlich gestorben war.

„Verstehe." Er brachte den Wagen vor dem Haus der DancingMoons zum Stehen. „Wir gehen zusammen rein. Und wenn du merkst, dass es ihr zu schlecht geht, dann lassen wir es gut sein und kommen morgen wieder."

Mit einem Nicken öffnete Daria die Wagentür und rüstete sich im Geiste für die Trauerstimmung im Haus.

Umso überraschter war sie, als schon von draußen lautes Kindergeschrei und Lachen zu hören war. Sie wechselte

einen fragenden Blick mit Nicolai und betätigte die Türglocke.

Sekunden später hörte sie Rose Stimme. „Seid doch endlich mal leise! Und bringt den Hund nach draußen! Er saut mir hier alles ein."

Tatsächlich wurden die Stimmen der Kinder leiser. Offenbar wurde Rose' Anweisung nachgekommen.

Dann ging die Tür auf.

Rose wirkte abgekämpft und hatte dunkle Augenringe. Es war das Gesicht einer Frau, die zum Trauern kaum Zeit fand.

„Daria", sagte sie und warf einen kurzen Blick auf Nicolai. „Was für eine Überraschung."

„Rose, das hier ist Nicolai."

Er streckte Rose die Hand entgegen und schüttelte sie mit einem freundlichen Lächeln.

„Rose, das mit deiner Mutter …" Sie zog etwas hilflos die Schultern hoch. „Es tut mir so leid."

„Ich danke dir!" Sie öffnete die Tür ganz und wies nach Innen. „Kommt doch rein." Sie ging voran durch einen Flur, in dem wild verstreut Kinderschuhe herumlagen. Dazwischen waren Pfotenspuren.

„Harry und seine Freunde waren gerade Football spielen. Der Hund war offenbar der Quarterback." Sie versuchte sich an einem Lächeln und strich sich die dunkle Bluse glatt.

Rose' Küche war in Naturholz gehalten und wirkte mit der übergroßen Kochinsel gemütlich. Ein Raum, dem man ansah, dass er der Mittelpunkt des Familienlebens war.

„Möchtet ihr etwas trinken?"

„Nein, danke. Wir wollen dir keine Umstände machen." Daria atmete tief durch. „Wir haben eine Bitte an dich. Oder vielmehr …, naja …"

Als er bemerkte, wie sehr ihr die passenden Worte

fehlten, übernahm Nicolai.

„Wir sind hier, weil Sie auch ein Angebot für Ihren Minenanteil bekommen haben."

Rose zog die Stirn kraus, nickte aber.

„Sie haben den Anteil aber nicht verkauft, nicht wahr?"

„Nein. Das Angebot halte ich für einen Witz."

„Warum?"

„Weil die Summe so hoch ist."

„Leider ist es kein Witz, ganz im Gegenteil." Daria fixierte Rose' dunklen Blick.

„Wie meinst du das?"

„Sie haben Spock entführt", erklärte Nicolai.

„Was?"

„Sie haben uns 40 Stunden gegeben, um alle Unterschriften zu bekommen, sonst …"

Rose riss die Augen auf. „Sonst?"

Daria zuckte nochmals mit den Achseln. „Wir wissen nicht genau, was dann passiert. Aber du weißt ja, was mit Jimmys Haus war. Spock wurde zwei Tage später im Stollen niedergeschlagen und …"

„Mein Gott! Dann war das mit Harry vielleicht auch kein Unfall?"

„Nun, wir können es natürlich nicht mit Sicherheit sagen -"

„Das war hundertprozentig kein Unfall", unterbrach Nicolai sie und sorgte dafür, dass Rose jegliche Farbe aus den Wangen wich.

„Du meine Güte!" Die Indianerin schlug beide Hände vors Gesicht. „Es hätte auch anders ausgehen können, nicht? Ich hätte meinen Jungen verlieren können?"

Vor der gläsernen Terrassentür lief ein Schäferhund mit einem Football im Maul durch den Garten, gefolgt von vier vor Freude kreischenden Halbstarken; darunter Harry. Rose hatte gerade ihre Mutter verloren. Der Gedanke, was ihrem Sohn hätte passieren können,. musste sie schier um den Verstand bringen.

Plötzlich stand sie so ruckartig auf, dass ihr Stuhl mit einem wütenden Quietschen über den Dielenboden schrammte. Sie ging an eine Schublade, holte eine Papiermappe und einen Kugelschreiber hervor und setzte sich wieder. Auf der letzten Seite unterschrieb sie und schob die Mappe Daria hin. Ganz offenbar war es der Vertrag.

„Kann ich euch sonst noch irgendwie helfen?"

„Ja", sagte Daria. „Es sind noch elf weitere Eigentümer an der Mine. Ich kenne die wenigsten und -"

Rose hob die Hand. „Ich weiß, was du sagen willst. Ich rufe all diejenigen an, die du nicht kennst und sage ihnen, was zu tun ist."

„Das ist eine riesen Erleichterung für uns." Daria versuchte sich an einem Lächeln, obwohl ihr die Tränen in der Nase brannten.

Mit instinktiver Feinfühligkeit griff Rose nach ihrer Hand und drückte sie fest. „Ihm wird sicher nichts geschehen, Daria."

Sie nickte und wollte es mehr glauben, als alles andere.

*

Nachdem sie bei Rose gewesen waren, besuchten sie noch eine weitere Familie, die sie über Gabriel kennengelernt hatte. Auch sie erklärten sich sofort bereit zu helfen.

Im Wagen starrte Daria vor sich hin. Es wurde bereits dunkel und es kam ihr vor, als würde die einbrechende Nacht auch aus ihr alles Licht und alle Wärme heraussaugen.

Zurück am Container fanden sie ein Chaos aus Plänen und Katalogen vor. Über die Monitore flackerten Karten und Berechnungen und der Stollenplan war so voller Reiszwecken, dass vom Papier kaum noch etwas zu sehen war.

„Wow." Nicolai schloss die Tür hinter sich und Daria. „Du warst offenbar fleißig."

„Allerdings. Seid ihr bereit für eine kleine Einführung?"

„Schieß los."

Daria ließ sich erschöpft auf einen der Stühle nieder und blickte auf die Stollenkarte, vor der Eric stand.

„Die gute Nachricht ist, dass die Ausgänge dieses Stollenabschnittes gut zu überwachen sind, denn es gibt nur zwei davon. Wenn sie Gabriel irgendwohin bringen wollen, sehen wir es."

„Was uns direkt zur schlechten Nachricht bringt", sagte Nicolai. „Nämlich dass es auch nur zwei Zugänge zu dem Abschnitt gibt und die deswegen sicherlich bestens bewacht sein dürften."

„Ja, das ist wohl so."

„Was ist das hier?" Daria ging an den Plan und zeigte auf eine breite gestrichelte Linie. „Führt das nicht auch in diese Stollenausbuchung?"

„Doch." Eric stellte sich neben sie. „Allerdings ist das nur ein Lüftungsschacht." Mit einem Achselzucken drehte er sich zu Nicolai um. „Wenn ihr nicht ein paar Hobbits zur Hand habt, die sich da reinquetschen können, dann ist das eine Sackgasse."

Daria nickte enttäuscht. „Also müssen wir bis übermorgen abwarten und ihnen all die Verträge geben, damit sie Gabriel freilassen?"

„Wir werden bis übermorgen warten, aber wir werden ihnen rein gar nichts geben."

Sie blinzelte irritiert. „Und warum fahren wir dann durch die Gegend und sammeln Unterschriften?"

„Weil sie uns beobachten", erklärte Nicolai wie selbstverständlich.

„*Was?* Warum sagst du mir das nicht?", fuhr sie ihn erbost an.

„Weil das viel unauffälliger wirkt, als wenn du es weißt und dich alle drei Sekunden umsiehst nach irgendwelchen Leuten, die uns verfolgen."

„Das ist kein Grund, mich wie einen Idioten zu behandeln. Ich hätte das wissen müssen!"

„Äh, Leute!" Eric hob beide Hände. „Könntet ihr euch wohl in der hiesigen Landessprache streiten?"

Daria stockte. Sie hatte gar nicht bemerkt, dass sie ins Russische gewechselt war. Sie schloss die Augen, atmete einmal tief durch.

„Also gut." Nicolai strich sich durch die Haare. „Es ist halb Elf. Ich schlage vor, wir gehen ins Bett und schlafen ein wenig. Morgen sind wir etwas frischer und können klarer denken."

Daria wollte widersprechen. Sie war hellwach und der Drang irgendetwas zu tun, das Gabriel helfen konnte, war übermächtig. Doch Nicolai warf ihr einen Blick zu, der sowohl Verständnis, als auch Nachdrücklichkeit zeigte.

„Nichts, was wir heute Abend noch tun können, macht Sinn, Daria. Lass uns schlafen. Wenn wir nicht ausgeruht sind, nutzen wir Spock gar nichts."

„Du hast wahrscheinlich Recht." Sie rieb sich das Gesicht und stand auf. „Gute Nacht." Resigniert wandte sie sich der Tür zu und ging hinaus.

*

Als wüsste er ganz genau, wie es in Daria aussah, wich ihr Nanuk keine Sekunde von der Seite. Nicht in der Küche, im Badezimmer und schon gar nicht im Schlafzimmer, wo sie die Einsamkeit, Dunkelheit und Hoffnungslosigkeit zu überwältigen drohten, ließ er sie aus den Augen, schmiegte seinen Kopf in ihre Hände, strich gegen ihre Beine, als wollte er sie dringend wissen lassen, dass sie nicht alleine war.

Fröstelnd rollte sie sich in Gabriels Bett zusammen. Nanuk legte sich ans Fußende und bettete den Kopf so auf seine Pfoten, dass er sie beobachten konnte.

Ungehemmt ließ Daria den Tränen freien Lauf, die sie die ganze Zeit so entschlossen zurückgehalten hatte.

Wenn Gabriel etwas geschehen würde, wenn sie ihn womöglich nie wieder sehen durfte, dann hatte sie alles, was in ihrem Leben jemals von Bedeutung gewesen war, verloren. Sie umarmte das dünne Bettlaken, das nach ihm roch und ihr doch keinen Trost zu spenden vermochte.

Dann schloss sie die Augen und schlief über den Grübeleien zu Gabriels Rettung schließlich ein.

Lautstarkes Gerumpel schreckte sie auf, ließ sie hastig nach der Nachttischlampe tasten. Sie blinzelte in den plötzlich hell erleuchteten Raum. Etwas zog an ihrer Bettdecke. Ein Kratzen war zu hören, als würden spitze Krallen den Holzfußboden aufreißen wollen.

„Nanuk?“ Daria krabbelte zur Bettkante.

„Nanuk, was -?“

Als sie hinab blickte, lugten unter dem Bett nur noch die Hinterbeine und der Schwanz hervor, während sich der Hund versuchte mit aller Kraft in den niedrigen Spalt zwischen Boden und Bett zu schieben.

„Was treibst du denn da?“

Wie zur Antwort war ein Quietschen zu hören, wie von einer Maus, aber etwas lauter und tiefer. Sie fuhr herum und sah gerade noch, wie sich ein Eichhörnchen am Vorhang emporhangelte und schließlich durch das weit offene Fenster in die Freiheit verschwand.

Um zu verhindern, dass ihm Nanuk in seinem Eifer womöglich hinterher sprang, lief Daria schnell zum Fenster und ließ es herunter.

Als sie sich umdrehte, hatte sich der Hund einmal quer unter dem Bett hindurch gequält und stand hechelnd vor Daria, als wollte er sie fragen, wieso zum Teufel sie seine Beute hatte entwischen lassen.

„Lass das arme Eichhörnchen in Ruhe“, schimpfte sie ihn. „Wie kann man nur so besessen sein, dass man sich dafür sogar in diesen winzigen Spalt quetscht?“

Mit einem tiefen Atemzug hielt sie plötzlich inne, starrte sekundenlang in Nanuks verständnisloses Gesicht. Dann lief sie an ihren Kleiderschrank.

*

Sie klopfte so lang und fest gegen die Tür des Containers, dass sie das Gefühl hatte, ihre Fingerknöchel würden jeden Augenblick aufspringen und bluten.

„Ich komme ja schon!“ Erics Stimme war kaum mehr als ein Krächzen. Kein Wunder, es war vermutlich mitten in der Nacht.

Als die Tür aufging, stand er in karierten Boxershorts vor ihr. Sein blondes Haar stand wirr zu allen Seiten ab und er unterdrückte mit aller Kraft ein Gähnen.

„Daria?“ Er blinzelte etwas desorientiert und öffnete die Tür so weit, dass sie hereinkommen konnte. „Was -?“

Ohne auf seine Frage einzugehen, stürmte sie zu den Stollenplänen und zeigte darauf.

„Welchen Durchmesser hat der Belüftungsschacht?“

„Daria?“ Auch Nicolai kam aus seinem Bett. Indem er den Raum betrat, streifte er sich ein T-Shirt über. „Es ist halb zwei Uhr morgens.“

„Ich habe Eric gerade gefragt, welchen Durchmesser dieser Schacht hat.“

Er zog die Stirn kraus. „Und das konnte nicht bis morgen warten?“

„Nein. Also?“ Sie wandte sich Eric zu, der mit einem Achselzucken zu ihr kam und einen Blick auf die Legende warf. Dann sah er auf einen anderen Plan. „Fünfzig Zentimeter.“

„Wie ich schon sagte“, erklärte Nicolai. „Zu schmal für uns.“

„Aber nicht zu schmal für mich.“ Darias Blick schwirrte zwischen den beiden Männern hin und her, deren Miene irgendwo von Fassungslosigkeit zu gütigem Mitleid und wieder zurück schwankte.

„Das soll hoffentlich ein Witz sein.“ Nicolai schüttelte den Kopf. „Dieser Schacht ist zweiundzwanzig Meter lang und führt senkrecht nach unten.“

„Und?“ Entschlossen hielt sie seinem Blick stand.

„Und?“, wiederholte er ungläubig. „Selbst wenn du diese selbstmörderische Rutschbahn hinunterkämst, würdest du direkt in deren Hauptraum landen.“

„Das ist doch Sinn der Sache!“

„Das ist Wahnsinn, Daria. Völlig verrückt!“

„Ich kann mich bewaffnen.“

„Aber das hilft doch nichts, wenn dich ein halbes Dutzend von Mei-Lins schießwütigen Gorillas empfängt.“

Da war etwas dran.

Daria kaute nachdenklich auf ihrer Unterlippe, bis ihr eine Idee kam. „Wir könnten diese Wärmebildkamera den Schacht hinunterlassen. Sie könnte für uns auskundschaften, ob die Leute da sind, und wenn ja, wo sie sind.“

„Selbst wenn. Sie werden Spock ganz sicher bewachen lassen. Du müsstest auf jeden Fall einen oder zwei von ihnen ausschalten, um an ihn heranzukommen.“

„Du sagst selbst, dass ich eine gute Schützin bin."

„Du hast noch nie einen Menschen getötet." Er machte einen Schritt auf sie zu, so nah, dass sie den Kopf in den Nacken legen musste, um ihn ansehen zu können. „Du hast keine Ahnung, ob du abdrücken könntest, wenn es die Situation erfordert."

Sie kam noch einen Schritt näher. „Ich schwöre, dass ich es kann. Und dass ich es *werde*. Sofort und ohne zu zögern, wenn es der Preis ist, um Gabriel zu retten!"

Jetzt kam auch Eric zu ihnen. „Ich glaube ihr", stellte er fest.

Nicolai starrte sie so lange an, wie es ihm ohne zu blinzeln möglich war. Dann trat ein wütender Zug auf sein Gesicht, bis er schließlich nickte. „Ja, ich glaube ihr dummerweise auch."

Stöhnend wandte er sich ab. „Gut, nehmen wir mal an – rein hypothetisch! – wir ziehen diese Harakiri-Aktion wirklich durch, seilen dich durch den Lüftungsschacht ab und bringen dich so in diesen improvisierten Laborraum, von dem wir annehmen, dass in der unmittelbaren Nähe irgendwo Spock sein muss. Nehmen wir weiter an, dass es dir gelingt ihn da rauszuhauen, dann haben wir noch immer zwei massive Probleme." Er setzte sich an den Untersuchungstisch und rieb sich das Gesicht, bevor er weitersprach. „Erstens: wir wissen nicht, ob Spock immer noch in so gutem Zustand ist. Sie könnten ihn so verletzt haben, dass er nicht selbst gehen kann. Er wiegt bestimmt zweihundert Pfund, du hättest keine Möglichkeit ihn nach draußen zu bringen."

„Vor vier Stunden war er doch noch unverletzt. Warum sollten sie ihn jetzt so zugerichtet haben, dass er nicht gehen kann?"

„Ich sage ja nicht, dass es so ist. Ich sage nur, dass es möglich wäre. Außerdem – selbst wenn er fit ist – gibt es noch ein viel größeres Problem: Ihr könnt nämlich nicht beide auf dem Weg zurück, auf dem du reinkommst. Spock passt nicht in den Lüftungsschacht. Niemals. Außerdem wärt ihr in diesem 22 Meter langen Rohr eine idiotensichere Zielscheibe. Ihr müsstet also den Aufzug nehmen, um aus dem Stollensystem zu kommen. Und das ist genauso laut und auffällig, wie gefährlich. Der Aufzug ist ja überhaupt erst der Grund, warum Spock in diesem scheiß Loch festsitzt."

Daria trat an den Seitentisch, auf dem sich Schusswaffen, Munition und Handgranaten stapelten. „Dann müssen wir eben dafür sorgen, dass sie uns nicht folgen können", erklärte sie.

„Das Stollensystem stammt noch aus der Steinzeit. Du könntest sterben, wenn dort eine Explosion stattfindet."

„Zu sterben oder ohne Gabriel zu sein, ist für mich dasselbe. Ich wünschte, du würdest das, verdammt nochmal, verstehen!" Sie starrte wutentbrannt zu ihm empor.

Er erwiderte ihren Blick. „Wenn ich das nicht täte, würden wir dieses irrsinnige Gespräch überhaupt nicht führen."

Sekundenlang herrschte Schweigen.

Dann plötzlich räusperte sich Eric. „Kurz vor zwei Uhr morgens scheint mir die perfekte Zeit für einen starken, schwarzen Kaffee zu sein."

*

Wenn Eric sagte starker Kaffee, dann meine er auch starken Kaffee. Daria hatte das Gefühl, ihr könnte der Löffel beim Umrühren steckenbleiben, aber immerhin war sie wach.

Sie war bereits in Jeans und einen dunklen Pullover gekleidet, hatte sich außerdem die Haare zu einem strengen Knoten im Nacken gebunden. Ihr Herz raste und ihre Finger zitterten.

„Das hier ist ein Mikrofunksender“, erklärte Nicolai und hielt Daria mit einer Pinzette ein hautfarbenes Plättchen vor die Nase. „Ich setze ihn dir im Ohr ein. Du kannst uns hören und wir dich. Zumindest solange wir Empfang haben, denn der lässt im Stollen schneller nach, als uns allen lieb sein kann.“

„Okay.“ Sie nickte und hielt ihren Kopf schräg, damit Nicolai ihr das Funkgerät einsetzen konnte.

„Und Eric hat eine Schutzweste für dich.“

„Ich passe ja so schon kaum durch den Schacht.“

Nicolai fixierte sie streng. „Die Weste ist nicht verhandelbar. Spock wird es mir sowieso schon nie verzeihen, dass ich dich das tun lasse, wenn du nicht wenigstens maximalen Schutz hast, legt er mich auf der Stelle um.“

Daria schnaufte und nahm Eric die Weste ab, die sie eng um ihren Oberkörper verschloss.

„Und was jetzt?“, fragte sie.

„Diese beiden Kleinkalibrigen sind für dich. Die Schalldämpfer sind sperrig, müssen aber sein, wenn du nicht sofort auffliegen willst.“ Er verstaute die Waffen jeweils an ihrer linken Taille und hinter ihrem Rücken. Dann nahm er eine Dritte und verstaute sie an ihrer rechten Taille. „Und diese gibst du Spock, sobald er frei ist.“

„Und das Messer?“

„Steck es dir in den BH?“

Sie riss die Augen auf. „Bitte?“

„Na hier.“ Er gestikulierte etwas hilflos vor seiner eigenen Brust. „Du weißt schon, … dazwischen. Vorne.“

Mit einem skeptischen Gesichtsausruck nahm sie das Messer, wandte sich ab und verstaute das kleine es zwischen ihren BH-Körbchen. Bequem war es nicht, aber in jedem Falle unauffällig.

Sie drehte sich wieder um. „Und jetzt?“

„Granaten.“ Nicolai hielt zwei kleine Kugeln in die Höhe, kaum größer als Trauben. „Sie sind klein, richten aber unangenehm viel Schaden an. Du ziehst den Stift und hast dann noch fünf Sekunden.“

„Verstehe.“ Sie blickte an sich hinab und kam sich vor, wie eine zu allem entschlossene Terroristin. „Das war’s?“

„Es ist schon nach drei Uhr morgens“, bemerkte Eric. „Wenn wir jetzt nicht langsam losfahren, dann brauchen wir es gar nicht mehr versuchen.“

„Na, dann los.“

*

Die Fahrt zum Stollen verlängerte sich diesmal noch um eine waghalsige Klettertour zum Abzug des Lüftungsschachtes. Oben angekommen war Daria außer Atem. Ihre Beine zitterten vor Erschöpfung und ihre Ausrüstung kam ihr vor, als wäre sie fünfzig Pfund schwer.

Eric schraubte vollkommen geräuschlos das Abluftgitter los und ließ das Seil, an das er seine Wärmebildkamera gebunden hatte, vorsichtig den Schacht hinab.

Es dauerte mehrere Minuten, bis die Kamera den Schacht durchquert hatte, und Daria fragte sich automatisch, wie lange es bei ihr wohl dauern würde.

„Zwei Personen in etwa zwölf Metern Entfernung. In nordöstlicher Richtung. Eine der Wärmesignaturen ist kleiner. Ich möchte wetten, dass die Person sitzt.“

„Gabriel?“, fragte Daria mit einem atemlosen Flüstern.

Eric nickte. „Wäre sehr gut möglich. Er sitzt und ist

gefesselt. Und eine Wache ist bei ihm. Garantiert bewaffnet."

„Das wichtigste ist, dass du geräuschlos nach unten kommst." Eric schaltete die Kamera auf normalen Modus. „Es ist stockdunkel. Wenn sie dich nicht hören, werden sie dich nicht sehen."

„Du musst die Wache ausschalten, Daria." Nicolai blickte sie fest an. „Du musst ihn töten und zwar bevor er schreien oder Alarm schlagen kann. Wir können dir nicht helfen. Sobald du da unten bist, bist du auf dich selbst gestellt."

Ihr Herz raste. Die Knie zitterten und am liebsten wäre sie schreiend fortgerannt. Doch beim Gedanken, wer dort unten auf ihre Hilfe angewiesen war, nickte sie automatisch.

Eric schnallte sie so fest, dass sie unten nur einen Karabiner würde lösen müssen. „Wir lassen dich kopfüber hinab. Das hat den Vorteil, dass du gleich alles siehst und den Nachteil, dass dir nach circa einer Minute das Blut so derartig unangenehm in den Kopf läuft, dass ich dir dringend rate möglichst flott wieder auf den Beinen zu stehen. – Das hier ist eine Nachtsichtkamera." Er hielt ihr etwas hin, das wie eine Mischung aus Fernglas und Taucherbrille aussah. „Setz‘ sie auf, sobald du im Tunnel bist. Wenn du unten bist, kommst du nur über den Aufzug wieder raus. Wir nehmen den anderen Eingang zum Stollen und erwarten euch dort."

Nicolai schnaufte. „Mehr können wir nicht tun. So leid es mir tut."

„Alles klar." Daria ließ ihre Hände vorsichtig über ihre Weste und all die Ausrüstung gleiten, die sie am Leib trug. Nicolais fester Griff an ihren Schultern ließ sie aufsehen.

„Noch können wir den anderen Weg wählen", flüsterte er eindringlich, doch Daria schüttelte den Kopf.

„So haben wir eine größere Chance Gabriel da lebend raus zu bekommen."

„Nur, wenn es funktioniert."

Sie blickte ihn starr an. „Das wird es."

Mit einem tiefen Atemzug griff sie nach dem Karabiner, den Eric in der Hand hielt, und klinkte sich darin ein.

„Wünscht mir Glück", sagte sie und lehnte sich kopfüber in den schmalen Lüftungsschacht, aus dem stickige Luft und totale Finsternis aufstiegen.

„Ich habe dich", sagte Eric, als Zug auf das Seil kam. „Schalt' die Nachtsichtkamera ein."

Daria hatte kaum genug Platz, um ihre Hand bis zu ihrer Stirn zu bewegen. Als sie es jedoch schaffte, hatte die Dunkelheit plötzlich einen Grünstich, blieb ansonsten aber so beklemmend, wie zuvor.

Innerhalb kürzester Zeit fühlte sie einen Druck im Kopf, der schon bald extrem unangenehm wurde.

„Schneller", hauchte sie fast tonlos und tatsächlich schien ihr Funkgerät sensibel genug zu sein, um diese Anweisung korrekt an Eric weitergeben zu können.

Die Geschwindigkeit, mit der sie den Schacht hinabgelassen wurde, erhöhte sich deutlich, so dass Daria aufpassen musste, dass ihr Kopf nicht gegen die rauen Wände knallte.

Sie hätte sich nicht vorstellen können, dass ihr Puls noch höher schießen könnte, aber als ihr Kopf den Schacht verließ, tat er es und verwandelte sich in ein irres Rauschen.

Wo, verdammt nochmal, war Nordosten?

„Stop", flüsterte sie, umfasste die Kante des Lüftungsschachtes, als das Nachgeben des Seils aufhörte und drehte sich um die eigene Achse, bis sie die Ausbuchtung des Stollens entdeckte, in die am Mittag die beiden Männer im Laborkittel verschwunden waren.

„Okay, lass mich runter. Aber langsam."

Eric gab das Seil nach und Daria schaffte es sich mit zusammengebissenen Zähnen geräuschlos auf dem Stollenboden aufzurichten. Sie klinkte sich aus und presste sich gegen die grobe Steinwand.

Am liebsten wäre sie sofort losgerannt, um Gabriel zu finden. Doch zuerst orientierte sie sich, suchte den Aufzug, den sie beide hoffentlich gleich würden benutzen können und rief sich den Weg ins Gedächtnis, den sie das letzte Mal genommen hatten, um hierher und anschließend wieder nach draußen zu kommen.

„Ist da unten alles in Ordnung?" Erics Stimme war glockenklar in ihrem Ohr zu hören.

„Ja", hauchte sie fast geräuschlos.

„Gut. Wir stellen die Kommunikation ein und gehen jetzt zu dem anderen Stolleneingang. In zehn Minuten sind wir oben am Aufzug."

Daria antwortete nicht mehr und machte einen vorsichtigen Schritt tiefer in den Schacht. Sie löste eine der kleinkalibrigen Waffen aus ihrem Holster und entsicherte sie. Angeblich war sie eine gute Schützin. Sie konnte sich zwar nicht mehr erinnern, hoffte aber, dass es stimmte.

Schon nach wenigen Metern sah sie eine schemenhafte Gestalt. Zuerst dachte sie, dass jemand am Boden zusammengekauert war, oder knien würde. Doch als sie näher kam, begriff sie, dass derjenige an einen Stuhl gefesselt dasaß, den Kopf zur Seite gerollt und die Knie weit auseinandergefallen. Als würde er schlafen. Oder wäre bewusstlos. Da es Gabriel sein musste, verbot sie sich den Gedanken, dass er womöglich tot sein konnte.

An der Wand kauernd wartete sie ab. Vermutlich waren es nur Minuten, doch es kam ihr vor, als vergingen Stunden, bis sich neben Gabriel etwas regte. Durch das Nachtsichtgerät war die schwarzgrüne Gestalt gut zu erkennen. Der Mann trug eine Pistole an der Seite, die Daria sehen konnte. Ob er noch mehr Waffen bei sich trug, war nicht auszumachen.

Die Wache überprüfte ganz offenbar Gabriels Fesseln, die sich an den hinter dem Stuhlrücken gekreuzten Händen und an den Fußknöcheln befanden. Sie rief sich das Messer ins Gedächtnis, das sie an der Brust trug. Um Gabriel zu befreien, würde sie es brauchen. Aber vorher musste sie die Wache lahmlegen. Und es fiel ihr partout keine andere Möglichkeit ein, als den Mann zu erschießen.

Plötzlich war sie sich nicht mehr sicher, ob sie das schaffen würde. Der Mann wandte sich von Gabriel ab und machte einige Schritte von ihm fort. Vielleicht würde es ja gar nicht notwendig sein, ihn zu töten. Wenn er Gabriel und sie nicht sah, konnte sie ihn womöglich befreien und mit ihm zum Aufzug fliehen, ohne dass es jemand bemerkte. Sie musste nur den richtigen Moment abpassen.

Schussbereit hielt sie die Pistole in der rechten Hand. Dann fasste sie sich ein Herz und schlich sich vorsichtig an Gabriels Stuhl heran. Die Wache war keine zwanzig Meter entfernt am Ende der Stollenausbuchung. Er stand neben einer kleinen Lampe, die auf Darias Nachtsichtgerät so gleißend hell leuchtete, wie tausend Sonnen. Schnell wandte sie sich ab und schlich sich fast auf allen Vieren weiter zu Gabriel, bis sie endlich hinter ihm war.

Als sie stumm seine Hände berührte, zuckte er einmal heftig zusammen, wurde aber sofort wieder still. Vorsichtig löste sie den Knoten an seinen Fesseln und zog sie auf. Ihr Herz klopfte bis zum Zerspringen, als sie sich an ihm vorbeibeugte, um nach seinen Fußfesseln zu greifen. Sie zerrte sie auf und fühlte, wie sie eine Welle der Erleichterung durchflutete.

„Komm!“, flüsterte sie. „Wir müssen zum Aufzug.“

Plötzlich spürte sie etwas Eisiges an ihrer Schläfe.

„Ich denke nicht, Schätzchen." Geschockt sah Daria auf und blickte in das Gesicht des Mannes, der auf den Stuhl gefesselt war. Es war nicht Gabriel. Es war ein Fremder mit einem fiesen Grinsen und einer Waffe, die er ihr ins Gesicht hielt.

Sie war starr vor Schreck und fassungslos. Es war eine Falle gewesen. Der Mann auf dem Stuhl: nur ein Köder. Ein Köder, den sie allzu bereitwillig geschluckt hatte.

Plötzlich erfasste ein gleißender Blitz ihr Sichtfeld, durchbohrte ihre Augen mit einem stechenden Schmerz, der ihr direkt ins Gehirn fuhr. Sie riss sich die Nachtsichtbrille vom Kopf und konnte trotzdem sekundenlang nichts erkennen. Noch nicht einmal, als sie grob auf die Beine gezerrt wurde.

„Wen haben wir denn hier?"

Obwohl sie noch immer gegen die Blindheit ankämpfte, gefror Daria das Blut in den Adern. Diese Frauenstimme hätte sie unter Tausenden erkannt, obwohl sie sie erst wenige Minuten lang gehört hatte. Allmählich wurde ihr Blick wieder klar und sie erkannte die Asiatin, der die puppenhafte und doch eiskalte Stimme gehörte. Sie stand an die Wand gelehnt da, die Arme vor der Brust verschränkt. Ihr Körper steckte in einem schwarzen Hosenanzug, der gekonnt ihre schlanke Linie betonte und das rötlich gefärbte Haar reichte ihr bis zur Brust.

„Ich bin überrascht", sagte sie und stieß sich von der Wand ab. „Ich hatte mit einem der Agenten gerechnet. Aber nie im Leben mit …" Sie kam Daria so nah, dass sich diese zwingen musste, nicht zurückzuweichen. Und dennoch zuckte sie, als Mei-Lin nach einer der Strähnen griff, die sich aus ihrem Knoten gelöst hatten, und daran roch. Dann lächelte sie, halb verzückt, halb irre.

Daria bemerkte erst, dass auch sie bewaffnet war, als Mei-Lin den Lauf ihrer Pistole in einer grotesk verträumten Geste über ihre Kehle gleiten ließ.

„Es ist eine Schande eine so schöne Frau an einen … Mann zu verschwenden."

Als Daria begriff, was dieser Satz bedeutete, schlich sich ein süffisantes Lächeln auf Mei-Lins blutrot geschminkte Lippen. Dann verschwand das Lächeln wieder und sie wandte sich abrupt ab.

„Aber da dem leider so ist", erklärte sie und gab dem Kerl, der hinter Daria stand ein Zeichen, woraufhin er sie vorwärts schubste. „will ich Ihnen das Objekt Ihrer Begierde nicht länger vorenthalten."

Das hohle Geräusch ihrer Schritte wurde verzerrt von den rauen Wänden des Stollens zurückgeworfen, während sie vorwärts gingen und schließlich in eine weitere Ausbuchung kamen. Es war eingerichtet wie ein Labor. Reagenzen, Zentrifugen, Massenspektrometer und viele andere Gerätschaften, die Daria nicht zuordnen konnte, waren auf provisorischen Alu-Regalen aufgereiht.

Dazwischen war ein Stuhl. Auch auf diesem Stuhl war ein Mann festgebunden. Sein Kopf war auf die Brust gesunken, sein Oberkörper hing schlaff in den Fesseln. Es war Gabriel und er war ganz offensichtlich nicht bei Bewusstsein.

„Weck' ihn auf!" Mei-Lin gab einem zweiten bewaffneten Mann, den Daria erst jetzt entdeckte und der hinter einem der Regale hervortrat, ein Zeichen.

Er packte Gabriel so grob ins Haar und riss seinen Kopf zurück, dass er ein Stöhnen unterdrückend die Augen aufriss. Als er Daria sah und das Begreifen in seinen Augen explodierte, sank ihr Herz.

„Ich bin kein unnötig sentimentaler Mensch", hob Mei-Lin an, „aber ist es nicht etwas dumm eine Frau zur

Rettung zu schicken, die sich weder körperlich verteidigen, noch sonst wie behaupten kann, nur weil sie es offenbar nicht ohne Sie aushält, Mr. Stetson?“

Gabriel presste die Lippen so fest aufeinander, dass seine Kiefer zuckten.

„Das ist es allerdings“, brachte er mühsam hervor. Wut und Verzweiflung rangen in seiner Miene um die Vorherrschaft.

Mei-Lin warf ihr Haar über die Schulter zurück und seufzte theatralisch. „Es erinnert mich ein bisschen an *Orpheus und Eurydike*. Nur dass er da der Idiot mit der hoffnungslosen Selbstüberschätzung war.“ Sie gab ein Achselzucken von sich und trat vor Daria. „Nun, das Ende dürfte in etwa dasselbe sein. Sie sterben beide.“

Gabriel zog so heftig an seinen Fesseln, dass die Stuhllehne knackte. Ein Geräusch, das Mei-Lin überaus amüsierte.

Sie griff nach Darias Waffe, ließ das Magazin heraus und gab beides an den Wachmann weiter. Dann tastete sie Darias Arme und ihre Seiten ab. Der lüsterne Ausdruck, der dabei über ihr Gesicht huschte, widerte Daria an. Sie blickte über Mei-Lins Schulter in Gabriels Gesicht. Auch wenn er eine Maske der Verschlossenheit trug, so erkannte sie doch den Schmerz und die rasende Sorge in seinen Augen.

Währenddessen wurde ihr die zweite Waffe abgenommen. Mei-Lin ließ ihre Hände über Darias Brüste gleiten und gab ein genießerisches Geräusch von sich.

„Was für eine prachtvolle Form“, erklärte sie und warf Gabriel über die Schulter einen Blick zu. „Ich verstehe, was dir so an dieser Frau gefällt. Üppig und verlockend.“

„Wenn du ihr auch nur ein Haar krümmst …“

Mei-Lin bellte einen Befehl und sofort schlug die hintere Wache Gabriel hart ins Gesicht, so dass er verstummte.

Daria zuckte zusammen. Mei-Lin ging vor ihr in die Knie und tastete ihre Hüften ab, die Innenseite ihrer Oberschenkel und fand schließlich die dritte Waffe an ihrem Bein. Dann richtete sie sich wieder auf.

Eine der Wachen holte einen Stuhl und stellte ihn Gabriel gegenüber auf. Daria wurde daraufgesetzt, ihre Arme nach hinten gebogen und gefesselt, genau wie jeder ihrer Knöchel an einem der Stuhlbeine fixiert wurde; so fest, dass sie das Gefühl hatte, dass ihre Zehen jeden Augenblick absterben würden.

„Wir lassen jetzt erst einmal eure Freunde ein oder zwei Stunden zappeln und dann machen wir nochmals einen kleinen Anruf. Ich bin mir sicher, dass wir die unterschriebenen Verträge ohne weitere Verzögerungen bekommen werden."

„Und dann lassen Sie uns frei?" Daria blickte zu ihr empor. „Sie brauchen uns doch dann nicht mehr."

„Da haben Sie natürlich Recht, meine Liebe. Einerseits." Sie legte den Zeigefinger gegen die rot geschminkten Lippen, als würde sie nachdenken. „Andererseits, denke ich, ist es viel besser, wenn keiner von Ihnen jemals wieder das Sonnenlicht sieht. Auch Ihre beiden Freunde nicht." Sie nickte nachdenklich, als hätte sie einen Gedanken gehabt, der ihr gut erschien. „Ja, ich denke, das wird die Anwohner sehr viel kooperativer machen."

Daria ließ den Blick fallen. Die Erkenntnis, dass diese Irre nie geplant hatte, Gabriel oder sonst jemanden entkommen zu lassen, spendete ihr insofern auf irrsinnige Weise Trost, dass sie ihm nun wenigstens noch einmal gegenübersitzen durfte.

„Nun, es ist spät." Mei-Lin sah in einer überflüssigen Geste auf ihre Armbanduhr. „Wir werden zusehen, dass wir noch ein bisschen Schlaf abbekommen. Und ihr beide könnt euch noch ein bisschen … unterhalten. – Wünsche wohl zu Ruhen!“

Mit diesen Worten zog sie ihre Gorillas ab und verschwand mit ihnen aus dem Labor.

Daria blickte mit rasendem Herzen zu Gabriel auf. Es war grotesk, aber obwohl sie ganz offenbar in den nächsten Stunden getötet werden sollten, machte ihr seine Reaktion auf ihre misslungene Rettungsaktion am meisten Angst.

Als er nur weiter schwieg und sie dabei stumm anblickte, hielt sie es nicht länger aus.

„Es tut mir leid“, hauchte sie. „Ich -“

„Ich will es nicht hören!“ Gabriels Stimme war hart und voller Zorn; ein Eindruck, der sich dadurch noch verstärkte, dass er die Worte auf Russisch sagte. „Wie konntest du so etwas grenzenlos Dummes nur jemals tun?“

„Ich wollte dich retten“, rechtfertigte sie sich, indem sie die Tränen zurückdrängte.

Ein fassungsloses Kopfschütteln war seine einzige Antwort.

„Ich will nicht darüber reden, Dasha. Wirklich. Ich begreife nicht, wie ihr so etwas jemals tun konntet.“

Verletzt und getroffen starrte sie ihn an. Doch er erwiderte ihren Blick nicht einmal, ließ das Kinn auf die Brust fallen und schloss die Augen.

Daria begriff die Welt nicht mehr. Wie konnte er sie nur so behandeln, wo sie alles riskiert hatte, um ihn zu befreien?

Sie drängte die Tränen zurück und versuchte ihre Zehen zu bewegen, damit sie nicht einschliefen in den engen Fesseln. Es blieb ihr offenbar nichts anderes übrig als abzuwarten, was geschehen würde. Fest stand: es war nichts Gutes.

□

VI

„Dasha? – Dasha!“

Sie schreckte aus dem Schlaf und blinzelte gegen die grellen Lampen an. Gabriels Blick lag ruhig und hellwach auf ihr.

„Gabriel, was -?“

„Beweg‘ dich so wenig wie möglich“, verlangte er leise und noch immer auf Russisch. „Hast du noch eine Waffe?“

„Ich … ich habe noch ein Messer.“

„Wo?“

„Zwischen meinen …“ Sie räusperte sich und er nickte kurz.

„Sonst noch etwas?“

„Ich habe noch ein Mikro im Ohr, aber keinen Empfang hier unten. Und zwei kleine Granaten.“

„Wo sind die?“

„An meinen Schuhen. Innen.“

Er schwieg für einen weiteren Moment. „Wenn wir es nicht schaffen, hier aus eigener Kraft rauszukommen, und zwar innerhalb der nächsten Stunde, … dann sind wir tot. Und zwar alle vier.“

„Und wie sollen wir das schaffen?“

„Wir müssen an das Messer kommen.“

Daria starrte ihn fragend an. „Und wie?“

„Kannst du dich irgendwie bewegen?“

„Bis auf den Kopf kann ich gar nichts bewegen.“

„Ich kann nur den Oberkörper etwas nach vorne beugen. Also müssen wir es so schaffen.“

Sie starrte ihn noch immer fragend an. Keine Ahnung, wie er sich das vorstellte.

Plötzlich warf er etwas ungelenk den Oberkörper nach vorne, so dass der Stuhl wenige Zentimeter auf sie zu rückte. Dann tat er es noch einmal. Daria lauschte schockstarr, ob sich womöglich von irgendwoher Schritte näherten, aber es blieb bis auf ihr mühsames Stuhlrücken still. Gabriel schaffte es schließlich sich so zu platzieren, dass er neben Daria saß, seine linke Stuhllehne neben ihrer rechten.

„Ich hab eine kugelsichere Weste an“, gab sie zu bedenken.

Er nickte. „Ich kippe jetzt etwas an deine Seite. Komm mir so weit wie nur irgend möglich entgegen und leg den Kopf in den Nacken.“

„Alles klar.“

Gabriel sammelte sich kurz und nahm dann mit dem minimal beweglichen Oberkörper Schwung. Dann kippte der Stuhl gegen Darias. Sein Gesicht war so nah bei ihrem, dass sie ihn hätte küssen können. Doch sie erinnerte sich an seine Instruktion und legte den Kopf weit in den Nacken, so dass sie seinen heißen Atem an ihrer Kehle spürte. Er bewegte den Kopf hin und her, schob so ihren Ausschnitt weiter nach unten.

„Einatmen“, murmelte er an ihrer Haut und sie tat es. Sofort bewegten sich ihre Brüste um ein paar Zentimeter nach oben. Gabriel presste das Gesicht nach unten und zog dann mit einer ruckartigen Bewegung den Kopf zurück. Zwischen den Zähnen hatte er das hintere Ende des Messers, das gerade noch in Darias Ausschnitt gesteckt hatte.

„Ich muss es in deine Hand fallen lassen“, brachte er mühsam hervor, während er das Messer mit seinen Zähnen festhielt.

Daria riss erschrocken die Augen auf. Sie konnte sich in etwa vorstellen, was es bedeuten würde, wenn sie das Messer nicht fing.

„Bereit?“, fragte er ohne weitere Umschweife. Ganz offenbar war er sich nicht sicher, wie lang er das Messer noch im Mund halten konnte.

Daria platzierte sich so genau wie möglich unter seiner Hand, versuchte ihre Handfläche nach oben zu drehen, die Finger so weit wie möglich zu spreizen.

„Bereit.“

Gabriel öffnete den Mund und ließ das Messer fallen. Darias Finger schnappten zu und bekamen die scharfe Klinge zu fassen. Sie spürte, dass sie in ihre Handfläche schnitt, ließ jedoch nicht los und hielt sie fest umklammert. Mit einem unsicheren Lächeln blickte sie zu Gabriel auf, der nickte.

„Ich versuche mich jetzt so zu drehen, dass du an meine Handfesseln kommst.“ Wieder begann das mühsame Rücken des Stuhls, bis er seine Hand so an ihrer positioniert hatte, dass sich ihre Finger berührten.

Daria kniff vor Schmerz die Lippen aufeinander, als sie ihre Hand drehte, und die Schneide tief in ihre Handfläche schnitt. Sie spürte, dass sie anfing zu bluten, sagte aber kein Wort.

„Kommst du ran?“, fragte er. Da er mit dem Rücken zu ihr saß, konnte er weder ihre Hände noch das Blut darauf sehen.

„Gleich“, flüsterte sie und streckte ihre Hand in den Fesseln, drehte sie noch weiter, bis die Messerspitze die Schnüre berührte, die Gabriel gefangen hielten. Daria versuchte in dem minimalen Bewegungsspielraum, den sie hatte an der Schnur zu säbeln. Dass das Messer scharf war, musste sie am eigenen Leib erfahren, doch gegen das Seil kam es nicht an.

„Ich glaube, ich schaffe es nicht“, hauchte sie resigniert. Ihre Hand war bereits blutrot.

„Wenn du die Schnur wenigstens anschneiden könntest, dann würde ich versuchen sie durchzureißen."

Noch einmal biss Daria die Zähne zusammen und presste ihre zerschnittenen Hände wiederum gegen die Schneide, um das dünne Seil zu beschädigen.

Ein dünner Strang der Kordel platzte auf. Durch das plötzliche Nachgeben fiel Daria das Messer aus der Hand.

„Oh Gott", murmelte sie.

„Was ist?"

„Das Messer. Ich hab es … fallen gelassen."

„Ist das Seil beschädigt?"

„Ein bisschen. Gabriel, es tut mir so leid."

Er spannte mit aller Kraft den Arm an, um die angeschnittene Schnur zu sprengen. „Tut sich was?"

„Noch nicht."

Wieder atmete er tief ein, ballte die Faust und spannte den Arm an. Schweiß trat ihm auf die Stirn, er biss die Zähne zusammen und auf seinem massiven, gefesselten Arm zeichneten sich vor lauter Anstrengung die Adern ab. Dann plötzlich flog seine Hand in die Luft, als die Schnur riss.

„Na, endlich." Schnell griff Gabriel nach dem Messer, schnitt seine zweite Hand frei, dann seine Füße und dann griff er nach Darias Hand.

„Dasha …" Schockiert starrte er auf ihre blutigen Finger.

„Das Messer war scharf. Es ist … nichts. Schneid' mich bitte nur los, ja?"

Hastig nickend befreite er sie und zog sie auf die Beine.

„Gib' mir die Granaten!"

Daria holte die schwarzen Kugeln aus dem Inneren ihres Wanderschuhs und gab sie ihm.

„Gut. Und jetzt raus hier!" Er nahm sie am Arm und lief aus der Höhlenausbuchtung hinaus Richtung Stollenaufzug.

Plötzlich flackerte ein rotes Licht auf.

„Verdammt!“, bellte er und fiel in schnellen Laufschritt, dem Daria nur mühsam folgen konnte. Vor allem, weil es immer dunkler wurde, je weiter sie kamen.

„Was ist?“

„Bewegungsmelder. Wir haben höchstens – Runter!“ Er packte Darias Hinterkopf und drückte sie so heftig nach unten, dass ihre Knie schmerzhaft auf dem groben Steinboden aufkamen. Sie hörte nur ein kurzes Ächzen und dann ein dumpfes Geräusch, als wenn etwas Schweres umfällt.

Mit einem Griff, der garantiert einen blauen Fleck auf ihrem Oberarm hinterlassen würde, wurde sie wieder auf die Beine gezogen. Schnell begriff sie, woher das Ächzen gekommen war. Einer der Wächter lag mit ihrem Messer in der Brust auf dem Boden.

In Rekordgeschwindigkeit nahm Gabriel ihm seine Waffe ab und steckte sie in seinen Hosenbund.

„Komm!“ Er lief weiter und Daria folgte ihm schnell. „Da vorne ist der Aufzug. Vielleicht können uns Eric und Nicolai schon hören.“

„Nicolai?“, fragte Daria, doch in ihrem Ohr blieb es stumm. Sie schüttelte den Kopf. „Noch nicht.“

Plötzlich war wieder ein Schuss zu hören. Instinktiv duckte sich Daria. Gabriel hatte den Einstieg des Aufzugs erreicht und drückte hastig den Knopf.

„Verdammt, er ist oben!“ Er feuerte in die Dunkelheit des Stollens und versuchte Daria hinter sich zu ziehen.

„Nein!“, rief sie. „Ich hab eine Weste an. Du nicht.“

Ratternd setzte sich der Aufzug in Bewegung. „Ich werde ganz sicher nicht zulassen, dass du den Schutzschild für mich spielst.“

Mit einer energischen Bewegung zog er sie hinter seinen Rücken und feuerte noch zwei weitere Schüsse ab.

„Daria? Seid ihr da unten?“ Sie zuckte regelrecht zusammen, als Erics verzerrte Stimme plötzlich durch ihr Ohr rauschte.

„Ich höre ihn“, sagte sie zu Gabriel, der nochmal schoss und endlich das Gitter aufriss, als der Aufzug ankam.

„Eric, wir werden beschossen!“, rief er. „Ich lasse den Stollen hochgehen. Wir sind in einer Minute oben.“

„Was meinst du mit *hochgehen*?“

Anstatt zu antworten, zog er den Stift aus einer der Mikrogranaten und warf sie in den Stollen.

„Rein in den Aufzug!“, schrie er und stieß Daria vor sich her. Als die Granate in das improvisierte Labor rollte, tauchte plötzlich Mei-Lin auf. Sie war bewaffnet, blickte auf die Granate und begriff sofort, dass es für sie keinen Ausweg geben würde.

Anstatt Todesangst trat der Ausdruck allertiefsten Zorns auf ihr Gesicht. Sie hob die Pistole und feuerte eine Salve von Schüssen ab. Daria warf sich vor Gabriel. Die Schüsse trafen sie als harte Schläge im Rücken, die ihr schlagartig den Atem raubten. Sie flog regelrecht in Gabriels Arme, der mit ihr zusammen gegen die Rückwand des Aufzugs geschleudert wurde.

Ob es die Wucht der Schüsse war oder die hitzige Druckwelle der Handgranatenexplosion vermochte sie nicht zu sagen. Ihr wurde schwarz vor Augen und sie spürte, dass ihre Füße unter ihr nachgaben.

„Dasha?“ Gabriel klang rasend vor Sorge. Er legte sie vorsichtig ab, während der Aufzug nach oben fuhr, betastete ihren Rücken, hektisch und mit einem Zittern in den Gliedern, das so heftig war, das sie selbst davon erfasst wurde. „Hat sie dich erwischt? Mein Gott, hat sie dich irgendwo erwischt?“

Daria war sich nicht sicher, fühlte sich benommen und kämpfte um Atem und Bewusstsein. Trotzdem schüttelte sie den Kopf. „Alles gut“, brachte sie mühsam hervor. Beim Versuch einzuatmen musste sie husten.

Unter ihnen stürzte der Stollen ein. Eine beißende Staubwolke raubte ihr den letzten Rest Atem und brannte in ihren Augen. Sie hörte, dass Eric etwas ins Funkgerät rief, verstand ihn aber unter dem tosenden Grollen der einstürzenden Felsen nicht.

„Wir sind auf dem Weg nach oben“, rief Gabriel, der offenbar das Mikro in Darias Ohr nicht vergessen hatte. „Hier unten stürzt alles ein. Daria ist möglicherweise verletzt. Angeschossen. Wir müssen so schnell wie möglich raus aus dem Berg, bevor uns hier alles um die Ohren fliegt.“

Daria verstand die Antwort in ihrem Ohr nicht. Sie war seltsam benommen, als endlich der Aufzug zum Stehen kam und die Gittertür aufgerissen wurde. Obwohl sie kaum noch etwas mitbekam, spürte sie instinktiv, dass sie so gut wie gerettet waren. Irgendjemand hob sie auf seine Arme. Dann verlor sie den Kampf gegen die Bewusstlosigkeit und glitt willenlos in die friedliche Schwärze.

*

„Ist sie verletzt?“

Daria kam gerade wieder zu sich, als der Wagen unsanft über eine Wurzel fuhr.

„Ich glaube nicht.“ Gabriel hielt sie fest im Arm und tastete systematisch ihre Knochen und Gelenke ab. Als sie die Augen öffnete, schob er ihr das Haar aus der Stirn und fixierte ihren Blick. „Geht es dir gut?“

Sie nickte etwas schwerfällig. „Alles … bestens.“

Der Wagen kam zum Stehen und Gabriel, der sie noch immer auf seinem Schoß festhielt, stand mit ihr zusammen auf und trug sie die Stufen bis zur Eingangstür hinauf, die Nicolai ihnen schnell öffnete.

Gabriel trug sie ins Wohnzimmer, wo Eric eine Stehlampe anknipste, und setzte Daria vorsichtig auf einem der Sessel ab.

Sie versuchte die Beine übereinander zu schlagen, um wenigstens halbwegs aufrecht sitzen zu können, doch ihr fehlte schlichtweg die Kraft in den Oberschenkeln. Gabriel löste die Klettverschlüsse ihrer Schutzweste und zog sie ihr vorsichtig über den Kopf. Als er sie umdrehte, sah Daria die vier Geschosse, die sich in das dunkle Gewebe gebohrt hatten.

„Ein Glück, dass Mei-Lin so bewusst auf deinen Brustkorb gezielt hat", bemerkte Nicolai und streckte sich.

Gabriel schoss in die Höhe und schlug ihn mit so atemberaubender Schnelligkeit nieder, dass er nicht einmal die Hände zur Deckung heben konnte. Eric war mit einem schnellen Schritt bei ihm und packte ihn bei den Schultern, nur um zu verhindern, dass er sich nicht sogar auf dem Boden auf ihn stürzte.

„Du hättest sie niemals in solche Gefahr bringen dürfen!", brüllte er auf Nicolai hinab, der reichlich verwundert seinen blutenden Mundwinkel betastete.

„Sie wollte dir das Leben retten", brachte er wütend hervor und sprang auf die Beine. „Wir alle wollten das."

„Dieses Leben bedeutet mir *nichts* ohne sie!" Wutentbrannt stemmte er sich gegen Erics Hand. „Begreifst du das denn nicht?"

„Ich begreife das besser als jeder andere auf der Welt!"

Eric hatte sichtlich Mühe die beiden auseinander zu halten.

„Ladys", sagte er, um einen lockeren Ton bemüht. „Wir wollen doch von Onkel Eric nicht K.O. geschlagen werden …"

Daria rappelte sich auf die Beine, um ihn zu unterstützen. „Hört sofort auf, ihr beiden!“ Sie wollte viel energischer klingen, aber ihr Brustkorb schmerzte wie eine offene Wunde.

Gabriel fuhr herum und blickte sie an. Er war zornig, auch auf sie.

„Ich versorge jetzt deine Hand“, erklärte er grimmig und machte einen Schritt von Eric und Nicolai zurück, ging zu Daria und hob sie auf seine Arme.

*

Er musste verdammt nochmal weg von den beiden. Seine Wut, die rasende Angst und der sich ankündigende Wahnsinn bei dem Gedanken, was hätte passieren können, machten ihn auf eine Art unberechenbar, die er kaum einzuschätzen vermochte.

Daria war in seinen Armen wie schockstarr, das spürte er. Er hätte sie verlieren können. Heute. Vor weniger als einer Stunde.

Als er die Tür zu seinem Schlafzimmer mit dem Fuß aufstieß, graute im Osten bereits der Morgen. Er setzte Daria auf der Bettkante ab und ging ins Bad. In seinem Badezimmerschrank hatte er immer etwas Wundsalbe und Desinfektionsspray. Das würde für die nächsten Stunden reichen. Natürlich hatte er im Erdgeschoss seine Tasche, aber er wollte im Augenblick um nichts in der Welt Nicolai und Eric nochmals über den Weg laufen.

Als er zurückkam und sein Blick auf Darias zusammengesunkene Schultern fiel, empfand er Glück und tiefste Panik gleichermaßen. Er ging vor ihr in die Knie, schlug ihre Hand in ein heißes, nasses Handtuch ein und presste es vorsichtig auf die Schnitte. Dann besah er sich die Hand von neuem, sprühte etwas Desinfektionsspray darauf. Er wollte Daria fragen, ob es arg wehtat. Denn das Desinfektionsmittel brannte höllisch, das wusste er aus eigener Erfahrung.

Doch sie verzog keine Miene; starrte einfach nur vor sich hin, mit Tränen in ihren Augen und ließ es über sich ergehen, dass er ihre Wunde ausreinigte.

Spock war sich nicht sicher, ob sie ihn bewusst ignorierte, sich so vollständig in sich selbst zurückzog, weil sie es wollte, oder ob sie unter Schock stand. In beiden Fällen war es seine Schuld.

Schweigend schlang er eine Mullbinde um ihre zarten Finger, die so sehr zitterten, dass er sie kaum sanft in seinem Griff halten konnte. Als er mit seinem Werk einigermaßen zufrieden war, blickte er Daria schweigend an. Sie erwiderte seinen Blick. Eine Träne rollte über ihre Wange, während die Sanftheit in ihren Blick zurückkehrte, zusammen mit einer Art von Stärke, die nie jemand würde brechen können, das erkannte er in diesem Moment.

Er löste die Schnürsenkel ihrer schweren Wanderschuhe und zog sie ihr zusammen mit den groben Baumwollsocken aus. Sie beobachtete stumm, wie er ihren Gürtel öffnete, sie auf die Beine stellte, ihr die Hose, Holster und Pullover abstreifte, bis sie nur noch Unterwäsche und den Halter des Brustmessers trug. Vorsichtig öffnete er den Verschluss des Halters und entfernte ihn.

Daria ließ sich willenlos wie eine Puppe ins Bett legen und zudecken. Gabriel zog sich selbst bis auf die Unterhose aus und legte sich zu ihr, schlang die Arme um sie und legte das Kinn auf ihren Scheitel. Es dauerte eine gefühlte Unendlichkeit, bis sie den Arm auf seine Brust legte, die Finger ihrer unverletzten Hand weit über der Stelle spreizte, unter der sein Herz schlug.

„Er hatte Recht, weißt du?“

Gabriel hielt die Augen geschlossen und konzentrierte sich auf das Vibrieren ihres Brustkorbes, wenn sie sprach.

„Wer?"

„Sie wollten mich mit aller Kraft davon abhalten in diesen Lüftungsschacht zu krabbeln, aber ich habe nicht locker gelassen", sagte sie, ohne auf seine Rückfrage einzugehen. „Ich habe mich mit Nicolai gestritten, so lange, bis er nachgegeben hat." Sie strich mit ihren Fingern über seine Brust, hinterließ auf seiner vernarbten Haut eine Gänsehaut. „Der Gedanke dich zu verlieren, ist mir unerträglich. Ich wünschte, du würdest begreifen, dass es mir ganz genauso geht, wie dir."

Er musste sich eingestehen, dass ihm das schwer fiel. Dass sie genauso stark empfinden könnte wie er, kam ihm beinah absurd vor. Und in Erwägung zu ziehen, dass es wirklich so war, machte ihm Angst.

„Du brauchst mir nicht zu antworten", sagte sie leise. „Ich wollte es dir nur sagen und hoffe, dass du mich verstehst."

Impulsiv zog er sie enger an sich und küsste ihre Stirn. Der Duft ihrer Haut war intensiv und süß. Er würde sie allein daran unter Millionen von Frauen wiedererkennen.

„Die Sonne geht auf", sagte er und fühlte sich einmal mehr dabei besonders geistlos. Sekundenlang blickte er auf den dünnen orangefarbenen Streifen, der am Horizont emporstieg. Als er dann wieder zu Daria hinabsah, war sie eingeschlafen.

*

Sie schlug die Augen auf und spürte zuerst den dumpfen Schmerz in ihrem Rücken. Zweifellos würden die vier Schüsse, die ihre Weste glücklicherweise abgefangen hatten, ein paar wenig dekorative, blaue Flecke verursachen. Dann flammte ein pochendes Brennen in ihrer Hand auf.

Beides kümmerte sie wenig, denn neben ihr lag Gabriel. Unverletzt. Sie konnte nicht anders als die Kontur seines rauen Kiefers nach zu streichen.

Als wäre er schon die ganze Zeit wach gewesen, umfasste er ihr Handgelenk und öffnete die Augen. Das Glühen seiner schwarzen Iris ließ sie näher rücken. Vorsichtig drehte sie sein Gesicht zu sich herüber und legte ihre Lippen auf die seinen. Eine Frage, die zu beantworten sie ganz ihm überlassen wollte. Nur einen Sekundenbruchteil lang verharrte er regungslos, bevor er sich auf den Bauch drehte, sich tief über sie beugte und die Berührung ihrer Lippen in einen begehrenden Kuss verwandelte.

In einer ungeduldigen Geste zog sie ihn mit ihrer gesunden Hand über sich. Als sie sein Gewicht auf ihrem Körper spürte, erfasste sie plötzlich eine so drängende Lust, dass es sie wie eine Woge rasenden Wahnsinns überschwemmte. Fahrig schob sie Gabriel die störende Unterhose herunter, belohnte ihn mit einem zustimmenden Keuchen, als er mit ihrer Unterwäsche genauso vorging.

Mit beinah grimmiger Entschlossenheit rollte sie ihn herum, so dass sie über ihm war. Seine Hände gruben sich verlangend in ihre festen Hüften, während sie ihn hart küsste, ihre weichen Brüste gegen seinen Oberkörper presste.

Gabriel wollte sie über seine pulsierende Erektion heben, doch sie widerstand dem innigen Wunsch ihn in sich zu spüren und ließ ihre Lippen über seine Kehle hinab auf seine Brust gleiten, weiter zu seinem Bauch.

Als ihre Finger seinen Schaft umschlossen, hielt er schwer atmend ihre Hand fest.

„Dasha“, brachte er mühsam hervor. „Du musst das nicht tun.“

Seine Erektion pochte heftig in ihrem sanften Griff. Die weiche Haut, die sich über den harten Kern spannte, die pralle Eichel, die einen lustvollen Tropfen schwitzte.

„Ich möchte es“, flüsterte sie und schob sich weiter nach unten, küsste Gabriels Hüftknochen, woraufhin sich seine Bauchmuskeln hart anspannten und seine Härte verlangend zuckte. Sie leckte sich die Lippen und versuchte sich probehalber mit einem Kuss auf die glänzende Spitze seiner Erektion.

Unerwartet heftig fiel seine Reaktion aus. Er bäumte die Hüften auf und stieß ein willenloses Stöhnen aus. Als sie zu ihm emporblickte, lag auf seinem Gesicht der Ausdruck innigster Lust und Erwartung.

Angespornt von seinem Verlangen ließ sie seine Eichel zwischen ihre Lippen gleiten, umfasste den von dicken Adern überzogenen Schaft mit ihren Fingern und schob in einer quälend langsamen Bewegung die weiche Haut über den harten Kern.

„Großer … Gott“, keuchte Gabriel und grub eine Hand in eines der Laken, die andere in Darias Haar. Seine Finger zitterten vor Begierde.

Langsam ließ sie die imposante Härte tiefer in ihren Mund und wieder herausgleiten, umfasste seine prallen Hoden mit ihrer unverletzten Hand und knetete sie sanft. Gabriel spreizte eines seiner Beine ab, um ihr mehr Platz zu verschaffen. Sein Genuss erregte Daria und spornte sie an, ließ sie hitzig über seine Eichel züngeln und die Geschwindigkeit, mit der sie sein Glied in den Mund sog und wieder herausgleiten ließ, erhöhen und dann wieder quälend verlangsamen. Gabriels Hüften bebten, wanden sich unter ihren Liebkosungen.

„Dasha …“

Er war kurz davor zu kommen, das spürte sie. Doch ihre eigene Lust zwang sie regelrecht ihn zu quälen.

Mit einem schelmischen Lächeln richtete sie sich auf, setzte sich zurück auf die Knie und blickte auf Gabriel hinab. Ihm war am ganzen Leib der Schweiß ausgebrochen. Seine Brust hob und senkte sich heftig und seine dunklen Augen glitzerten vor Verlangen. Daria wollte dieses plötzlich so unerhört Wilde an ihm nicht zähmen, sie wollte es noch weiter entfesseln; wollte es spüren, in sich.

Mit einer schamlosen Bewegung drehte sie sich um, ging hinab auf alle Viere und bot Gabriel ihr Hinterteil, ihre geschwollene, erhitzte Mitte dar, die vor Verlangen nass und bereit für ihn war. Auffordernd blickte sie über die Schulter zurück und beobachtete mit rauschendem Puls, wie er sich hinter ihr aufrichtete. Seine Erektion war steinhart, als er nach ihren Hüften griff, sie sanft streichelte und dann die Finger in einer besitzergreifenden Geste in ihr Fleisch grub. Sie keuchte auf. Ein köstlicher Schmerz, der in ihrem Schoß einen elektrischen Schlag auslöste. Gabriel beugte sich tief über ihren Rücken, nahm ihr Kinn in die Hand und drehte ihr Gesicht so weit zu sich, dass er ihre Lippen erreichen konnte. Seine Zunge vergrub sich in ihrem Mund, glitt hinein und wieder heraus, stieß zu mit einem verheißungsvollen Rhythmus, der ihr ganz offenbar ein Vorgeschmack sein sollte, auf das, was kam.

„Bitte", brachte sie mühsam hervor, als er seinen Schaft an ihrer Mitte entlangrieb, ihre Feuchtigkeit darauf verteilte und sich langsam aufrichtete. Er biss sie dabei in die Schulter und brachte sich an ihre feuchte Schwelle.

„Bitte was?", fragte er in einem Ton, der eine Gänsehaut auslöste.

„Bitte", wiederholte sie, spreizte automatisch die Beine noch weiter, um ihm uneingeschränkten Zugang zu gewähren. „Bitte, nimm mich."

Gabriel verstärkte seinen Griff an ihren Hüften und schob sich mit einer langsamen, aber unerbittlichen Bewegung in sie. Daria schrie auf. Ein Gefühl, als würden Millionen von Nerven in ihrem Schoß explodieren und einen Kurzschluss in ihrem Körper auslösen.

Hilflos krallte sie sich in die Laken, murmelte Silben, die keinen Sinn ergaben und ihn doch auffordern sollten, noch einmal zuzustoßen. Als Gabriel aus ihr herausglitt, bis er fast ganz den Kontakt verlor, wimmerte sie auf vor Genuss und empfing seinen nächsten Stoß mit einem beinah unmenschlichen Keuchen. Sie war so kurz vor einem Höhepunkt, dass sie glaubte, vor seiner nächsten Bewegung zu explodieren. Gabriel verharrte in ihr, ließ seine Hände hinauf zu ihren Schultern gleiten, hielt sie fest und stieß noch einmal kräftig zu. Daria bäumte sich auf unter seiner besitzergreifenden Geste und konnte nicht anders, als sich in die schlagartig aufbrandenden Wogen ihres Orgasmus zu ergeben, die sie zittern und unkontrolliert erbeben ließen.

Gabriel war noch immer in ihr und ließ sich von den unwillkürlichen Kontraktionen ihres Innersten massieren, bis sie langsam abebbten und Darias Körper weich wurde. Dann glitt er aus ihr heraus und drehte sie um.

Ihr Atem ging noch immer schwer und unregelmäßig, ihre Augen fixierten sein vor Erregung hartes Gesicht, während seine Hände über ihren feuchten Körper glitten.

Dann nahm er sie bei den Hüften, hob sie empor und presste ihren Rücken gegen die Wand am Kopfende des Bettes.

„Ich will dir in die Augen sehen, Dasha." Er brachte sich zwischen ihre Schenkel und sie konnte nicht anders als ihre

Arme um ihn zu schlingen und zuzulassen, dass die Lust ihren Körper von neuem entflammte. „Ich will alles darin sehen." Seine Hand glitt zwischen ihre Beine und fand ihre nassen Schamlippen, die er mit seinen Fingern spreizte, um in ihr erhitztes Fleisch einzudringen. Sie keuchte auf vor Verlangen

„Du gehörst mir, verstehst du das? Mir allein. Und mir gehören all die Regungen der Lust auf deinem Gesicht, wenn ich dich berühre. Mir gehört das Zittern in deinen Beinen. Und das Beben deines Schoßes. Mir gehört deine Nässe und Hitze. Verstehst du das?"

Daria zerfloss unter seiner Berührung. Und seine besitzergreifenden Worte taten ein Übriges. Sie nickte aufgelöst und sehnte sich nach mehr.

„Und was mir gehört, Dasha, das nehme ich mir auch." Mit diesen Worten drang er hart in sie ein; so hart, dass sie beide aufschrien.

Daria krallte sich mit ihrer gesunden Hand an seinen Schultern fest, spürte die Reibung seines Körpers und die Härte, die in ihr tobte wie ein Tornado, der alles entwurzelte und mit sich riss, ohne Chance auf Widerstand oder Entkommen.

„Sieh' mich an!", verlangte er zwischen zwei Stößen und Daria gehorchte.

Seine Augen waren vor Begierde glänzende Onyxe, seine Schultern und Hüften führten sie in einem ekstatischen Tanz, in den sie sich willig fallen ließ.

Sein Rhythmus wurde gieriger, drängender, verlangte alles; verlangte nach ihr. Ihre Hände glitten an ihm hinab, krallten sich in seinen Hintern, dessen Muskeln unter seinen Bewegungen hart wie Stein waren und pressten ihn gierig in sie hinein. Ein neuer Höhepunkt prickelte in ihrem Schoß, kündigte sich in feurigen Wellen an, die ihre Muskeln schmolzen und ihre Sinne vernebelten.

„Ich will, … dass du … kommst!“, presste er mühsam zwischen seinen Stößen hervor. „Ich will dich schreien hören, Dasha. … schrei für mich. Vor Lust!“

Es war ein grotesker Befehl, aber einer der schon allein durch seine Worte seinen Zweck nicht verfehlte. Ihr Körper verkrampfte sich und die Wogen des Orgasmus rollten unaufhaltsam auf sie zu, bis sie sie packten und mit sich rissen in einer Woge der Ekstase, die sie wild herausschrie, während sich Gabriel aufbäumte, sich hart in sie presste und ihr schließlich bebend auf den Gipfel ihrer Lust folgte.

*

Gabriel strich gedankenverloren durch Darias goldenes Haar, das noch immer etwas feucht war. Obwohl sie wach war, hielt sie die Augen geschlossen, genoss seine Berührung, seinen ruhigen Atem und seinen gleichmäßigen Herzschlag, auf dem ihre Wange lag.

„Bitte bleib“, sagte er plötzlich.

Daria hob überrascht den Blick und sah ihn an. In seinen dunklen Augen lag eine Mischung aus Unsicherheit und wilder Entschlossenheit.

„Ich bin doch hier.“

„Bleib für immer hier“, sagte er. „Geh‘ nie wieder weg. Ich weiß, das habe ich schon einmal gesagt, aber was ich eigentlich damit meine, ist … Heirate mich!“

Daria war so überrascht, dass sie beim Versuch sich aufzurichten von Gabriels Brust rutschte.

„Ob ich …, ob … Ich soll -“

„… mich heiraten“, sagte er noch einmal. „Am liebsten gestern.“

Darias Blick verschwamm.

Sie wusste, dass sie Gabriel wichtig war, aber dass er plötzlich so impulsiv um ihre Hand anhielt …

„Gestern“, erklärte sie leise und konnte nicht verhindern, dass sich ein glückliches Lächeln auf ihr Gesicht stahl, „wird es schwierig. Aber … ab heute habe ich Zeit.“

Gabriel grinste breit und schlang seine Arme um Daria. „Also heute?“ Er rollte sie herum und küsste sie euphorisch. Sie konnte nicht glauben, wie schnell das plötzlich gehen sollte.

„Ich habe kein Kleid.“

„Das trifft sich gut. Ich habe nämlich keinen Anzug.“

Daria umfasste sein Gesicht und strich ihm das schwarze Haar zurück. Sie waren beide fast getötet worden und so viel Schreckliches lag schon hinter ihnen. Warum, zum Teufel, sollte man immer ewig warten, wenn man wusste, dass etwas gut und richtig war?

„Klingt nach einer perfekten Hochzeit.“

*

Gabriel huschte so schnell die Treppen hinunter, dass Daria Mühe hatte, ihm zu folgen. Unten angekommen stand Meggy am Herd und wendete irgendetwas Brutzelndes in der Pfanne, während Eric und Nicolai am Tisch saßen und verblüfft aufblickten.

„Wir heiraten“, platzte es aus Gabriel heraus, der am Treppenabsatz stehenblieb und Daria so den Weg versperrte. Sie blickte über seine Schulter hinweg in die verblüfften Gesichter der Männer.

„Was?“, fragte Meggy, die offenbar als einzige in der Lage war zu sprechen. „Wann?“

„Heute!“

Nicolai verschluckte sich so sehr an seinem Kaffee, dass er ihm beinah aus der Nase lief. Eric klopfte ihm mitleidig auf den Rücken, während er selbst mehr als überrascht dreinblickte.

„*Heute?*“ Meggy klang beinah hysterisch. „Wie soll das denn gehen?“

Daria gab ein Achselzucken von sich. „Wir ziehen uns ordentlich an und sagen beide Ja!“

Eric nickte anerkennend. „Tolle Frau.“

„Ich muss sofort Jimmy anrufen“, erklärte seine Mutter und zog sich die Schürze über den Kopf, warf sie achtlos über eine Stuhllehne. „Wir brauchen Essen. Wir brauchen *massenhaft* Essen.“

Daria konnte gar nicht so schnell schauen, wie Meggy das Handy am Ohr hatte und Jimmy die frohe Neuigkeit zurief. Währenddessen stand Nicolai auf und kam zu Gabriel.

„Eigentlich wollte ich dir noch eine aufs Maul hauen für gestern“, erklärte er, gab dann ein Achselzucken von sich. „Aber ich kann Daria ja nicht die Hochzeitsbilder versauen, also …“ Er packte Gabriel bei den Schultern und zog ihn in eine Umarmung. Vermutlich hätte er sich lieber schlagen lassen, doch er klopfte Nicolai dankbar auf die Schulter.

„Sehr freundlich von dir.“

Bevor Eric seine Glückwünsche in Worte fassen konnte, klopfte es an der Tür.

Meggy war noch immer am Telefon, während sie die Tür aufzog. Daria war so aufgeregt, dass sie zuerst gar nicht hinsah, bis Meggy plötzlich ein überraschtes Geräusch von sich gab.

„Anni“, sagte sie. „Bist du das wirklich?“

Die drei Männer und Daria blickten verblüfft zur Tür. Annabelle, Aarons Schwester aus New York stand davor, hatte nur eine kleine Tasche, etwas kleiner als ein Aktenkoffer, in der Hand und trat etwas unentschlossen von einem Bein auf das andere.

„Hi, Meggy.“

Die schmale Annabelle verschwand in einer herzlichen Umarmung von Jimmys korpulenter Mutter und wurde dann freudig ins Innere des Hauses gezogen. Während sich Nicolai und Eric fragend ansahen, machte Gabriel einen Schritt nach vorne, halb unentschlossen, halb überrascht.

„Anni?“, fragte er verwundert. „Wie schön dich zu sehen.“

Annabelle blickte an Gabriel vorbei zu Daria.

„Hallo“, sagte sie mit leiser Stimme. „Es tut mir leid, dass ich hier so … reinplatze.“

„Aber nicht doch!“ Meggy nahm ihr die Tasche ab, stellte sie auf den Boden und führte Annabelle an den Esstisch. Ehe sie es sich versah, hatte sie eine Schüssel Rührei und einen dampfenden Kaffee vor der Nase. „Du bist ja spindeldürr, Kind!“

Annabelle schien ihre Worte gar nicht zu hören. Und je länger Daria sie betrachtete, desto mehr begriff sie, dass es offenbar etwas gab, dass Annabelle auf dem Herzen hatte.

Sie ging an Gabriel vorbei und setzte sich zu Annabelle an den Tisch. „Ist alles in Ordnung?“

„Ja, es … ich …“ Sie warf einen kurzen Seitenblick zu Nicolai, bevor sie wieder Daria ansah.

„Da mich hier offenbar keiner vorstellen möchte“, erklärte Nicolai mit halb tadelndem, halb nachsichtigem Ton, „übernehme ich diese angenehme Aufgabe selbst. Ich bin Nicolai Zwetajew, und dieser blonde Gentleman ist Eric Moore.“

Eric nickte kurz. „Ja, und außerdem stören wir hier beide. Komm, Nicolai.“ Er klopfte ihm auffordernd, und wenig sanft auf die Schulter und machte sich auf zur Tür.

Im Vorbeigehen griff er noch nach seiner halb aufgegessenen Portion Rührei mit Speck und nahm sie mit nach draußen.

Annabelle atmete durch und versuchte sich an einem Lächeln. „Eigentlich wollte Mary herkommen, aber sie ist bei Marlon, weil Aaron irgendwo am Ende der Welt drehen muss."

Darias Herz pochte schmerzhaft. „Sie hätte auch einfach anrufen können."

„Natürlich." Annabelle drehte ihre Kaffeetasse zwischen den Fingern ohne einen Schluck davon zu trinken. „Aber seit ich von hier fortgegangen bin, war ich nur zwei Mal wieder hier und ich fand den Gedanken schön, alles einmal wiederzusehen."

„Das finden wir allerdings auch schön", erklärte Meggy lächelnd.

„Es hat sich hier alles sehr verändert", gab Annabelle zurück.

„Dank Spock." Meggy füllte unnötigerweise Annabelles Rühreiteller auf. „Er hat sich sehr engagiert, um im Reservat alles auf Vordermann zu bringen."

Annabelle lächelte Gabriel auf eine Weise an, die Daria noch immer nicht passte. Aufgrund des gerade erfolgten Heiratsantrags und der Frage, warum Annabelle eigentlich hier war, fiel ihre Skepsis jedoch nicht ganz so überbordend aus.

„Das hat er ganz wundervoll gemacht." Sie atmete tief durch und wandte sich Daria zu. „Und warum ich hier bin … Erinnerst du dich noch an den Patienten, für den du im Mount Sinai eine Speichelprobe abgegeben hattest?"

„Ja. Ja, natürlich. Bin ich denn eine passende Spenderin für ihn?"

„Es muss wohl noch eine zweite Probe zur Bestätigung genommen werden, aber -"

„*Wo ist das Brautpaar?*“ Jimmy stieß die Tür mit solcher Wucht auf, dass sie geräuschvoll gegen die Wand flog und dafür sorgte, dass alle Anwesenden zusammenzuckten.

Er hatte noch eine Schürze um seine schlanken Hüften gebunden, als wäre er direkt aus der Küche gelaufen, nachdem ihn seine Mutter angerufen hatte. Sein freudiger Blick glitt suchend durch den Raum und erstarrte mit einem Mal völlig. Genau in dem Moment, als seine Augen auf Annabelle trafen.

Daria beobachtete, wie sein Körper und sein Gesicht regelrecht einfroren. Er formte die Lippen, als wollte er sprechen, doch er tat es nicht. Er tat gar nichts, als einfach nur regungslos dazustehen und Annabelle anzustarren. Diese blickte ihn wiederum an, wenn auch nicht erstarrt, so doch zumindest überrascht, und schwieg ebenfalls.

„Jimmy.“ Seine Mutter durchbrach die befremdliche Stille. „Erinnerst du dich noch an Anni?“ Sie packte ihren Sohn bei der Schulter und schubste ihn wenig unauffällig zum Esstisch. Annabelle stand auf und lächelte etwas unschlüssig.

„Hi“, sagte sie.

„Hi“, echote Jimmy, der neben der schlanken, jungen Frau wie ein Hüne wirkte. „Ich fürchte, ich … es tut mir leid.“

„Was?“

„Dass ich … so unhöflich bin. Ich bin James RedCrow. Und leider erinnere ich mich nicht. Kennen wir uns?“

Annabelle entspannte sich sichtlich. Sie lächelte nun sogar. „Mehr oder weniger. Als wir uns das letzte Mal gesehen haben, musst du sieben oder acht Jahre alt gewesen sein.“

„Er war neun“, korrigierte Meggy. „Und du warst fünfzehn, als du aus dem Reservat fortgegangen bist. Das muss … über zehn Jahre her sein.“

„Elf“, bestätigte Annabelle. „Eine lange Zeit.“

Eine lange Zeit, in der ihrem Gesichtsausdruck nach zu urteilen, viel geschehen war. Und ganz offenbar war das wenigste davon positiv gewesen.

„Elf“, wiederholte Jimmy nickend. „Wow.“

Daria und Gabriel wechselten einen Blick. Der sonst so wortgewandte Jimmy schien mit einem Mal nur noch wie ein Trottel stottern zu können. Und seine Mimik war zusammen mit seiner Körpersprache offenbar auch lahmgelegt.

Es fiel Daria wie Schuppen von den Augen. Das musste ein heftiger Anfall von schlagartiger ‚Verliebtheit sein. Gerade als Daria sich freuen wollte, fiel ihr jedoch ein, was Annabelle mit ihrem vorigen Mann geschehen war. Vor diesem Hintergrund sanken Jimmys Chancen auf erwidertes Interesse wohl auf ein unterirdisches Minimum.

Annabelle fing sich als erstes. Sie blickte nochmals Daria an. „Wie war das?“, fragte sie. „Ihr wollt heiraten?“

Gabriel nickte und Daria erkannte erleichtert die ehrliche Freude in Annabelles Gesicht.

„Herzlichen Glückwunsch! Wann soll es denn soweit sein?“

„Heute“, gab Daria zurück, woraufhin Annabelle überrascht die Augen aufriss.

„Heute? Seit wann ist das denn bekannt?“

„Seit etwa einer halben Stunde“, erklärte Gabriel und konnte sich ein verschmitztes Lächeln nicht verkneifen. „Deswegen brauchen wir auch Jimmy. Wir brauchen Essen. Und zwar reichlich davon. Du bist natürlich auch eingeladen, Anni.“

„Oh, das ist doch nicht …“

„Wir bestehen darauf“, unterbrach sie Daria. „Wir würden uns wirklich sehr freuen.“

Annabelle lächelte und verschränkte die Hände vor dem

Schoß. „Nun, dann freue ich mich natürlich ebenfalls. Vielen Dank."

„Denkst du denn, es reicht, wenn ich morgen die zweite Probe nehmen lasse?"

Nach einem kurzen Zögern, nickte Annabelle. „Da bin ich ganz sicher."

*

Da es Meggy partout nicht auszureden gewesen war, dass Daria ein ganz besonderes Kleid bei ihrer Hochzeit tragen sollte, war sie zusammen mit Annabelle und Jimmys Schwester Sarah zu einer kleinen Boutique im Dorf gefahren, die dem Sortiment nach eindeutig auf Touristen ausgelegt war. Die Kleider waren allesamt teuer, aus edlen Stoffen gefertigt und an Kragen und Säumen mit indianischen Perlen bestickt. Eines davon hatte eine schmale Taille und war bodenlang. Der Ausschnitt war v-förmig und tief genug, um Darias Dekolletee zu betonen. Da es überdies cremefarben war, und Sarahs und Annabelles Begeisterung nur schwer zu übersehen war, fiel Daria die Wahl leicht. Der Zeitfaktor spielte natürlich auch eine Rolle. Immerhin sollte die Zeremonie in weniger als fünf Stunden sein.

*

„Du meine Güte!" Daria blieb wie vom Donner gerührt in der Eingangstür stehen. „Wie habt ihr das denn so schnell hinbekommen?"

Der Esstisch war auf die dreifache Länge angewachsen und festlich in Weiß und Silber eingedeckt. Lilien waren in großen Vasen aufgereiht und verströmten einen frischen Duft, der sich auch vom bereits aufgebauten Büffet nicht unterkriegen ließ.

„Vielen Dank", erklärte Meggy stolz und wischte sich die feuchten Finger an ihrer Schürze ab. „Wir geben uns auch alle Mühe. Hier sind Namenskärtchen." Sie drückte Sarah einen Stapel goldgerahmte, kleine Karten in die Hand. „Verteil Sie bitte. – die Gäste kommen in zwei Stunden. Jimmy hat alle Einladungen persönlich verteilt."

„Wo ist Gabriel?", fragte Daria.

„Er zieht sich um", antwortete Meggy. „Und das würde ich dir auch empfehlen, meine Liebe. Du hast nur noch zwei Stunden. Die Friseurin kommt in fünf Minuten."

Daria blinzelte irritiert. „Friseurin?"

„Dir müssen doch die Haare hochgesteckt werden, meine Liebe."

„Tatsächlich."

„Natürlich", bestätigte Annabelle freudig. „Das ist ein großer Tag. Da muss alles sitzen."

„Und ihr braucht noch Trauzeugen", befand Meggy.

Großer Gott, das wurde ja immer komplizierter. „Und wer soll das machen?"

„Wer soll was machen?" Jimmy kam zur Tür herein und zog mit einem Lächeln seine Jacke aus, das nur für Annabelle bestimmt zu sein schien. Wenigstens war sein Sprachvermögen weitestgehend zurückgekehrt.

„Wir brauchen offenbar Trauzeugen", wiederholte Daria achselzuckend.

„Cool." Jimmy hob beide Hände. „Ich melde mich freiwillig."

Daria blinzelte irritiert. „Ähm …"

„Jimmy, du kannst dich doch nicht so aufdrängen!", tadelte ihn seine Mutter.

„Wieso? Ich bin unverheiratet und bereit."

„Unverheiratet?" Daria verstand rein gar nichts.

„Nach unserer Tradition müssen die Trauzeugen

unverheiratet sein“, erklärte Jimmy.

„Achso. Ja … dann … brauchen wir noch einen weiblichen Trauzeugen.“

Alle wandten den Blick zu Annabelle, wobei Meggy unauffällig ihre Ringfinger inspizierte.

„Bist du verheiratet, Anni?“, fragte sie um einen beiläufigen Ton bemüht. Offenbar hatte sie keine Ahnung, wie es Annabelle in New York ergangen war.

„Nein, ich … ich bin nicht verheiratet. Nicht … mehr.“

„Großartig“, befand Meggy in Ermangelung von Ahnung und Feingefühl. „Was sagst du, Daria?“

„Nun, ich fände es prima. Wir müssten nur Gabriel -“

„Meinetwegen sehr gern“, kam es von der Treppe. Daria fuhr herum und blickte in das verschmitzte Lächeln des Mannes, den sie in wenigen Stunden heiraten würde. Er trug eine schwarze Anzughose und ein schneeweißes Hemd, das seine dunkle Haut und seine leuchtend schwarzen Augen auf eine Art betonte, die ihren Magen vibrieren ließ. Er schien ihren Blick zu bemerken und genoss es ganz augenscheinlich sehr. „Ich wollte nur kurz meine Manschettenknöpfe holen. Sie müssen irgendwo im Wohnzimmer sein.“

„Habe ich mich etwa beschwert?“, fragte Daria.

„Keineswegs. Trotzdem müssen wir Annabelle noch fragen, ob sie überhaupt Interesse daran hat unserer Hochzeit als Trauzeugin beizuwohnen.“

Obwohl sie zwiegespalten wirkte, nickte Annabelle nach kurzem Zögern, sicherlich auch, weil sie vier Personen so erwartungsvoll anstarrten.

„Großartig“, freute sich Jimmy, räusperte sich aber schnell, als ihm Gabriel einen fragenden Blick zuwarf. „Ich meine, schön.“ Er konnte sich das Grinsen einfach nicht verkneifen und wiederholte nickend. „Sehr schön.“

*

Bevor sie selbst in ihr Zimmer verschwand, wo eine Friseurin, Annabelle, Sarah und ihr indianisches Hochzeitskleid bereits auf sie warteten, schnappte sich Daria den Anzug in Übergröße, den ein Kurier gerade für Eric gebracht hatte und ging hinüber zum Container.

Dort waren bereits die Aufräumarbeiten so weit vorangeschritten, dass alle Monitore eingepackt waren. Nicolai war gerade dabei die Waffen zu entladen und zu verstauen, als Daria hereinkam.

„Ich habe hier deinen Anzug“, sagte sie an Eric gewandt und streichelte ihren Hund, der sich fast kaum noch im Haus blicken ließ und ständig um den blonden Briten herumtanzte. Daria hatte einen schier unerschöpflichen Vorrat von Leckerlis in Verdacht, schwieg aber diesbezüglich.

Eric verzog das Gesicht. „Großer Gott“, befand er angewidert. „Das letzte Mal, dass ich einen Anzug anhatte, war bei meiner eigenen Konfirmation.“

„Dann wird es Zeit“, sagte Nicolai.

Eric nahm den Kleidersack und nickte resigniert. Da flog plötzlich hinter Daria die Tür auf. Alle drei drehten sich herum.

Im Türrahmen stand eine dunkelhaarige Frau, die Daria erst auf den zweiten Blick erkannte. Es war Nicolais Frau Amanda, bewaffnet mit einem Gesichtsausdruck, als wäre sie gerade einem Steven King – Roman entsprungen.

Eric fand seine Stimme zuerst wieder. „Du solltest die Waffen wegpacken, Nic. Und zwar pronto!“

„Zu spät“, knurrte Amanda. „Gebt mir den Russen, und keiner wird verletzt.“

„Kannst du haben.“ Eric wandte sich achselzuckend an Nicolai. „Es ist deine Beerdigung.“

Daria, die von der Besucherin komplett ignoriert wurde, blickte irritiert hin und her. Bis plötzlich hinter Nicolais Frau eine kleinere, rothaarige Frau auftauchte, die Daria nie zuvor gesehen hatte.

„Heather?“ Eric wirkte sichtlich überrascht. Daria wusste mittlerweile, dass Heather seine Frau war. „Hast du sie etwa hergebracht?“

Die Rothaarige gab ein Achselzucken von sich. „Sie hat mir eine halbe Million versprochen, wenn ich euch verpfeife.“

„Dollar oder Pfund?“

„Pfund.“

„Gutes Mädchen.“

„Ich kann das erklären, Doc.“ Nicolai wirkte tatsächlich etwas nervös, was Daria automatisch zum Schmunzeln brachte.

„Das hoffe ich für dich.“

„Wo ist das Baby?“

„Dort, wo es nicht mit ansehen muss, was ich mit dir mache, wenn mir deine Erklärung nicht gefällt.“

Nun bekam Daria doch beinah Mitleid mit ihm.

„Er ist hier, weil Gabriel Hilfe brauchte.“

Erst jetzt flog Amandas Blick zu Daria herum. Sie schien sie zu erkennen, und doch schüttelte sie den Kopf. „Wer, zum Teufel, ist Gabriel?“

„Spock“, präzisierte Daria, woraufhin sofort ein Großteil des Zorns aus Amandas Blick verschwand. Sie wandte sich wieder Nicolai zu.

„Ist er in Ordnung?“ Der Blick, den sie Daria bei dieser Frage zuwarf, machte unmissverständlich klar, wer ihrer Ansicht nach als einzige für Gabriels wie auch immer geartetes Unwohlsein verantwortlich sein konnte.

„Ja, es geht ihm wieder gut. Und wenn du davon absiehst, mich am Tag seiner Hochzeit umzubringen, bleibt es auch dabei.“ Nicolai begann sich ein wenig zu entspannen.

Amanda verschluckte sich an ihrem eigenen Atem. Sie hustete kurz und schüttelte den Kopf. „Er heiratet … *heute*?“

„Allerdings.“

„Wen?“

„Mich.“

Wenn Daria gesagt hätte, dass ihr ein dritter Lungenflügel gewachsen war, hätte Amanda sie wohl nicht überraschter anblicken können.

„Sie sind doch …“

„Daria Sarakowa“, half ihr Daria, warf einen kurzen Blick zu Nicolai, bevor sie wieder Amanda ansah. „Die geistesgestörte, erste Frau Ihres Mannes.“

Amanda stockte kurz. „Ich … ich habe nie gesagt, dass Sie geistesgestört sind.“

Das Blau von Darias Augen verwandelte sich in pures Eis. „Das war auch nie nötig.“ Mit diesen Worten drängte sie sich an Amanda und der Rothaarigen vorbei und verließ den Container.

*

Obwohl sie wusste, dass die wütende Stimmung von Amanda mehr als begründet war, wenn man bedachte, dass Daria bei ihrem letzten Aufeinandertreffen versucht hatte sie alle umzubringen, auch wenn es nur dem vermaledeiten Implantat in ihrem Kopf geschuldet war, traf sie die Feindseligkeit von Nicolais Frau doch tief.

Bittere Tränen unterdrückend stieß sie die Tür des Hauses auf und stolperte dabei halbblind über irgendetwas, so dass sie sich im allerletzten Moment fing, bevor sie auf ihre eigene Hochzeitstafel stürzte.

Hastig wischte sie sich über die Augen und blickte auf den Boden. Der Inhalt von Annabelles Tasche, die sie offenbar mehrere Meter durch den Raum gekickt hatte, verteilte sich in Form einiger Blätter und Hefter über den frisch polierten Holzfußboden.

Einen Fluch unterdrückend sank Daria auf die Knie und fing an die Formulare und dünnen Hefter wieder einzusammeln. Sie warf einen Blick auf ein mit einem großen, blauen Stempel versehenes Blatt Papier und rief sich ins Gedächtnis, dass sie für diesen armen Mann gleich morgen früh eine zweite Probe abgeben würde. Sie überflog die ersten Zeilen des Formulars und geriet ins Stocken, las weiter und spürte, wie ihr das Blut aus dem Gesicht wich, ihr Puls anschwoll und ihr der kalte Schweiß ausbrach. Ihr Blickfeld verlor die Farbe, genau in dem Moment, als Amanda das Haus betrat. Daria sah zu ihr auf, und konnte sie hinter den tanzenden, weißen Punkten kaum mehr erkennen.

„Hören Sie", drang Amandas Stimme dumpf an ihr Ohr, „es tut mir leid, dass ich Sie so angefahren habe. Ich tendiere dazu ein recht unangenehmes Temperament zu haben."

Daria wollte etwas antworten, doch stattdessen verlor sie das Bewusstsein.

*

„Ich hatte doch keine Ahnung, dass sie einfach umkippen würde." Amandas Stimme drang dumpf durch den Nebel, der Darias Bewusstsein noch immer einhüllte. „Das letzte Mal, als ich sie gesehen habe, hat sie mit einer Knarre auf mich gezielt und hatte einen Blick wie ein tollwütiger Rottweiler."

„Vielleicht könntest du deinen Charme ein bisschen unter Kontrolle bringen, Doc", verlangte Nicolai. „Zumal sie deine Freundlichkeit buchstäblich umgehauen hat. Und das – wohlgemerkt – an ihrem *eigenen Hochzeitstag.*"

„Haltet die Klappe! Sie wacht auf!" Erst als sie seine Stimme hörte, spürte Daria Gabriels Umarmung. Er stützte ihren Rücken, während sie ganz offenbar noch auf dem Boden saß. „Anni, gib mir bitte ein Glas Wasser."

Bei der Erwähnung von Annabelles Namen bohrte sich der Gedanke in Darias Kopf, der ihr gerade das Bewusstsein geraubt hatte. Sie schreckte hoch mit weit aufgerissenen Augen, sog die Luft so heftig und tief in ihre Lungen, als wäre sie kurz vor dem Ertrinken gewesen, und brach sofort in markerschütterndem Schluchzen aus.

„Dasha?", fragte Gabriel mehr als nur hilflos. „Dasha, es ist doch alles in Ordnung."

Als Daria die Augen aufschlug, blickte sie direkt in Annabelles starren Blick.

„Nichts ist in Ordnung", sagte diese. Alle drehten sich zu ihr um.

„Wie meinst du das?", fragte Gabriel.

Daria rappelte sich in eine sitzende Position und blickte Annabelle mit einem Kopfschütteln an. „Ist das wirklich wahr?"

„Was ist wahr?" Gabriel sah zwischen den beiden hin und her.

Annabelle ging vor Daria in die Hocke. Ihre Augen waren feucht, als sie den Kopf schüttelte.

„Es tut mir so leid", hauchte sie.

„Was um alles in der Welt ist hier eigentlich los?" Gabriel half Daria in die Höhe und setzte sie auf einen Stuhl. Annabelle setzte sich neben sie und reichte ihr ein Taschentuch.

„Zeig' ihm die Unterlagen", bat sie Annabelle, die nach

einem kurzen Zögern, die noch immer auf dem Boden verstreuten Blätter auf den Tisch legte. Gabriel beugte sich über die Formulare und überflog sie. Er runzelte die Stirn und schüttelte den Kopf.

„Aber Anni hatte dir doch schon erzählt, dass du als Spenderin für den Mann aus New York in Frage kommst. Was ist denn daran so -“

„Ich bin keine passende Spenderin. Nicht für *ihn*!“, schluchzte sie. „Ich bin eine passende Spenderin für Kelly Duncan.“

Gabriel schüttelte den Kopf. „Wer ist Kelly Duncan?“

Daria blickte in Annabelles Gesicht, das genauso von Traurigkeit verzerrt war, wie Darias.

„Kelly Duncan ist ein zweijähriges Mädchen aus Philadelphia, das Leukämie hat“, erklärte Annabelle.

„Und außerdem“, vervollständigte Daria und hatte das Gefühl, als würde ihr ganzer Körper taub, „ist sie laut DNA-Profil … meine Tochter.“

„*Was?!*“ Nicolais fassungslose Stimme durchbrach das bleierne Schweigen. „Wie kommt ihr denn auf diese Idee?“

„Daria hat, als sie bei uns in New York zu Besuch war, eine Speichelprobe für einen der Patienten in Marys Krankenhaus abgegeben, um zu sehen, ob sie als Stammzellenspenderin in Frage kommt. Natürlich werden die Proben nie nur für einen einzigen Menschen getestet. Einmal typisiert wird die gesamte Datenbank nach einem möglichen Treffer durchforstet.“

„Aber man muss doch für Stammzellentransplantationen nicht blutsverwandt sein“, erwiderte Amanda und blickte fragend Gabriel an, der immerhin Arzt war. „Oder?“

„Nein, aber aufgrund der positiven ersten Probe, werden sie ein DNA-Profil erstellt und so herausgefunden haben, dass es eine hohe Wahrscheinlichkeit für … eine

Verwandtschaft gibt." Er durchforstete selbst das Formular noch einmal, runzelte die Stirn.

„Wie hoch ist die Wahrscheinlichkeit?", fragte Nicolai.

„99,98 Prozent", gab Daria tonlos zurück, der sich der Anblick dieser Zahl unauslöschlich ins Gedächtnis gebrannt hatte.

Betretenes Schweigen senkte sich über die Anwesenden. Ganz offenbar überlegte jeder einzelne von ihnen, wie mit dieser Situation am besten umzugehen war. Und Daria selbst; sie versuchte diese Information zu verarbeiten; versuchte zu begreifen, was es bedeutete. Lebte ihr Kind tatsächlich? Und wenn sie es wirklich war, würde sie sie jetzt wieder verlieren? Bestimmt hatte sie Adoptiveltern, die sie liebten. Die jede Minute zu Gott beteten, dass ihr Kind gerettet werden konnte.

„Wissen die Eltern, dass ich wahrscheinlich als Spender in Frage komme?", wandte sie sich an Annabelle.

Diese gab nur ein ahnungsloses Achselzucken von sich. „Tut mir Leid, Daria. Ich weiß gar nichts. Ich … wurde nur von Mary hergeschickt." Ihr bitterer Ton blieb bei Daria unbemerkt. Sie schüttelte den Kopf.

„Wir müssen sofort los", sagte sie an Gabriel gewandt. Dieser nickte ernst. Er erwähnte mit keinem Wort die Hochzeit, die sie geplant hatten. Ihm war ganz augenscheinlich klar, dass diese Pläne verblassten vor der Tatsache, dass Darias Kind womöglich gefunden worden war und an einer lebensbedrohlichen Erkrankung litt, die nur Daria heilen konnte. Wenn überhaupt.

„Was ist, wenn sie nicht deine Tochter ist?", fragte er leise.

„Wenn ich sie retten kann, was spielt das dann für eine Rolle?"

Er nickte, als hätte er auf eine solche Antwort gewartet, und wandte sich an Nicolai.

„Ich brauche dein Auto.“

„Warum?“

„Weil es schnell ist.“

„Woher willst du das wissen?“

Gabriel stöhnte entnervt. „Wenn es weniger als 350 PS hat, fresse ich einen Besen. Und jetzt besorg mir die Autoschlüssel.“

Amanda griff in Nicolais Hosentasche und förderte den Autoschlüssel zutage. „Hier.“ Sie drückte ihn Gabriel in die Hand und ging dann vor Daria in die Knie.

All ihre Aggression war innigem Mitleid gewichen. Es war das Mitleid einer Mutter.

„Ich bin eigentlich kein religiöser Typ“, sagte sie, augenscheinlich um die richtigen Worte ringend, „aber … ich bete für euch.“

„Danke.“ Daria stand auf, befahl ihren Knien sie zu tragen, obwohl sie sich anfühlten wie Gummi. „Steht die Adresse der Klinik in den Unterlagen?“

Annabelle nickte. „Ja, auch die Kontaktdaten der Ärzte. Allerdings sind das Informationen, die eigentlich den Spendern gar nicht zugänglich sind. Ich habe sie hier nur, weil Mary Ärztin ist und … naja, von dem konventionellen Weg nicht viel hält. Normalerweise ist es gesetzlich so geregelt, dass sich Spender und Empfänger erst zwei Jahre nach der Spende sehen dürfen.“

„Aber wenn sie meine Tochter ist …“

„Eben darum denkt Mary, dass sie euch reinlassen werden, wenn sie erst einmal Bescheid wissen.“

Daria griff nach ihrer Hand. Annabelles schlanke Finger fühlten sich kalt in ihrem Griff an. Sie zitterten beide. „Begleitest du uns?“, bat sie sie.

Annabelle warf einen Blick auf Gabriel, der nach seiner Jacke griff und sein Telefon einsteckte.

„Wenn du es möchtest.“

„Ich möchte es sehr gern.“ Daria hatte plötzlich das Gefühl gar nicht genug Beistand haben zu können, und in Gegenwart von Gabriels sensibler Cousine fühlte sie sich besonders wohl.

„Na, dann kommt!“ Gabriel lief zur Tür und riss sie auf.

Jimmy stand davor mit einem großen Korb voller Brot und einem verblüfften Gesichtsausdruck. Sein Blick fiel auf Gabriel, Darias aufgelöste Gestalt und schließlich auf Annabelle, die ihre Handtasche schulterte.

„Wo wollt ihr denn hin?“

„Nach Philadelphia.“ Gabriel stürmte an ihm vorbei zum Wagen. Jimmy blickte kopfschüttelnd erst Daria und dann Annabelle an. „Und wann kommt ihr wieder?“

„Vorerst gar nicht, Jimmy.“ Daria versuchte sich an einem gefassten Gesichtsausdruck.

„Was?“ Aber …“ Er stellte seinen Korb ab und blickte Annabelle an, die als letzte an ihm vorbei durch die Tür wollte. „Du auch nicht?“, fragte er.

Sie blieb neben ihm stehen und sah noch immer aufgewühlt bedauernd zu ihm empor. „Nein, ich … wie es aussieht, werde ich nicht so bald mehr hier sein.“

Jimmys dunkelbraune Augen blitzten vor Bedauern. Er deutete ein Kopfschütteln an. „Aber warum denn?“

„Wir erzählen es dir später, Jimmy“, antwortete Daria, die auf der kleinen Veranda auf Annabelle wartete.

Jimmy blickte fast geschockt auf Annabelle hinab, bis plötzlich ein fiebriger Ausdruck auf sein Gesicht trat. Ohne Vorwarnung umfasste er ihre Kehle und presste einen heftigen Kuss auf ihre Lippen.

Den Bruchteil einer Sekunde lang schien es, als wollte sie der Schreck zurückweichen lassen, doch stattdessen schlossen sich ihre Augen. Die Handfläche, die sie eben noch zur Abwehr auf Jimmys Brust gepresst hatte, wurde weich und ihre Finger gruben sich in sein Hemd. Ihre

Lippen öffneten sich seiner überschwänglichen Invasion für einen Moment, erwiderten seinen innigen Kuss für einen Augenblick, bevor er wieder von ihr abließ.

Er wirkte außer Atem und seine Wangen schienen gerötet. „Tut mir leid, ich … das musste ich einfach tun."

Mit diesen Worten machte er einen Schritt zurück und verschwand schließlich im Haus.

Annabelle taumelte kurz, bevor sie sich zu Daria umwandte, die trotz ihrer eigenen Situation ehrlich verblüfft war.

„Was, um alles in der Welt -?"

„Dasha, kommt ihr?", rief Gabriel vom Wagen aus.

„Natürlich." Daria blickte Annabelle achselzuckend an, die mit geröteten Wangen ebenfalls ahnungslos die Schultern hob. Dann folgten sie beide Gabriels Aufforderung und stiegen ein.

□

VII

Auch wenn Daria neben ihren Gedanken an das Kind, das womöglich das ihre war, kaum Sinn für irgendetwas anderes hatte, musste sie sich doch wundern, dass Gabriel die Strecke nach Philadelphia in weniger als fünf Stunden schaffte. Es war früher Nachmittag, als sie die Stadtgrenze passierten und sich in den relativ ruhigen Verkehr einfädelten.

„Anni, gib mir nochmal die Adresse des Krankenhauses“, bat Gabriel und programmierte das Navigationssystem.

„In gut zwanzig Minuten müssten wir da sein“, befand er dann und Daria spürte, wie ihr Puls bei dieser Information anschwoll.

Was sie wohl dort erwartete? Konnte es wirklich wahr sein? Hatte sie tatsächlich endlich ihr Kind gefunden? Sie betete, dass sie es nicht wieder verlieren würde. Sie …

Eine Berührung an ihrer Hand unterbrach ihren Gedanken.

Annabelle sah sie mit einem mitfühlenden Lächeln an und drückte ihre Finger.

„Egal, was dich erwartet, du bist nie allein mit dem, was geschieht“, sagte sie in eindringlichem Ton. Daria wusste nicht, warum ihr diese fast fremde Frau so viel Verständnis und Beistand entgegenbrachte. Doch sie nahm beides dankbar an. Es tat gut neben Gabriel noch einen Menschen an ihrer Seite zu haben. Daria konnte sich Annabelles Mitgefühl nur durch ihre eigene Vergangenheit erklären, von der sie fast gar nichts wusste. Sie beschloss diese liebe, junge Frau besser kennenzulernen, sobald sie nur irgendwie die Kraft dazu hatte, sich mit etwas anderem zu beschäftigen, als mit dem, das vor ihr lag.

„Wir sind da.“

Drei Worte, die Daria sekundenlang den Atem raubten. Sie krallte ihre Hände ineinander, was einen heftigen Schmerz in ihrer verletzten Handfläche auslöste, und versuchte sich zu beruhigen. Was ihr nicht gelang.

„Hätten wir vorher anrufen sollen?“, fragte sie unsicher, blickte zuerst Annabelle und dann Gabriel an.

„Das ist sicher nicht nötig.“ Annabelle gab Daria die Aktentasche. „Ich denke, du solltest die Unterlagen haben.“

Mit zitternden Fingern nahm Daria die dunkle Tasche entgegen und setzte sich wieder zurück. Die Nervosität ließ sie hoffen, dass Gabriel nie einen Parkplatz vor der imposanten Klinik finden würde. Die mütterliche Hoffnung schürte den Gedanken, dass sie womöglich gleich ihrer Tochter ins Gesicht sehen durfte. Bei dem Gedanken, dass dieses arme Mädchen, Tochter oder nicht, an einer tödlichen Krankheit litt, die zu heilen sie hoffte in der Lage zu sein, wurde ihr ganz übel.

Spock konnte es kaum ertragen Daria in dieser Verfassung zu sehen; irgendwo zwischen Hoffen und Bangen, zwischen Zweifeln und der zermürbenden Angst jemanden zu verlieren, den zu finden sie die Hoffnung bereits aufgegeben hatte.

Wenn dieses arme Mädchen wirklich Darias Tochter war, wie um alles in der Welt war sie in die USA gekommen? Unwillkürlich stellte er sich die Frage nach dem Vater. Denn egal wie tief Darias Wunsch war, ihr Kind endlich zu finden. Sein Vater war ein Vergewaltiger. Wahrscheinlich ein Mörder. Wenn er noch lebte und sich durch dieses arme Kind herausfinden ließ, wer zum Teufel er war, dann würde Spock nicht eher ruhen, bis er dieses verdammte Schwein zur Strecke gebracht haben würde. Und bei allem was heilig war: der Tod würde noch sein kleinstes Problem sein.

Da ihm der Nerv fehlte einen freien Parkplatz zu suchen, stellte der den Wagen kurzerhand auf einem Ärzteparkplatz ab. Es war schließlich schon anstrengend genug Daria nicht offen zu zeigen, wie es in ihm aussah. Sie war weiß Gott genug mit sich selbst beschäftigt.

Er versuchte sich zu wappnen für das, was sie erwartete. Während seines Jahres als Assistenzarzt, war er auf der Onkologie gewesen. Der Geruch von Chemie und Desinfektionsmittel, die abgestandene Luft, weil die Fenster für die immunschwachen Chemo-Patienten geschlossen gehalten wurden. Die zahllosen Infusionsständer, das Piepen der Chemodosierer, wenn der Beutel gewechselt werden musste, und die Gesichter der Patienten, irgendwo zwischen Hoffnung, Kampfgeist und kompletter Resignation, Todessehnsucht. All das würde er nie vergessen.

Welche Steigerung es bedeutete eine Kinderonkologie aufzusuchen, wagte er sich kaum auszumalen.

Er schnallte sich ab, drehte sich im Sitz herum und blickte in Darias blasses Gesicht. „Geht es?"

Sie nickte schnell und als wollte sie es sich selbst beweisen, dass sie die Wahrheit sagte, öffnete sie die Tür und stieg aus.

Das Wetter in Philadelphia war kühl, der Himmel bedeckt und drohte mit Regen. Sofort bildete sich eine Gänsehaut auf Darias Armen, in ihrem Nacken.

Sie warteten, bis auch Annabelle ausgestiegen war und steuerten dann den Haupteingang der Klinik an. Die Dame an der Information wirkte so unverschämt gelangweilt, dass Spock Mühe hatte, seine Wut im Zaum zu halten. Stattdessen folgten sie ihrer Wegbeschreibung durch einen der beiden Hauptkorridore und schließlich eine Treppe hinauf zu einer Station, die E18 hieß.

Die bunten Pappbuchstaben, die sich über die zweiflüglige Stationstür verteilten und erst auf den zweiten Blick das Wort „Willkommen“ bildeten, wirkten grotesk fröhlich. Auch wenn sie sicherlich nur für die Kinder alles etwas verspielter machen sollten.

Gabriel blickte zu Daria hinab. „Soll ich … reden?“

Sie schüttelte schweigend den Kopf und betätigte die Türklingel der Station. Eine Geste, die Gabriel auf eine Art mit Stolz erfüllte. Denn da war sie wieder: die Stärke in Daria, die niemand würde brechen können. Was auch geschah.

Die Tür ging automatisch auf und dahinter stand eine Krankenschwester und lächelte die drei freundlich an.

„Darf ich fragen, zu wem Sie möchten?“ Sie hatte die routiniert freundliche, etwas unnatürlich hohe Stimme, die sich Menschen, die mit Kranken arbeiten oft angewöhnen.

„Wir möchten zu Kelly Duncan.“ Darias Worte konnten das Beben in ihrem Brustkorb nicht verbergen.

„Gehören Sie zur Familie?“

„Wir …“ Daria stockte, rang sichtlich nach den richtigen Worten. „Wie es aussieht, bin ich eine passende Stammzellenspenderin für sie.“

Das Gesicht der Krankenschwester leuchtete auf. „Wirklich? Das ist ja großartig. Manchmal geschehen doch noch Wunder … und oft in letzter Minute.“

„Wie meinen sie das?“ Gabriel konnte sich nicht zurückhalten diese Frage zu stellen.

„Kelly wurde gestern Abend auf die Intensivstation verlegt. Sie … na ja. Die Zytostatika sind für Kinder eine große Belastung und es geht ihr nicht sehr gut.“

„Können wir zu ihr?“, fragte Daria.

„Ihre behandelnde Ärztin ist auf der Intensivstation. Wenn Sie gleich nach unten gehen, sage ich Ihnen, dass Sie kommen. Es ist Dr. Paul. Sie erkennen sie sofort an ihren roten, raspelkurzen Haaren." Sie zog ein Telefon aus der Kitteltasche und zeigte auf den Flur. „Einfach ein Stockwerk nach unten direkt unter dieser Station. E17."

Daria nickte. „Vielen Dank."

Die Drei machten sich auf den Weg nach unten.

„Sagtest du nicht, dass die Spender und Empfänger sich nicht treffen dürfen?"

Annabelle gab ein Achselzucken von sich. „Vielleicht weiß diese Schwester das nicht."

Unten angekommen klingelten sie an der Tür mit der Aufschrift „Neugeborenen – und Kinder-Intensivstation."

Sofort ging die Tür auf. Eine Schwester mit einem langen grünen Kittel, der offenbar hinten geschlossen wurde, und weißen Gummihandschuhen öffnete ihnen.

„Wir wurden von der Kinderstation oben hierher geschickt", sagte Daria. „Wir kommen wegen Kelly. Kelly Duncan."

„Oh, Sie sind die Spenderin, richtig?"

Daria lächelte etwas angespannt. „Ja, genau."

„Gut, dann kommen Sie rein. Allerdings dürfen nur Verwandte auf die Intensivstation. In Ihrem Fall, Miss, ist das natürlich anders."

„Ich warte unten", sagte Annabelle. „Sammelt mich einfach ein, wenn ihr soweit seid."

Daria nickte. „Ist gut."

„Ich begleite Miss Sarakowa", stellte Gabriel fest.

„Und wer sind Sie?"

„Ich bin ihr Mann und außerdem selbst Arzt. Es ist mir wichtig alle Auswirkungen, die eine mögliche Stammzellenspende auf meine Frau hat, zu kennen."

„Aber eigentlich -"

„Ich fürchte, ich muss darauf bestehen." Seine Worte waren höflich, sein Tonfall unausweichlich.

„Nun gut. Dann kommen Sie bitte. Ich zeige Ihnen, wie man schleust.“

Die Schwester erklärte Daria und Spock unnötigerweise, dass sie vor dem Betreten der Intensivstation allen Schmuck abnehmen müssten, wie sie die Hände bis zu den Ellbogen zu waschen und desinfizieren hatten, um schließlich in einen Kittel von der Sorte zu schlüpfen, wie auch die Schwester selbst ihn trug.

Als sie fertig umgezogen waren, folgten sie ihr über den breiten Gang. Die Luft war angenehm kühl und frisch, das Licht indirekt. Im Hintergrund war ein ständiges Piepen zu hören, abwechselnd mit glockenartigen Alarmen und roten und orangefarbenen Lichtern, die hinter den Sichtfenstern der Krankenzimmer aufleuchteten.

Als vor ihnen plötzlich eine kleine Frau mit feuerrotem, kurzem Haar auftauchte, die in einer Brusttasche ein Stethoskop und in der anderen einige Lutscher hatte, war Spock klar, dass dies wohl die Ärztin sein musste, die über ihr Eintreffen informiert worden war.

„Guten Tag“, grüßte sie freundlich und blickte abwechselnd zwischen den beiden hin und her. „Sind Sie die Stammzellenspenderin für Kelly?“

Daria nickte vorsichtig. „Ja, ich meine … ich hoffe es.“

„Oh, ich ebenfalls. Kommen Sie bitte. Gehen wir in mein Büro.“

Dort angekommen zeigte sie auf zwei Stühle. „Bitte setzen Sie sich.“ Dr. Paul nahm hinter ihrem Schreibtisch Platz. „Sie müssen wissen, dass es sehr ungewöhnlich ist, dass Sie hier sind. Rein rechtlich dürfen Sie überhaupt nicht wissen, wer ihre Stammzellen bekommen soll.“

„Tatsächlich?“, fragte Daria wage.

„Ja. Ich kann es mir nur so erklären, dass die Datenbank den Ablauf aufgrund der Dringlichkeit beschleunigt hat.“

„Vermutlich." Daria öffnete ihre Mappe und holte die Papiere heraus, gab sie der Ärztin und setzte sich in ihrem Stuhl zurück.

Gabriel griff nach ihrer Hand und drückte sie fest, verschränkte seine Finger in den ihren und schenkte ihr durch seine Berührung die Kraft, die sie so dringend benötigte.

Dr. Pauls Augen flitzten hin und her, während sie die Formulare überflog. Gabriel wusste, dass ihr Blick jeden Moment zum Erstarren kommen würde. Es würde der Moment sein, da sie das Ergebnis der DNA-Prüfung fand.

Und prompt geschah es. Dr. Paul runzelte die Stirn, schien offenbar einen Absatz noch einmal zu lesen und blickte dann auf.

„Sie sind … die leibliche Mutter?"

Es war nicht klar, ob das ein Vorwurf, eine Frage oder eine Feststellung ein sollte.

„Ja, zu 99,9 Prozent." Daria nickte unsicher Richtung Schreibtisch. „Zumindest steht das dort."

„Aber wie … warum … ?" Die Ärztin schüttelte den Kopf. „Wie konnte Kelly denn in diese Lage kommen. Wie ist sie hierhergekommen?"

„Das würde uns auch interessieren", antwortete Gabriel.

„Ich fürchte, ich kann Ihnen nicht folgen."

„Dieses Kind", hob Daria mit bebender Stimme an, „habe ich weder freiwillig empfangen, noch freiwillig abgegeben, noch wusste ich bis vor fünf Stunden überhaupt von seiner Existenz." Sie blickte die schockierte Ärztin mit ihren stahlblauen Augen fest an. „Doch ich werde alles, restlos alles geben, was in meiner Macht steht, um sie zu retten."

Dr. Pauls Blick flirrte zu Gabriel, als wollte sie um eine Bestätigung, lieber aber einen Widerspruch gegen Darias Erklärung bitten.

„Meine Frau war vor einiger Zeit entführt und lange … gefangen gehalten worden. Sie hat an diese Zeit keine Erinnerung und lediglich eine Sectio-Narbe, die ihr einziger Hinweis auf ein möglicherweise lebendes Kind ist.“

„Bis heute“, sagte Dr. Paul. „Miss …“ Sie sah auf die Papiere. „Miss Sarakowa, was auch immer Sie haben durchleben müssen, tut mir sehr leid, doch wenn es für Sie ein Trost ist, so kann ich Ihnen versichern, dass Sie ihre Tochter gefunden und ihr, so vielversprechend diese Testergebnisse sind, allem Anschein nach das Leben werden retten können. Und jetzt dürfte auch klar sein, warum die übliche Verschwiegenheit in Ihrem Falle wohl nicht eingehalten wurde.“

„Sind Sie sicher, dass Kelly wirklich meine Tochter ist?“

Darias Stimme bebte so sehr, dass Gabriel alles gegeben hätte, um ihr dieses Gefühlschaos abzunehmen.

„Diese Tests sagen zwar, dass es nur 99,9 Prozent sind, doch sie sind zulässig vor Gericht als Beweise in Mordprozessen oder als Vaterschaftsnachweis. Und davon ganz abgesehen …“ Nun lächelte die Ärztin. „Sie ist Ihnen wie aus dem Gesicht geschnitten.“

Dieser Satz schien Daria den Rest zu geben. Mit einem tiefen Schluchzer presste sie beide Hände vor ihr Gesicht und sackte in sich zusammen. Gabriel rieb tröstend ihren Arm, während sie sich schnell zu fassen versuchte.

„Oh, das tut mir leid. Aber ich … es ist ein Kompliment. Sie ist ein wunderschönes Mädchen.“

„Hat sie Adoptiveltern?“, fragte Gabriel, um das Thema etwas umzulenken.

„Nein, sie … hatte Pflegeeltern. Als die Krankheit das erste Mal ausbrach, haben sie sie … abgegeben.“

„Wohin abgegeben?“, fragte Daria, die dabei war sich zu sammeln.

„Wir haben hier eine Einrichtung für … schwerkranke Kinder. Dort lebt sie seit etwas über einem halben Jahr. So ist gewährleistet, dass sie nach jeder Behandlung wieder dorthin kann und anders herum schnell hier ist, wenn es ihr schlecht geht.“

„Und seit wann ist sie dauerhaft hier?“

„Seit etwas über drei Wochen. Es geht ihr, offen gestanden, sehr schlecht.“

Gabriel blickte sie fest an. „Wie schlecht?“

„Ohne passenden Spender hat sie … vermutlich nur noch wenige Wochen.“

Daria schüttelte den Kopf. „Was muss ich tun?“

„Der Ablauf, wenn Sie sich zur Spende entschließen, wäre, dass ich noch einmal die Zentrale der Datenbank kontaktiere, weil alles so schnell und unkonventionell vonstatten geht. Wir würden außerdem nochmals eine Kontrolltypisierung durchführen. Wenn diese positiv ist, müssten wir hier über vier bis fünf Tage Ihre Stammzellen anreichern. Das würde mit zwei Spritzen täglich geschehen. Wir imitieren damit den Vorgang, der beispielsweise auch bei Infektionen ganz natürlich im Körper anläuft.“ Dr. Paul stützte die Ellbogen auf dem Tisch ab und verschränkte die Hände. „Wenn genügend Zellen gebildet wurden, führen wir hier in der Klinik eine sogenannte Stammzellapharese durch. Dabei wird ihr Blut aus der Vene durch einen Separator geleitet und dann wieder zurück in ihren Körper. Die Stammzellen werden so sozusagen heraus gefischt. Die Prozedur dauert mehrere Stunden und ist aber ansonsten absolut schmerzfrei.“

„Und die Stammzellen kann Kelly dann sofort bekommen?“

„Genau. Sie werden ihr wie eine Bluttransfusion verabreicht. Das Transplantat muss im Knochenmark anwachsen, danach fängt es dann an gesunde Stammzellen zu produzieren."

Daria schien der besorgte Unterton in den Worten der Ärztin nicht entgangen zu sein. „Wie lange danach?", fragte sie.

„Im Regelfall nach zwei bis drei Wochen."

„Wird das noch rechtzeitig sein?"

Dr. Paul blickte Daria fest an. Gabriel erkannte den Menschen hinter der Ärztin, der auch nach all den Jahren in diesem Beruf noch vom Schicksal seiner Patienten berührt war.

„Ich hoffe es", sagte sie schlicht und stand auf. „Wenn es Ihnen recht ist, dann nehmen wir gerade nochmals Blut ab zur Kontrolle und wenn Sie möchten, bringe ich Sie dann zu ihrer Tochter."

Meine Tochter.

Daria konnte kaum glauben, wie es sich anfühlte, diese Worte zu hören. Sie hatte eine Tochter. Wirklich und wahrhaftig. Und sie versuchte sich die rasende Panik zu verbieten, dass sie sie womöglich gleich wieder verlieren könnte.

„Natürlich." Daria stand hastig auf und folgte mit Gabriel zusammen der Ärztin in einen kleinen Behandlungsraum. Dort ließ sie sich Blut abnehmen und wartete voller Ungeduld, bis die drei Röhrchen endlich beschriftet, etikettiert und mit einer Art Rohrpost ins Labor geschickt waren.

Dann stand Dr. Paul auf. „Sind Sie soweit?", fragte sie, wartete Darias Nicken ab und ging voran über den breiten Flur. Vor einer der Zimmertüren blieb sie stehen, besah Daria mit einem prüfenden Blick und sah ihr ganz offenbar an, wie dünnhäutig sie war, wie sehr den Tränen nah.

„Bevor Sie hineingehen", sagte die Ärztin leise, „möchte ich Ihnen sagen, dass Kelly es nicht gewohnt ist, dass man in ihrer Gegenwart weint. Ich verstehe Ihre Gefühle mehr als nur gut, aber das Wohl der Kinder steht über allem. Ich möchte verhindern, dass Sie an ihrer Seite plötzlich zusammenbrechen und sie die Welt nicht mehr versteht."

Daria nickte. „Sicher. Das verstehe ich."

„Deswegen würde ich Sie bitten, sehen Sie erst durch das Fenster hier und wenn Sie denken, Sie sind soweit, besuchen wir sie. Ich möchte bei Ihrem ersten Besuch gerne dabei sein. Tut mir leid, dass ich solche Bedingungen stelle, aber -"

„Sie schützen sie", unterbrach Daria die Ärztin und lächelte. „Das ist das Wichtigste. Und ich verstehe Sie sehr gut."

„Prima. Dann bin ich froh." Sie trat als erste vor das Fenster des Krankenzimmers und nickte Daria aufmunternd zu. „Sie dürfen sich nicht erschrecken. Ihre Haare hat sie durch die Chemo verloren und ihr Gesicht ist durch das Cortison, das sie bekommt, um die Behandlung besser überstehen zu können, etwas aufgeschwemmt."

Daria haderte mit sich selbst und fasste sich schließlich ein Herz, um neben Dr. Paul zu treten.

Obwohl die mitfühlende Ärztin sie behutsam auf das vorbereitet hatte, was sie erwartete, brach ihr der Anblick das Herz.

In einem kleinen Bett mit hohen Gittern an der Seite lag eine kleine Gestalt. Zwischen den warmen, hellen Decken war sie kaum zu sehen. Im Prinzip erkannte man nur zwei kleine Händchen und einen kleinen Kinderkopf, dessen Gesichtchen unter einer dicken, geblümten Wollmütze kaum zu erkennen war.

Stumme Tränen liefen Daria übers Gesicht, als sie plötzlich Gabriels Umarmung spürte und dankbar annahm.

„Sie ist so winzig", hauchte sie, konnte kaum begreifen, dass dieses arme Mädchen ihr Kind sein sollte. Der

Wunsch sie zu beschützen, zu retten und zu verteidigen gegen alles und jeden kochte heftig in ihr empor.

„Sie hat viel Gewicht verloren", sagte Dr. Paul.

„Schläft sie?"

„Ja, sie … schläft meistens. Sie ist sehr schwach." Sie bedachte Daria mit einem prüfenden Blick. „Möchten Sie reingehen?"

„Nein!"

Sowohl die Ärztin, wie auch Gabriel sahen sie verblüfft an. „Nicht?", fragte erstere.

„Nein, ich meine. Ich möchte sehr gern zu ihr gehen; sie sehen und vielleicht berühren. Ich kann es nicht erwarten, ihre Stimme zu hören und ihr in die Augen zu blicken, aber …" Daria schüttelte resigniert den Kopf. „Was soll ich ihr sagen, wer ich bin? Und so, wie ich mich momentan fühle, werde ich weinen. Ich werde weinend am Bett dieses armen Mädchens sitzen und sie wird die Welt nicht mehr verstehen, warum diese fremde Frau sich die Augen ausheult. Sie haben ganz Recht, Dr. Paul. Es wäre nicht fair."

Kurz schwiegen die beiden, bevor Gabriel das Wort ergriff. „Also möchtest du nicht zu ihr gehen?"

„Wann wird die zweite Probe bestätigen können, dass ich eine passende Spenderin für Kelly bin?", fragte sie Dr. Paul anstelle einer Antwort.

„In etwa einer Stunde."

„Ich möchte das gerne abwarten. Und wenn es sicher ist, dass ich ihr helfen kann, dann werde ich zu ihr gehen. Und wenn sie mich fragt, wer ich bin, werde ich ihr erklären, dass ich ihr vielleicht helfen kann gesund zu werden."

„Sie wollen ihr nicht sagen, wer Sie … sind?"

Darias Augen bekamen einen entschlossenen Ausdruck. „ich sage es ihr nicht mit Worten. Noch nicht. Ich werde es ihr lieber mit Taten sagen, werde alles in meiner Macht stehende tun, um ihr zu helfen. Egal wie und was es mich kostet. Und ich möchte …“ Sie warf Gabriel einen prüfenden, fast entschuldigenden Blick zu. „Ich möchte das Sorgerecht für sie übernehmen.“

Dr. Pauls Blick folgte dem von Daria, bevor sie sie wieder anblickte. „Das verstehe ich natürlich sehr gut. Allerding wird es sicherlich eine gewisse Zeit in Anspruch nehmen. Die behördlichen Mühlen mahlen leider überall sehr langsam.“

„Wie lange es dauert, interessiert mich nicht. Ich möchte sie nur bei mir haben.“

„Aber -“ Die Ärztin brach ihren Satz schnell ab und schwieg. Dennoch wusste Daria ganz genau, was sie hatte sagen wollen.

„Sie wird es schaffen“, stellte Daria mit leisem, fast drohendem Ton fest. *„Sie wird es – auf jeden Fall – schaffen! Verstehen Sie mich?“*

„Natürlich. Es … es tut mir leid. Manchmal bin ich … es tut mir leid.“

„Ich gebe Ihnen meine Telefonnummer“, sagte Gabriel plötzlich mit etwas kühlem Unterton. Daria fragte sich, ob er böse auf sie war, weil sie die Sorgerechtsfrage nicht mit ihm abgesprochen hatte. Aber sie war ihr Kind. Wie sonst sollte sie handeln?

„Wenn die Ergebnisse der Blutuntersuchung da sind, rufen Sie mich bitte an. Solange sind wir unten und essen eine Kleinigkeit“, fuhr er fort. „Und wenn es möglich ist, würde Daria sicher gerne schon heute mit der Stammzellenanreicherung anfangen.“

„Auf jeden Fall. Ich werde sofort das Medikament in der Apotheke unten bestellen. Dann haben wir es in einer Stunde hier oben und können direkt anfangen.“

„Vielen Dank.“

Die beiden verabschiedeten sich von Dr. Paul. Nach einem letzten schwermütigen Blick durch die Glasscheibe und dem in Gedanken innigsten Versprechen alles in ihrer Macht stehende zu tun, um ihr Kind zu retten, folgte Daria Spock durch die Schleuse und schließlich auf den Flur.

Sie bemerkte sofort, dass seine Schritte abgehackt waren und sein Gesicht grimmig in Falten lag. Ganz offenbar war er sauer, dass sie das mit dem Sorgerecht nicht vorher mit ihm besprochen hatte. Das wiederum machte sie sauer. Als sich die Aufzugtüren öffneten stürmte sie fast hinein und drückte den Knopf für das Erdgeschoss.

Gabriel stellte sich schweigend neben sie.

„Na, sag‘ es schon!“, verlangte sie grimmig.

„Sag‘ was?“

„Sag‘, dass du es unmöglich findest, dass ich die Frage nach dem Sorgerecht vorher nicht mit dir abgesprochen habe.“

Er lachte freudlos und schüttelte den Kopf. „Unfassbar.“

„Was soll das heißen?“

Mit einem Ping öffneten sich die Türen. Ein Pfleger rollte ein frisch bezogenes Krankenbett herein und unterbrach ihr Gespräch mit seiner Anwesenheit. Da er offenbar bis in den Keller fuhr, war auch nicht daran zu denken, ihre Konversation fortzusetzen.

Daria war aufgewühlt und stocksauer. Ihre ganze Welt stand Kopf. Und es schien nicht so, als würde sie sich in nächster Zeit wieder einnorden lassen.

Als die Aufzugtüren im Erdgeschoss aufgingen, lief Daria sofort hinaus auf den belebten Gang. Eine widerliche Mischung aus Kantinenessen und Desinfektionsmittel lag in der Luft. Auf der Suche nach Annabelle ließ sie ihren Blick über die Menge schweifen.

Plötzlich packte sie Gabriel grob am Arm, riss eine Tür auf und zerrte sie hinein. Es war eine Art Abstellkammer, doch das nahm sie nur am Rande wahr, weil sie der grobe Griff an ihren beiden Schultern und die Wucht mit der sie plötzlich gegen die Wand gedrückt war, gelinde gesagt ablenkte. Gabriels Blick war finster, während das spärliche Licht der Kammer blinzelnd ansprang.

„Unfassbar soll heißen“, zischte er mit mühsam beherrschter Wut und brachte sein Gesicht dabei so dicht vor ihres, dass sie zurückgewichen wäre, wenn ihr Hinterkopf nicht ohnehin gegen die Wand gepresst gewesen wäre, „dass ich buchstäblich nicht fassen kann, wie du mir diesen Blick zuwerfen konntest.“

„Welchen Blick?“

„Den fragenden, bittenden, entschuldigenden Blick, während du diese Ärztin nach dem Sorgerecht gefragt hast. Den Blick, den man jemandem zuwirft, dem man nicht vertraut; der einen nicht liebt und der nicht alles tun würde, um einen glücklich zu machen.“ Sein Griff wurde schmerzhaft fest. „Glaubst du denn allen Ernstes, dass ich auch nur eine Sekunde nicht wollen würde, dass dein Kind bei dir ist? Bei uns? Denkst du, ich begreife nicht, was es dir bedeutet?“

Sie stutzte und schluckte trocken. Plötzlich fühlte sie sich wie der verdammt nochmal größte Idiot in diesem Krankenhaus.

„Nein, ich … So habe ich es nicht gemeint.“

„Und fast noch schlimmer ist es, dass du gar nicht begreifst, was es mir bedeutet; wie wichtig mir dein Glück ist. Denkst du all die Monate, in denen ich versucht habe dein Kind zu finden, sind spurlos an mir vorbei gegangen? Wofür hältst du mich? Für einen Eisblock? … Für ein scheiß Monster?“

Er ließ von ihr ab und machte einen Schritt zurück, um sich zu sammeln. Daria fühlte das Blut durch ihre Schläfen rauschen, als sie ein Kopfschütteln andeutete.

„Nein, es … tut mir leid. Ich habe … nicht nachgedacht.“

„Verdammt richtig!“

Sie fühlte sich plötzlich grauenhaft. Sie hatte Gabriel nicht verletzen wollen. Aber noch immer war es ihr unbegreiflich, dass er so tief für sie empfand, wie er es offenbar tat.

„Kann ich es irgendwie wieder gut machen?“, fragte sie kleinlaut.

„Ja. Denk‘ einfach nie wieder etwas so … Niederträchtiges von mir.“

„Es tut mir ehrlich leid, Gabriel. Ich … bin total durch den Wind.“

Sein Gesichtsausdruck verlor die Schärfe, als er nickte. „Ich weiß, Dasha.“ Er kam auf sie zu und umarmte sie fest. Eine Berührung, die sie genauso dankbar annahm, wie sie sie auch brauchte. „Nur bitte … denk nie wieder so schlecht von mir. Ich will es nicht. Und ich ertrage es nicht!“

Sie presste das Gesicht in seine Halsbeuge und hielt sich mit aller Kraft an ihm fest. Sekundenlang. Vielleicht auch für Minuten. Bis Gabriel sich sanft von ihr löste, ihr einen Kuss auf die Stirn hauchte und dann nach der Türklinke griff.

„Komm“, sagte er dabei, „Anni wird sich schon wundern, wo wir bleiben.“

Sie traten auf den breiten Gang hinaus und wandten sich Richtung Eingangshalle, wo sie Annabelle in der Nähe des kleinen Restaurants vermuteten.

„Siehst du sie?“, fragte Daria und drehte sich suchend einmal um die eigene Achse.

„Nein.“ Gabriel konnte dank seiner Größe die herumwuselnden Menschen noch etwas besser überblicken. „Doch, da hinten!“

Er zeigte in die Eingangshalle, wo Annabelle unter einem großen Monitor auf einer steinernen Bank saß und telefonierte. Bestimmt berichtete sie Mary, wie sich die Dinge entwickelt hatten, dachte sich Daria, während sie mit Gabriel zu ihr hinüber ging.

Plötzlich blieb er stehen, nur für einen Sekundenbruchteil. „Oh, Gott“, hauchte er und sprintete los.

Daria begriff überhaupt nicht, was passierte, während er durch die Menge lief und laut Annabelles Namen schrie. Es dauerte Sekunden, bis sie ihn hörte und sich ihm zuwandte.

„Weg!“, rief er. „Lauf weg!“

Dann geschah alles auf einmal. Mit einem wütenden Funkenregen kippte der große Flachbildschirm über Annabelle aus seiner Verankerung. Angstvolle Blicke flirrten nach oben, die Menschen stoben auseinander und Annabelle sprang von ihrer Bank. Der Bildschirm fiel krachend und plötzlich rauchend herab, die Funken sprühten noch immer, so sehr, dass Daria nicht erkennen konnte, ob Annabelle es noch rechtzeitig geschafft hatte.

*

So schnell wie die Leute von dem herabstürzenden Bildschirm geflohen waren, genauso schnell standen sie gaffend um das Geschehnis herum. Daria kämpfte sich durch die Menge und gelangte schließlich zu der steinernen Bank, auf der Annabelle gerade noch gesessen hatte. Es bot sich ihr ein Bild des Grauens. Der überdimensionierte Bildschirm war in zwei Hälften zerbrochen. Die Front war zersplittert und Annabelle lag halb darunter.

„Hilf mir!“ Gabriels Stimme kam erstickt von hinter den Trümmern. Daria kam um ihn herum und erstarrte für einen Moment. Annabelle lag auf dem Bauch. Ihr linker

Unterschenkel stand in einem unnatürlichen Winkel ab und aus einer Wunde, die sie nicht sehen konnte, pulsierte Blut. Gabriel riss sich das Hemd herunter, band Annabelles Bein über dem Knie ab und sah suchend in die Menge, bis er endlich einen herbeieilenden Arzt erblickte.

„Sie hat eine Schlagaderverletzung und einen offenen Unterschenkelbruch", rief er ihm zu. „Wir brauchen sofort einen OP und verdammt nochmal literweise 0 negativ. – Dasha, press das hier auf die Wunde, so fest du kannst." Sie sank auf die Knie und drückte den dünnen Hemdstoff, der sich sofort mit Blut tränkte, mit zusammengebissenen Zähnen auf die Wunde.

„Verdammt." Der Arzt sank auf die Knie und stand nickend wieder auf.

„Was ist?", fragte Gabriel.

„Wir haben gerade einen verunglückten Bus reinbekommen."

„Haben Sie zu wenig Ärzte?"

„Das können Sie laut sagen."

„Ich bin Unfallchirurg. Ich kann sie selbst operieren, wenn mir ein Kollege mit den Gefäßen hilft."

Der Arzt zögerte kurz. „Eigentlich dürfen wir das nicht. Aber unter diesen Umständen nehme ich jede Hilfe, die ich kriegen kann." Er zog ein Mobiltelefon aus der Kitteltasche. „Ich brauche eine Trage in die Eingangshalle. – Ja, in die Eingangshalle. Und macht einen OP fertig. Offener Oberschenkelbruch, Bänderabrisse am Knie, Schlagaderverletzung. Drei Liter 0 Negativ aufwärmen." Indem er auflegte, zeigte er hinter sich. „Ich muss wieder in die Notaufnahme. Der OP ist -"

„Ich finde ihn schon. In drei Minuten bin ich dort." Gabriel wandte sich den Umherstehenden zu. „Ich brauche ein paar Kerle, die den Monitor von ihr herunterhieven. Sie, Sie und Sie. Kommen Sie! Anpacken!"

Während die Männer ohne zu zögern vortraten und über der bewusstlosen Annabelle den Bildschirm anhoben, rollte schon eine Trage heran, begleitet von zwei anderen Ärzten.

Gabriel blickte auf, während einer der Ärzte Daria ablöste und sich der Wunde annahm.

„Puls bei 38", sagte Gabriel. „Wird schwächer. Nicht ansprechbar."

„Alles klar." Die Stirn unter dem blonden Haarschopf des jungen Arztes war angestrengt gerunzelt. „Wir übernehmen sie. Auf drei. Eins. Zwei ..."

Sie hoben Annabelle auf die Trage ohne ihre Position zu verändern und rollten sie im Eiltempo davon. Gabriel und Daria knieten neben der riesigen Lache Blut, die Annabelle verloren hatte. Daria betrachtete ihre vor Blut triefenden, zitternden Finger. Sie wollte aufstehen, doch sie traute ihren Beinen nicht.

„Schafft sie es?", fragte sie Gabriel, der aufstand und ihr hoch half. „Wenn ja, dann nur, weil sie nur zwanzig Meter von einem OP entfernt ist. Ich muss los"

„Treten Sie zurück! Zurücktreten!"

Die Stimme eines älteren Mannes drang durch die gaffende Menschentraube. Als der Besitzer der Stimme hervortrat, sah Daria auf. Ein Wachmann, ganz offenbar zum Krankenhaus gehörend, dicklich, kurzbeinig und jenseits der 60, mit einem wichtigtuerischen Gesichtsausdruck und einer original 70er Jahre Hornbrille stand plötzlich vor ihnen.

„Treten Sie bitte zurück, Sir", befahl er Gabriel.

Dieser sah sich mit einem Blitzen in den Augen um, als wollte er den alten Mann jeden Augenblick zerfleischen.

„Sir, ich muss das hier aufräumen lassen. Sie sollten -" Er streckte die Hand nach Gabriel aus, doch dieser packte sein Handgelenk, noch bevor er ihn berühren konnte.

„Sie räumen hier gar nichts auf“, brachte er mühsam beherrscht hervor. „Sie holen die Polizei. Und zwar pronto!“

„Aber -“

„Und dann besorgen Sie Flatterband und sperren den Tatort ab.“

„Tatort?“ Der Alte verlor seine Überheblichkeit zugunsten eines schmerzverzerrten Gesichtsausdrucks. Offenbar wurde Gabriels Griff stärker.

„Und sollte irgendwer den Fehler machen, hier irgendetwas anzufassen, bevor die Spurensicherung da war, breche ich demjenigen jeden Fingerknöchel einzeln. Haben wir uns verstanden?“

Der Alte nickte hastig. „Natürlich, Sir.“ Als Gabriel ihn losließ, sprang er heftig zurück und rieb sich das schmerzende Handgelenk.

„Heute noch“, setzte Gabriel nach und wartete, bis der Wachmann fortgelaufen war. Dank seines drohenden Tonfalls, waren auch die Gaffer etwas zurückgetreten und besahen die Szenerie nun aus sicherer Entfernung.

„Denkst du etwa, es war … kein Unfall?“

„Lass uns später darüber reden, Dasha. Ich muss in den OP. Bitte warte hier, bis die Polizei da ist. Sag ihnen meinen Namen und meine MI6-Dienstnummer. 06BE4. Sag Ihnen, ich möchte eine Kopie des Berichts.“

Darias Kopf rauschte, dennoch nickte sie hastig. „Alles klar.“

Gabriel drückte kurz ihre blutige Hand, dann lief er durch die Halle davon.

Spock stürmte nach einem hastigen Blick auf die Wegweiser durch die Gänge und stieß die zweiflüglige Tür zur OP-Holding auf.

Ein mehr als verblüffter OP-Pfleger, der einen blauen Einwegrasierer in der Hand hielt, blickte ihn an. „Was wollen Sie hier?"

„In welchem OP liegt Annabelle Stetson?"

„Wer?"

„Offener Unterschenkelbruch."

„In der zwei. Sind Sie der Chirurg, der einspringen will?"

„Ja."

Der Pfleger warf den Rasierer weg und packte Spock am Arm. Für einen Kerl, der ihm gerade mal bis zur Schulter reichte, hatte er einen erstaunlich festen Griff. Er schob ihn in den Waschraum.

„Hier." Er gab ihm OP-Hemd und Hose, grüne Plastik-Sandalen, Haube und Mundschutz. „Und nicht schüchtern sein, es muss ja schnell gehen."

Spock zog die Braunen in die Stirn. Der Kerl war ja sogar ansatzweise witzig. Wenn die Situation eine andere gewesen wäre, hätte er das zu honorieren gewusst. In Rekordgeschwindigkeit zog er sich bis auf die Unterwäsche aus und die OP-Kleider an. Dann wandte er sich dem langen Wasserhahnhebel zu, wusch sich bis zum Ellbogen und wandte sich mit von sich gestreckten Händen dem Pfleger zu, der ihm Handschuhe überzog. Dann setzte er ihm Mütze und Mundschutz auf und schob ihn durch die Schwingtür in die OP-Schleuse. „In der Zwei, wie gesagt."

Spock stürmte zur OP-Tür und eine aufmerksame Schwester öffnete ihm. Der Operateur, der an Darias Unterschenkel beschäftigt war, sah auf.

„Wer, zum Teufel, sind Sie?"

„Die Aushilfe", gab Spock knapp zurück. „Wie sieht es aus?" Der Blick auf die Monitore zeigte einen Puls bei knapp 40 und einen Blutdruck von 90 zu 64.

„Die Blutung ist unter Kontrolle. Puls und Blutdruck stabil. Zwei Liter rotes Gold intus." Der Chirurg hatte offenbar schon gehört, dass Spock helfen würde, sonst wäre er wohl kaum bereit, so willig Auskunft zu geben. „Kreuzbänder gerissen. Splitterbruch des Unterschenkelknochens an zwei Stellen. Was für ein Arzt sind Sie überhaupt?"

„Unfallchirurg."

„Nicht verkehrt. Sie können mir assistieren. – Jenny, bestell Dr. Brown ab und schick' ihn in die Notaufnahme. Er soll den verunglückten Bus zusammenflicken. Ich habe hier jemanden, der mir bei den Bastelarbeiten hilft."

Damit meinte er ganz offenbar die Splitterbrüche, die er versuchen würde zusammenzuschrauben. Spock besah sich die vorbereiteten Knochen. Er war kein Idiot. Annabelle hatte verdammtes Glück, dass sie das Bein nicht verloren hatte.

„Jim, der Blutdruck fällt ab." Die Stimme der Anästhesistin war alarmiert.

Spocks Blick schoss nach oben. Der systolische Wert war im freien Fall. Er griff nach einer von Annabelles Händen, die Finger waren bläulich verfärbt. Ebenfalls die Lippen.

„Beginnende Zyanose", sagte er. Ein Blick zu ihrer Kehle genügte, und ihm war sofort klar, was los war.

„Die Halsvenen stauen sich." Er blickte den Operateur alarmiert an. „Haben Sie sie nach inneren Verletzungen abgetastet?"

„Ich war nur für den Schenkel eingeteilt."

„Verdammt!" Er legte eine Hand über die andere und tastete vorsichtig Annabelles Brustkorb ab. „Spannungspneumothorax. Ich glaube, eine Rippe ist gebrochen und hat das Brustfell durchstoßen, bin mir aber nicht sicher ohne Röntgen."

„Wir brauchen eine Thoraxdrainage."

„Was Sie nicht sagen", murmelte Spock und griff sich ein Skalpell. „Ich brauche einen Bülau-Schlauch." Vorsichtig tastete er Annabelles Rippenbogen ab und führte auf der verletzten Seite einen kleinen Schnitt durch. „Wo bleibt der Schlauch?"

„Hier, ... Sir." Die Schwester gab Spock die Drainagekanüle. Er kniete sich neben Annabelle und führte die Kanüle vorsichtig in den Pleuraspalt ein.

„Blutdruck wird kritisch", mahnte die Narkoseärztin.

„Drainage sitzt. Ich brauche etwas, um sie zu fixieren."

„Hier." Der Arzt reichte ihm einen Streifen Klebeband. „Nur als Provisorium."

Spock befestigte das Röhrchen an Annabelles dunkler Haut und warf einen Blick auf die Monitore. Genau wie alle anderen im OP es taten. Sekundenlang.

„Blutdruck steigt", stellte die Narkoseärztin erleichtert fest. „Puls erholt sich. Sättigung gut."

Spock besah Annabelles Hände. Die Blaufärbung würde noch ein wenig so bleiben, doch die gestauten Venen am Hals normalisierten sich und gaben Entwarnung.

„Die Drainage wird halten, bis wir das Bein fertig haben. Aber der Rippenbruch und der Pneumothorax müssen gleich anschließend behandelt werden."

„Klar, Mann." Der Operateur nickte anerkennend. „Sie haben ein gutes Auge, das muss ich sagen."

Spock war beim Anblick von Annabelles zerschlagenem Körper nicht in der Stimmung für Smalltalk oder Komplimente. Er nickte knapp und zeigte auf die Schrauben und Platten, die sie planten in Annabelles Unterschenkel einzusetzen. „Lassen Sie uns weitermachen."

Fast eineinhalb Stuten später zog sich Spock erschöpft die blutigen Kleider und Handschuhe aus, wusch sich und schlüpfte wieder in seine eigenen Sachen. Als er durch die Holding ging und schließlich auf den Gang trat, wartete Daria schon auf ihn.

„Und?“, fragte sie und versuchte ganz offenbar an seinem Gesichtsausdruck abzulesen, wie es stand.

„Anni hatte innere Verletzungen und zwei Unterschenkelbrüche.“

„Hatte?“

„Tut mir leid. Es geht ihr gut. Ich sage nur *hatte*, weil die Brüche verschraubt und der Thorax stabilisiert sind.“ Er fuhr sich mit beiden Händen durchs Haar. „Ich habe lange niemanden mehr operiert. Ich bin … ganz schön platt.“

Daria griff nach seiner Hand, stellte sich auf die Zehenspitzen und küsste ihn vorsichtig. „Und du hast nicht irgendjemanden operiert, sondern deine Cousine. Wahrscheinlich hast du ihr das Leben gerettet.“

Spock sah an Daria vorbei in die Halle, wo hinter gelbem Absperrband vier Polizisten um den zertrümmerten Bildschirm herumschlichen. „Sie hat großes Glück, dass sie das Bein nicht verliert.“

„Wird sie … wieder gehen können?“

„Es wird dauern.“ Spock umarmte Daria fest und genoss den Trost, den ihm die Berührung spendete. „Annabelle ist früher gerne gelaufen. Auch Marathon. Sie hat das Laufen geliebt.“ Er seufzte. „Das wird sie lange nicht tun können. Mindestens ein Jahr. Wahrscheinlich länger.“

„Sie lebt. Das allein zählt.“ Daria strich ihm über die Brust und trat einen Schritt zurück. Ein vorsichtiges Lächeln stahl sich auf ihr Gesicht. „Und es gibt noch eine gute Neuigkeit.“

Spock wollte schon nachfragen, da fiel es ihm wie Schuppen von den Augen. Vor lauter Unfall und OP hatte er für ein paar Minuten ganz verdrängt, warum sie überhaupt hier waren.

„Die Kontrollprobe“, sagte er und lächelte ebenfalls. „Sie ist positiv?“

Daria nickte. „Ja, ist sie. Ich wollte nur noch warten, bis du aus dem OP kommst und dann hochgehen und mir die erste … Spritze geben lassen."

Beschwingt von dem Wissen, dass Daria eine Chance hatte ihr Kind zu retten und Annabelle das Unglück soweit ganz gut überstanden hatte, bot er Daria seinen Arm.

„Darf ich bitten?"

Daria hakte sich unter. „Auf jeden Fall."

*

Daria bekam ihre Spritze von einer etwas korpulenten, herzlichen Krankenschwester mit dunklem Kurzhaarschnitt und war keine fünf Minuten später wieder von der Station verschwunden.

„Willst du jetzt Kelly sehen?", fragte Gabriel und automatisch zog sich Darias Brustkorb zusammen.

„Ich möchte", erklärte sie wage. „Aber …"

„Hast du Angst?"

„Panik trifft es wahrscheinlich eher."

„Warum?"

„Sie kennt mich nicht. Ich bin eine völlig Fremde für sie. Was soll ich zu ihr sagen? Was … was wird sie denken über mich?"

Daria presste die Finger auf das Pflaster in ihrer Armbeuge, während sie dem Korridor Richtung Treppe folgten. Spock nahm sie bei der Schulter und hielt sie fest, so dass sie unweigerlich stehenbleiben und ihm in die Augen sehen musste.

„Dasha, du hast doch nicht etwa Angst, dass sie dich nicht mögen könnte."

Sie schwieg. Er hatte den Nagel auf den Kopf getroffen.

„Das kann doch nicht dein Ernst sein. Wie kannst du so etwas nur jemals denken?"

„Es wäre doch möglich. Ich bin eine Fremde. Ich spreche mit … Akzent. Ich bin -"

„Wundervoll. Reizend. Liebevoll. Fürsorglich. Bildschön." Spock küsste sie, dann sah er sie wiederum fest an. „Du bist ihre Mutter, Dasha. Vertrau darauf. Vertrau auf dein Kind."

Seine Worte beruhigten sie zumindest soweit, so dass ihr Zittern ein wenig nachließ.

„Und ich sehe solange nach Annabelle."

„Du kommst nicht mit?"

„Du bist eine wunderschöne, junge Frau. Und ich bin ein großer, hässlicher Mann mit grimmigen schwarzen Augen. Ich würde sie sicherlich nur erschrecken. Geh' erst einmal alleine zu ihr. Das ist leichter. Für euch beide." Er drückte ihre beiden Hände und lächelte sie aufmunternd an. „Glaub mir."

*

Daria glaubte Spock nicht, bis sie vor Kellys Tür stand. Dr. Paul stand neben ihr. Sie spürte ihren prüfenden Blick auf sich.

„Geht es Ihnen gut?", fragte sie."

„Es geht mir sehr gut." Darias ehrliches Lächeln schien die Ärztin zu beruhigen.

„Das freut mich zu hören. Auch Kelly geht es momentan recht gut."

„Wirklich?"

Dr. Paul nickte. „Die ersten vier Tage nach der Chemo sind immer sehr hart. Heute ist Tag sechs und es geht ihr besser; sie ist jetzt wach und wartet sie auf das Essen, das gleich kommt."

„Dr. Paul?" Eine Schwester kam zu ihnen. „Die Kardiologin wäre da, um das EKG zu besprechen."

„Oh, das ist wichtig." Sie blickte Daria entschuldigend an. „Ich weiß, dass ich Ihnen gesagt hatte, dass ich dabei sein möchte, wenn Sie sie das erste Mal sehen, aber … trauen Sie es sich auch alleine zu?"

„Ja, ich … denke schon."

„Gut. Ach, und eins noch. Auch wenn es Ihnen schwer fällt, versuchen Sie zu vermeiden Sie zu berühren oder sie zu sehr … anzuatmen. Durch die Chemo ist ihr Immunsystem geschwächt. Eine Woche nach der Chemo ist sie im Zelltief. Sie … soll nicht krank werden."

„Natürlich. Ich halte mich daran." Daria lächelte schwermütig. „Und ich weine nicht. Versprochen."

Dr. Paul lächelte kurz, nickte und folgte der Schwester den Flur hinab.

Daria blieb zurück mit klopfendem Herzen, schwitzenden Handflächen und nagenden Selbstzweifeln. Sie hatte überhaupt keine Erfahrung mit Kindern und da drinnen lag ihr Kind, das sie so lange zu finden versucht und nicht mehr zu finden gehofft hatte. Und sie hatte keine Ahnung, wie sie ihr gegenübertreten sollte.

Sie atmete tief durch und hoffte, dass ihr Instinkt und die innige Liebe ihr den richtigen Weg weisen würden.

Mit einem Zittern im ganzen Körper hob sie die Hand und klopfte leise gegen die Tür. Als sie keine Antwort erhielt, drückte sie vorsichtig die Klinke herunter und wappnete sich dafür, dass ihr Kind sie das erste Mal in ihrem Leben ansehen würde.

Das Blut rauschte ihr vor Aufregung in den Ohren, als sie durch den schmalen Türspalt zum Bett hin blickte.

Das erste, was sie von ihrer Tochter sah, waren riesige, dunkelblaue Augen, die den ihren auf fast unheimliche Weise glichen.

„Kelly?“ Daria schloss die Tür hinter sich und wandte sich wieder dem kleinen Mädchen zu, das in seinem Bett saß und sie schweigend ansah. Sie hatte einen Sauerstoffschlauch in der Nase und trug eine dicke Wollmütze auf ihrem haarlosen, kleinen Köpfchen. Es war das schönste Kind, das Daria je gesehen hatte. Die Mutterliebe traf sie so heftig und überwältigend, dass sie ein tiefes Aufschluchzen mit aller Kraft unterdrücken musste.

Dr. Paul hatte die Wahrheit gesagt. Kelly war Daria wie aus dem Gesicht geschnitten. Wenn sie sie anblickte, war es als würde sie sich selbst auf alten Kinderbildern sehen, daran konnten auch die vom Cortison leicht aufgeschwemmten Wangen nichts ändern.

„Essen?“ Kellys Stimme war hell, glockenklar und kräftiger, als Daria es vermutet hätte. Es erfüllte sie mit Freude, dass das arme Mädchen seinen Appetit trotz der verheerenden Therapie noch nicht ganz verloren hatte.

„Leider habe ich kein Essen dabei. Ich … wollte dich gerne besuchen kommen.“

Als sie näherkam, bemerkte Daria, dass auch Kellys Brauen und Wimpern ausgefallen waren. Intuitiv wusste sie, dass ihre Tochter die gleichen hellbraunen, langen Wimpern haben würde, wie sie selbst.

„Wer bist du?“

„Ich bin Daria.“ Sie nahm sich einen Stuhl und stellte ihn mit ein wenig Abstand neben Kellys Bett, die Bitte der Ärztin im Hinterkopf etwas Abstand zu ihr zu halten. Sie suchte nach den richtigen Worten und begriff, dass sie keine Ahnung davon hatte, wie sie den Grund ihrer Anwesenheit für eine Zweijährige kindgerecht formulieren konnte.

„Ich habe gehört“, versuchte sie es, „dass dir von deiner Medizin oft schlecht wird.“

Kelly nickte. „Ich muss immer spucken.“

„Ja, genau.“ Sie verschränkte die Hände so fest ineinander, dass ihre Fingerknöchel weiß hervortraten und ihre mit Pflaster bedeckten Schnitte schmerzten. „Und … wie soll ich dir das erklären? Du und ich wir haben beide Blut, das sich ganz ähnlich ist.“

„Mein Blut ist krank“, erklärte Kelly. „Bist du auch krank?“

Die gefassten Worte des Mädchens brachen ihr schier das Herz. Sie schüttelte den Kopf. „Nein, mein Blut ist gesund und ich … möchte dir davon etwas abgeben.“

Kelly blickte Daria fragend an, als würde sie überlegen wollen, warum sie so etwas tun würde. „Wie ein Geschenk?“

„Ja, genau. Ein Geschenk.“

„Bin ich dann wieder gesund?“

Daria wollte etwas sagen, doch der Kloß in ihrer Kehle hinderte sie sekundenlang daran, so dass sie nickte. „Ich hoffe es“, hauchte sie und verbarg ihre aufsteigenden Tränen hinter einem Lächeln.

„Dankeschön.“ Kelly versuchte sich ein wenig aufzusetzen. Es war ihr kaum möglich, sich auf ihre beiden Hände zu stützen, um im Bett etwas nach oben zu rutschen. Als Kelly plötzlich auf Darias Gesicht zeigte, unterbrach sie ihre Gedanken.

„Du hast so schöne Haare. Ganz lang und golden. Wie Barbie.“

„Ich glaube, wenn deine Haare wieder da sind, sehen sie ganz genauso aus.“

„Darf ich sie anfassen?“

Daria rief sich die Warnung der Ärztin ins Gedächtnis. Aber es waren doch nur Haare.

„Klar.“ Sie stand auf und beugte sich so nach vorne, dass Kelly eine ihrer Strähnen zu fassen bekam. Ganz vorsichtig fuhr sie sie nach. Und plötzlich streichelte sie Darias Haar und damit ihren Hinterkopf mit der Fläche ihrer kleinen Kinderhand.

Es war die rührendste Geste, die sie je erlebt hatte.

Jäh ging die Tür auf. Daria erschrak sich so sehr, dass sie zurückfuhr und Kelly ihr versehentlich ein paar Haare ausriss.

„Tut mir leid", sagte sie erschrocken. „Das wollte ich nicht."

„Kein Problem, Schätzchen." Daria lächelte etwas unsicher die Schwester an, die ein Tablett mit zwei abgedeckten Tellern hereinbrachte.

Kellys Gesicht leuchtete auf. „Essen", stellte sie begeistert fest.

„Ganz genau, junge Dame." Die Schwester stellte das Tablett auf dem Beistelltisch ab und blickte Daria freundlich an. „Sie sind Kellys -"

„Stammzellenspenderin", unterbrach sie diese schnell und lächelte. „Genau."

„Genau", wiederholte die Schwester, die offenbar sofort verstand, dass Kelly noch nicht wusste, wer Daria außerdem war. „Sollen wir etwas essen, Schätzchen?"

„Was gibt es?"

„Spaghetti und als Nachspeise Obstsalat mit Vanillesauce."

„Lecker", freute sich das Mädchen und Daria sog den Anblick ihrer vor Freude strahlenden Augen auf. Sie war positiv überrascht, wie gut es der Kleinen ging.

„Isst du mit?", fragte sie plötzlich Daria.

Diese blickte sie verblüfft an. Die Freude über die Einladung ihrer kleinen Tochter legte sich wie Balsam über all ihre Ängste, die aufgestauten Sorgen und finsteren Erinnerungen.

Mit Tränen in den Augen lächelte sie. „Sehr gern."

*

Als ihm Daria mit einem beinah seligen Lächeln auf den Lippen im großen Hauptkorridor der Klinik entgegenkam, wusste er, dass seine Entscheidung ihr das erste Aufeinandertreffen mit ihrer Tochter ganz allein zu überlassen, richtig gewesen war.

„Wie war es?"

Anstatt ihm zu antworten, warf sie sich direkt in seine Arme und presste ihr Gesicht an seine Kehle. Er hob sie empor und drehte sie einmal mit sich um die eigene Achse. Nicht überschwänglich, aber froh und erleichtert. Zumindest vorerst.

„Es war wunderschön", antwortete sie, als er sie wieder absetzte, und erzählte ihm dann, wie gut sie sich verstanden hatten, dass sie Kelly sogar noch zum Essen eingeladen hatte und sie sich für Morgen wieder verabredet hatten.

„Entschuldige", sagte sie, nachdem sie ihre Erzählungen über Kelly beendet hatte, „ich habe gar nicht nach Annabelle gefragt. Wie geht es ihr?"

„Soweit ganz gut. Sie wacht langsam auf. Die Schmerzmittel, die sie bekommt, sind ziemlich stark und heute wird sie wohl nicht in Gesprächslaune sein. Aber morgen können wir sie sicher besuchen." Er legte den Arm um sie und zog sie an sich. „Komm, lass uns gehen."

„Wohin?"

„Ins Hotel. Ich habe ein Zimmer reservieren lassen. Wenn wir es finden, können wir das Zimmer womöglich sogar benutzen."

„Wie spät ist es?" Daria folgte Gabriel in das Hotelzimmer, streifte sich die Schuhe ab und grub die schmerzenden Zehen in den flauschigen Teppichboden.

„Essenszeit“, antwortete er und zog sein Telefon heraus. „Bestellst du uns etwas, während ich noch einmal telefoniere.“

„Mit wem willst du telefonieren?“

„Mit jemandem, dem man besser auf die Finger sieht“, antworte er.

Daria lauschte dem Tuten, bis plötzlich jemand abhob. Sie verstand nicht genau, was gesagt wurde, nur dass Gabriel ihm das Wort abschnitt.

„Hier ist Agent Gabriel Stetson, MI6, Dienstnummer 06-Bravo-Echo-4. Ich möchte den Detective sprechen, der den Unfall im Thomas Jefferson Hospital untersucht hat. – *Dann holen Sie ihn, verdammt!*“

Er warf Daria einen entschuldigenden Blick zu, während sich diese bei der Bestellung des Abendessens austobte.

„Stetson hier.“ Offenbar war der gewünschte Polizist am Telefon. „Ich wollte mich nach ihren vorläufigen Ergebnissen erkundigen, was den Unfall im Krankenhaus angeht. Dabei würde mich speziell die Frage interessieren, ob es wirklich ein Unfall war. – Mailen Sie mir am besten Ihren Bericht. – Hören Sie, wenn ich das Gefühl bekomme, dass Sie nicht alles tun, um mich ins Bild zu setzen, sorge ich mit einem kurzen Anruf dafür, dass Sie bis zum jüngsten Tag Strafzettel verteilen, verstehen wir uns?“ Eine kurze Pause stand, während der Gabriel ironisch nickte. „Vielen Dank.“

Während er offenbar auf irgendetwas wartete, formte sie mit den Lippen stumm die Worte „Ich dusche“ und verschwand nach seinem verstehenden Nicken ins Badezimmer.

*

Er hätte es wissen müssen. Wenn die Polizei auch nur halbwegs ordentlich gearbeitet hatte, war sein Verdacht reichlich überzogen gewesen.

Mit einem tiefen Seufzen setzte er sich an den runden Tisch, der neben der marmornen Kücheninsel der Suite stand. Vielleicht wurde er langsam schizophren.

„Denkst du wirklich, dass jemand absichtlich den Fernseher auf Annabelle hat stürzen lassen?“

Daria kam aus dem Badezimmer und blickte ihn fragend an, während sie den Frotteegürtel vor ihrem Bademantel verknotete. Die Art, wie die Haut an ihrem Hals feucht schimmerte und sich der süße Geruch ihres Körpers mit dem subtilen Duft von Lavendel vermischte, schlug ihm schwer auf die Konzentration. Er lächelte.

„Ich leide wohl allmählich an Verfolgungswahn.“

Daria ließ sich von seinen ausweichenden Antworten nicht in die Irre führen. „Du glaubst doch nicht allen Ernstes, dass Mei-Lin noch lebt.“

„Nein, das ist unmöglich.“ Er schüttelte den Kopf. „Mei-Lin ist in dem Stollen gestorben. Die Explosion hat alles zerstört.“

„Und warum faltest du dann den Polizist zusammen und willst dir die Berichte zeigen lassen? Denn offen gestanden würde mir sonst keiner einfallen, der ernsthaft versuchen könnte, einen von uns umbringen zu wollen.“

„Ich sage ja: Verfolgungswahn.“ Er lächelte auf eine Art, die sie ihm nicht hundertprozentig abnahm. Dennoch nickte sie.

„Na schön. Fürs Erste gebe ich mich damit zufrieden.“ Sie setzte sich seufzend neben ihn an den Tisch. Spock war sich sicher, dass sie nicht einmal annähernd ahnte, wie schön sie war.

„Eigentlich wäre heute unsere Hochzeitsnacht.“ Seine Stimme war leise und er versäumte nicht jede Regung auf

Darias Gesicht zu beobachten, als sie sich ihm zuwandte. Eine Mischung aus Lächeln und Erröten ließ sein Herz schneller schlagen.

Daria stand auf und warf einen verstohlenen Blick zur Tür. „Wie lange brauchen die wohl, bis das Essen hier ankommt?“

Gabriel spürte die Erregung in sich aufwallen. Sein Atem ging heftiger, und er hatte alle Mühe ihn zu kontrollieren, um sein Verlangen nicht zu offensichtlich zu machen.

„Das kann dauern“, gab er heiser zurück.

Als Daria plötzlich den Knoten ihres Bademantels öffnete und ihn wortlos über ihre Schultern hinuntergleiten ließ, verschluckte er sich an seinem eigenen Atem.

„Was würdest du jetzt tun“, fragte sie leise, „wenn das hier unsere Hochzeitsnacht wäre?“

Die Vielfalt an Möglichkeiten, die ihm angesichts des Anblicks, den Daria bot, in den Sinn kam, ließ ihn keine Worte finden.

„Hätten wir die Torte schon angeschnitten?“

Daria lächelte. „Ich denke schon.“

„Und ich nehme an, die Gäste wären auch schon gegangen?“

„Ja, die meisten.“

Spock stand auf und kam zu ihr, blickte auf sie herab und spürte das Kribbeln in seinen Händen, so stark war der Wunsch sie zu berührten. „Würde die Band noch spielen? Ich würde nämlich gerne … mit dir tanzen?“

In ehrlicher Verwunderung zog sie die Stirn kraus. „Du kannst tanzen?“

„Natürlich nicht. Aber da das ja nur eine Fantasie ist, … wäre ich ein begnadeter Tänzer.“

Darias kurzes Lachen ließ sein Herz höher schlagen.

„Also? Darf ich bitten?“ Auffordernd hielt er ihr die Hände hin. Mit einem angedeuteten Knicks legte Daria ihre Hand in die seine und ließ sich von seinem Arm, der sich vorsichtig und doch besitzergreifend um ihre Taille schlang, an seinen Körper ziehen.

„Hörst du die Musik?", fragte er.

„Mhm, Streicher."

„Ich dachte ein Klavier."

„Beides."

Er wirbelte sie herum und summte einen Walzertakt. Obwohl er sich dabei lächerlich vorkam, spürte er, wie Daria sich immer mehr entspannte und es genoss. Ganz im Gegensatz zu ihm konnte sie nämlich tanzen.

„Das ist wunderschön", sagte sie mit geschlossenen Augen.

„Noch schöner wäre es sicher, wenn ich dir nicht ständig auf die Füße trampeln würde."

„Ach was. Ich kann mich nicht erinnern jemals mit einem besseren Tänzer getanzt zu haben."

Er zog die Stirn kraus. „Du kannst dich an gar keinen anderen Tanz erinnern, hab ich Recht?"

Mit einem seligen Lächeln vollführte sie eine Drehung. „Möglicherweise."

„Dasha?"

„Hm?"

„Müsste ich nicht eigentlich führen?"

„Das tust du doch."

„Nein."

„Und woran merkst du das?"

„Wenn ich führen würde, wäre die Band in meiner Fantasie bereits auf und davon und wir wären allein."

„Allein?"

„Allein und nackt … um genau zu sein."

„Dann gibt es an deiner Fantasie ein nicht unerhebliches Problem", erklärte sie.

„Tatsächlich? Und welches?"

„Nackt ist von uns nur einer." Sie ließ ihre feingliedrigen Finger zum Kragen seines Hemds wandern und knöpfte es vorsichtig auf. Dort, wo der Stoff nackter Haut wich, küsste sie ihn und sorgte mit ihrer feinen, verheißungsvollen Berührung dafür, dass sich seine Erregung genauso heftig meldete, wie sein Atem anfing unregelmäßig zu gehen.

„Das ist in der Tat … ein untragbarer Zustand."

Sie zog das Hemd aus seinem Hosenbund, küsste die Tätowierungen und Narben, folgte der Linie seiner harten Muskeln mit dem Finger hinab zum Hosenbund. Allerdings verharrte sie dort nicht, sondern ließ ihre Hand über die harte Wölbung in seinem Schritt gleiten, so aufreizend, dass er mühsam beherrscht die Luft durch die Zähne zog, um nicht laut aufzukeuchen. Sie lächelte an seinem Hals.

„Ja", flüsterte Daria, „so ähnlich fühlt sich das in meiner Fantasie auch an."

Eine plötzliche Ungeduld erfasste ihn. Schnell zog er sich das Hemd ganz aus, nahm Darias Gesicht in seine Hände und küsste sie.

Das willige Seufzen an seinen Lippen, ihr weicher Körper, der sich verlangend an ihn schmiegte wirkte sich auf ihn aus, wie ein Liter pures Adrenalin. Er drängte seine Hände zwischen ihre Finger und zog seine Hose aus, drängte Daria rückwärts zum Bett, bis sie es in ihren Kniekehlen spürte.

„Ich mache das", erklärte sie, als seine Hände zum Bund seiner Pants glitten und schob sie weg.

Genüsslich rieb sie über den schwarzen Stoff, unter dem sich jede Kontur seiner Männlichkeit abzeichnete, der die heftigen Empfindungen, die ihre Finger hervorriefen, nicht dämpfen konnte. Dann glitt ihre Hand hinein und umfasste ihn; gerade nicht mehr sanft.

Ein zustimmendes Stöhnen entglitt ihm und er drängte seine Hüften in ihre kundigen Finger, die an seinem harten Schaft auf und ab glitten, langsam und stetig, bis er fast glaubte, den Verstand verlieren zu müssen.

Als er es nicht mehr aushielt, riss er sich die Hose herunter, nahm Darias Hand und warf sie regelrecht aufs Bett, hielt sie unter sich gefangen und küsste sie hart.

„Hey“, protestierte sie halbherzig. „So war das nicht geplant.“

„Ich kann nichts dafür, wenn das in meiner Fantasie so ist“, erklärte er und küsste sie wieder, ließ seine Lippen über ihre Kehle hinab auf ihre Brüste gleiten; neckte ihre köstlichen Knospen mit seiner Zunge, bis sie sich ihm verlangend entgegenbog. Sie umfasste seinen Rücken, versuchte ihn zwischen ihre Beine zu ziehen, doch er entwand sich ihr.

„In der Hochzeitsnacht lässt man sich Zeit, Dasha“, erklärte er und küsste eine hitzige Spur über die weiche Rundung ihres Bauches, ihre festen Hüften, bis zu der Stelle, wo sich in einem schmalen Streifen blonde Locken über ihrer hitzigen Mitte kräuselten.

Als seine Lippen ihren Venushügel berührten, fuhr ein heftiger Ruck durch ihren Körper. Aus dem Augenwinkel sah er, wie sie sich in die Laken krallte. Eine tiefe Genugtuung erfüllte ihm bei dem Gedanken, welche Lust ihr zu bereiten er imstande war. Er griff fast grob nach ihrem rechten Oberschenkel, schob ihn nach außen und spreizte ihr Bein weit ab, um ungehinderten Zugang zu ihrem verlockenden Fleisch zu erhalten. Beim Anblick ihrer geschwollenen, glitzernden Mitte, den nassen Blütenblättern zuckte seine Erregung heftig. Das Tier in ihm, das ihn drängte sie auf der Stelle zu besteigen und zu reiten, bis sie beide zusammenbrachen, brüllte heftig auf. Doch er wollte sich Zeit lassen.

Seine Zunge glitt über ihre Perle und Daria keuchte hilflos. Ihr Körper wand sich unter seiner Berührung, als würde er nicht wissen, ob er fliehen oder sich in den köstlichen Abgrund stürzen sollte. Und als er ihren empfindlichsten Punkt zwischen seine Lippen sog, schrie sie auf und verkrampfte ihren Körper in einem Höhepunkt, der so plötzlich kam, dass er selbst überrascht davon war.

Nachdem die Spasmen ihres Orgasmus ihren Körper hatten schlaff werden lassen, blickte sie zu Gabriel hinab, der nicht anders konnte, als zu ihr empor zu lächeln. Auf seinen Lippen war ihre Feuchtigkeit. Ihr intensiver Duft, ihr Geschmack, ihr wunderschöner, weiblicher Körper, der von einem dünnen Schweißfilm überzogen war, alles lockte ihn so bedingungslos, dass er diesmal nicht anders konnte, als ihrer Geste nachzukommen, als sie auffordernd seinen Nacken umfasste, und ihn über sie zog. Sein hartes Glied rieb über ihre Bauchdecke und die Art, wie dabei das erregte Glitzern in ihre Augen zurückkehrte, löste einen heftigen Drang des Besitzenwollens in ihm aus.

Er wollte in ihr sein. Tief. So tief, dass er vergaß wo und wer er war; so dass alles um sie beide herum sich im pulsierenden Nebel ihrer Lust auflöste. Begierig packte er ihre Kniekehle, legte sich eines ihrer Beine über die Schulter und richtete sich auf. Darias Hände strichen über seinen Rücken, hinunter zu seinem Hintern, folgten der harten Rundung seiner Muskeln und forderten ihn mit den stumpfen Krallen, die ihre Nägel waren auf.

Eigentlich wollte er sanft und genussvoll sein, doch die schiere Gier trieb ihn voran. Er positionierte seine Erektion an ihrer feuchten Schwelle und drang mit einem tiefen Stoß in sie ein. Daria bäumte sich lustvoll unter ihm auf, als sie ihn mit all ihrer Nässe bis zur Wurzel in sich aufnahm. Das Gefühl berauschte ihn, feuerte ihn an. Seine

Gedanken wurden von einer aufwallenden Lust ausgelöscht, die so heftig war, wie nie zuvor.

Sein Körper begann sich zu bewegen, selbständig, folgte seinem eigenen Rhythmus, und Gabriel überließ sich ihm ganz.

Darias Körper zitterte vor Verlangen, wand sich heftig und kam ihm bei jedem seiner tiefen Stöße entgegen. Ihre Enge war heiß und schmerzhaft, lustvoll auf die innigste Art, die er sich vorzustellen vermochte.

Als er auf sie hinabblickte, umfasste er impulsiv ihren Rücken und zog sie über sich, so dass sie auf ihm saß; ihre Augen, Lippen, ihr ekstatischer Atem auf gleicher Höhe. Sie presste ihren Körper gegen den seinen, sorgte für köstliche Reibung, während sie seinen Takt beibehielt, ihre Hüften aufreizend kreisen ließ und ihren Oberkörper auffordernd zurückbog.

Gabriel küsste ihre Brüste, während sie ihn ritt, ihn noch tiefer in sich aufnahm und das Tempo beschleunigte, in dem sich ihre Körper wieder und wieder ganz vereinigten.

Worte, die er nicht verstand, die vielleicht nur haltlose Silben waren, aneinandergereiht von nackter Begierde tropften über ihre vollen Lippen und forderten ihn zu einem Kuss auf, während sich seine Hände um ihre Hüften schlossen und sie wieder und wieder auf ihn herabpressten.

Mit jeder Sekunde in ihrem haltlosen Tanz, verloren ihre beiden Körper mehr und mehr Anstand und Kontrolle und bewegten sich wie besessen auf den Orgasmus zu, der schon so nahe war.

Daria schlang ihre Arme um Gabriels Hals und warf den Kopf in den Nacken, ließ sich hart auf ihn herab, spießte sich wieder und wieder auf ihm auf, bis ihre Augen glasig wurden. Er spürte wie ihr Körper sich über dem seinen verkrampfte, als er sie, selbst dem Höhepunkt nah immer härter auf sich herabriss.

Sie stammelte irgendetwas, in dem das Wort Gott vorkam und schrie heftig auf, als die erste Woge der Ekstase sie erfasste und mit sich riss. Gabriel spürte die Kontraktionen ihres Innersten und ließ los, kam mit einem heftigen Brüllen, ergoss sich in ihren bebenden Körper, der geschüttelt von lustvollen Krämpfen mit seinem regelrecht verkantet war. Er spürte ihre Nägel in seinem Fleisch, ihre sich zusammenziehende Nässe, ihr Keuchen und all ihre Lust, die sich zusammen entflammten und ihn, kaum, da sein Orgasmus abgeklungen war, noch einmal kommen ließen. Völlig überrascht ergab er sich noch einmal in das heftige Zucken seiner Lenden, schrie auf und presste Darias bebenden Körper auf sich herab; sekundenlang, bis er noch einmal kam.

„Was…?“, stammelte er, als sich sein Körper zu entspannen begann und sich dann wider seinen Willen noch einmal zu einem Orgasmus aufbäumte. Und dann zu noch einem. Und noch einem. Bis er endlich in Darias Armen ermattet zusammensank.

„Großer Gott“, brachte er keuchend hervor. Das musste ein multipler Orgasmus gewesen sein. Er spürte all die Nässe zwischen seinen und Darias Schenkeln und ein Maß an Erschöpfung als hätte man ihn mit einem Betäubungspfeil erwischt. „Das war in meiner Fantasie aber nicht vorgekommen.“

Daria hob sein Gesicht an, so dass er in ihr strahlendes Lächeln blicken konnte, fast als wäre sie stolz darauf, dass sie derartiges in ihm auszulösen vermochte.

„Aber in meiner“, gab sie zurück und küsste ihn.

*

Das erste, was Annabelle an diesem Morgen spürte, war Schmerz. Ein tiefer, dumpfer, pochender Schmerz, der dafür sorgte, dass sich ihr Brustkorb anfühlte, wie eine offene Wunde.

Orientierungslos schlug sie die Augen auf und blinzelte gegen ein dumpfes, weißes Licht an, das ihr genauso wenig gefiel, wie es ihr bekannt vorkam.

Wo, zum Teufel, war sie nur?

Sie startete einen Versuch sich aufzusetzen, was ein höllisches Stechen in ihr Bein und ihre Brust schießen ließ, so dass sie den Versuch mit einem unterdrückten Schmerzensschrei wieder abbrach und zurück in ihr plattes Kissen sank.

Während sie versuchte die Schmerzen weg zu atmen, kam schlagartig ihre Erinnerung zurück.

Sie hatte in der Krankenhaushalle auf Spock und Daria gewartet und sich umgesehen, hatte ihn dann plötzlich schreien gehört. Der Blick nach oben hatte sie nur für einen Sekundenbruchteil etwas herabstürzen sehen, viel zu kurz, um davon zu laufen. Irgendetwas hatte sie niedergeworfen und dann riss der brüchige Faden ihre Erinnerung.

Sie blickte noch einmal an sich hinab, diesmal vorsichtiger und versucht sich so wenig, wie nur irgend möglich zu bewegen.

Ihre Brust war verbunden. Dick. Etwas stand aus ihrer linken Seite hervor, wie ein Stäbchen, das genauer zu betrachten ihr schlichtweg die körperliche Möglichkeit fehlte. Ihr Blick glitt weiter und verfing sich an ihrem linken Bein. Erst jetzt sah sie, dass es höher gelagert war, als das rechte. Doch das war nicht das, was ihr spontan Übelkeit bereitete. Es war der dicke Verband und die miteinander verbundenen Schrauben, die aus ihrem Unterschenkel hervorstachen, wie die verrotteten Reste von Pfahlbauten aus dem Meer.

Ihr Kopf sank zurück in die Kissen und sie hatte Mühe ihre Tränen zurückzudrängen. Auch wenn sie von Medizin so viel Ahnung hatte, wie eine Kuh vom Seiltanz, war doch klar, dass ihr Bein gebrochen war. Und zwar nicht irgendwie, sondern verdammt kompliziert. Gleich würde irgendein Mitleid heuchelnder Arzt ins Zimmer kommen, und ihr – während er im Geiste sein Mittagessen plante - versuchen schonend mitzuteilen, dass sie in den nächsten Monaten nicht würde gehen können. Und auch erst danach wieder mit einer zeitaufwendigen Reha.

Wie aufs Stichwort hin klopfte es.

Frustriert und traurig presste sie die Lippen aufeinander und gab nichts zur Antwort.

Dann klopfte es wieder.

Und wieder.

Wenigstens hatte der Arzt Manieren, dachte sie sich, und gab nun doch ein leises *Ja* von sich. Schon dabei tat ihr der Brustkorb aufs Unangenehmste weh.

Sie drängte die Tränen zurück und ermahnte sich nicht die Fassung zu verlieren.

Umso überraschter war sie, als die Tür tatsächlich aufging. Denn mit diesem Besucher hatte sie weiß Gott nicht gerechnet.

„Jimmy?"

Der junge Indianer hatte sich sein lackschwarzes Haar wie immer zu einem Irokesen frisiert und blickte vorsichtig durch den Türspalt. Ein unsicheres Lächeln lag auf seinem Gesicht und er krallte sich in die Tür, als würde er sich für den Fall vorbereiten, dass Annabelle ihn achtkantig aus dem Zimmer warf.

Als sie das nicht tat, kam er vorsichtig näher.

„Hi." Er rieb sich die Hände an den Jeans ab, die er trug. „Woher weißt du, dass ich … hier bin?" Jedes Wort brannte in ihrer Brust wie Feuer. Dennoch musste sie ihrer Überraschung irgendwie Ausdruck verleihen. „Das ist doch gerade erst passiert.“

Die Art, wie er ihr nicht antwortete, machte sie skeptisch. „Oder … etwa nicht?“

„Genau genommen ist es vor gut 2 Tagen passiert.“

„Was?“ Sie verzog vor Schmerz das Gesicht, denn ihr Was war etwas zu intensiv für ihre Verletzungen ausgefallen.

Jimmy wartete keine Einladung ab, zog sich einen Stuhl heran und setzte sich in gebührendem Abstand neben Annabelle.

„Ich hatte noch gar nicht damit gerechnet, dass du so wach bist. Ich wäre auch schon früher gekommen, aber sie hatten dich erst gestern Abend von der Intensivstation auf die normale Station verlegt, so dass ich dich erst heute sehen konnte.“

Er verschränkte seine großen, braungebrannten Hände ineinander und rieb sie unschlüssig. Da fiel ihr plötzlich sein aufbrausender Kuss wieder ein. Wahrscheinlich rechnete er damit, dass sie in irgendeiner Form darauf reagierte.

„Jimmy, was -“

„Was?“, schnitt er ihr das Wort ab. „Darf ich keinen Krankenbesuch machen?“

„In Philadelphia?“

„Soll eine schöne Stadt sein.“

„Du kennst mich doch überhaupt nicht“, versuchte sie es noch einmal.

„Soweit ich weiß, bist du Annabelle Stetson.“

„Jimmy“, sagte sie ungeduldig.

„Ja, bitte?“, gab er mit einem unerschütterlichen Lächeln zurück. So unerschütterlich, dass sie beinah davon angesteckt wurde.

„Ich will ehrlich zu dir sein. Solltest du dir irgendwelche … Hoffnungen machen, so werden sich diese nicht erfüllen lassen."

Er runzelte die Stirn. „Dann hast du nicht vor gesund zu werden?"

„Ich spreche doch nicht von meiner Gesundheit." Langsam verlor sie die Geduld, und dass ihr Brustkorb bei jedem Atemzug schmerzte, machte es auch nicht zwingend besser.

„Sondern?"

Sie schnaubte.

„Was ich damit sagen will: ich bin nicht … beziehungsfähig."

„Warum nicht?" Jimmy ließ seinen Blick über ihren Körper gleiten. „Ist doch alles dran, soweit ich das sehen kann."

Empört riss sie die Augen auf. „Also bitte!"

Er grinste nur, und schüttelte den Kopf. „Du brauchst es mir nicht zu erzählen."

„Das habe ich auch nicht vor!", gab sie etwas pikiert zurück. „Ich wollte es dir nur fairerweise sagen. Und da du nicht bekommen wirst, weswegen du hierhergekommen bist, verstehe ich es, wenn du lieber gehen möchtest."

„Nun", er legte abwägend den Kopf schräg. „das habe ich nun wiederum nicht vor."

„Sondern?"

„Ich habe noch einen Plan B. Sozusagen für unwillige Patientinnen."

Er grinste und sie rollte mit den Augen.

„Großer Gott."

„Danke, danke. Aber zuerst …" Er zog aus seiner kleinen Tasche ein dunkles Kästchen.

Obwohl sie es nicht wollte, wurde Annabelle neugierig.

„Was ist das?"

Als er es aufklappte, beantwortete sich die Frage von selbst.

„Ich dachte mir, wer nicht laufen kann, will vielleicht geistig etwas trainieren."

„Du willst mit mir Schach spielen?", fragte sie ungläubig.

„Da sonst niemand hier ist … ja."

„Ich weiß nicht -"

„Oh, achso! Du kannst kein Schach." Er nickte in gespielter Verständigkeit. „Das tut mir leid. Dann lassen wir es natürlich."

„Sicher kann ich Schach spielen. Ich dachte nur -"

„Was dachtest du?"

Es war zum Verrücktwerden! „Du gibst wohl nie auf, was?"

„Nein, warum sollte ich?"

Mit einem Schnaufen schüttelte Annabelle den Kopf. „Stell die verdammten Figuren auf", gab sie schließlich nach, und wollte sich nicht eingestehen, dass sie sich auf etwas Abwechslung freute.

Jimmy lächelte triumphal und fragte. „Schwarz oder weiß?"

□

VIII

Spock stand auf der Empore über der Eingangshalle des Krankenhauses und ließ seinen geschulten Blick über das Areal schweifen, von wo aus der Monitor hinabgestürzt war.

Es war nicht zu übersehen, dass die Verankerung gebrochen war. Sie war weder angeschnitten, noch schien eine Schraube gelöst worden zu sein, noch deutete sonst irgendetwas auf Sabotage hin. Die Kabel waren beim Sturz gerissen und hingen lose aus der Wand.

Er sah sich kurz um und zog ein kleines Ledertäschchen mit Werkzeug aus der Tasche. Wenn er schon an Verfolgungswahn litt, war es sicher legitim die Reste der Halterung abzuschrauben und für eine genauere Untersuchung mit ins Hotel zu nehmen.

Nachdem er sich Plastikhandschuhe übergezogen hatte, löste er nach und nach die Schrauben von der Metallplatte, steckte sie in einen kleinen Beweisbeutel. Vorsichtig nahm er die lose Platte herunter, legte sie auf den Boden und machte sich an die zweite Verankerung.

Eine der Schrauben ließ sich schwer lösen. Vermutlich war sie festgerostet, dachte sich Spock, und schraubte erst alle anderen los. Als die Platte nur noch an der verrosteten Schraube hing, warf er einen kontrollierenden Blick in den Flur, ob er auch wirklich alleine war, und riss die Halterung mit einem kräftigen Ruck von der Wand.

Die Schraube fiel zu Boden. Spock bückte sich danach. Und erstarrte.

Das könnte, … das *durfte* nicht möglich sein.

Er beugte sich hinab, um sicherzugehen, dass er sich nicht täuschte. Doch es war keine Einbildung. Die Schraube hatte sich nicht lösen lassen, weil eine altchinesische Münze hinter ihr eingeklemmt war. Mei-Lins Münze.

„Verdammt!“, stieß er hervor und lief Richtung Onkologie.

Daria saß auf ihrem Hocker im Labor, den sie mittlerweile schon gut kannte. Wie immer wartete die Schwester auf das Medikament aus der Apotheke.

„Ich bin sofort zurück, Miss Sarakowa“, sagte sie kurz und wartete Darias zustimmendes Nicken ab, bevor sie aus dem Raum verschwand.

Mit einem Seufzen sah sie sich um. In den Regalen stapelten sich Pappschachteln mit Einweghandschuhen, Desinfektions-sprays und verpacktes Infusionsbesteck. Sie kannte diese Räume, den Geruch und die abgestandene Luft dieser Zimmer noch aus ihrer Vergangenheit als Krankenschwester, auch wenn sie sich an keine Details mehr erinnerte.

Der Blick durch die offenstehende Tür zeigte den Apothekenwagen, der endlich über den Flur geschoben wurde. Jeden Morgen wurden die Chemotherapeutika auf die Station gebracht und mit ihnen kam auch Darias Spritze. Noch zwei Tage, dann hätten sie genug Stammzellen angesammelt und sie würde sie Kelly endlich spenden können.

Sie wippte ungeduldig mit den Beinen. Je eher sie ihr Medikament hatte, desto schneller würde sie Kelly besuchen können.

Die Apothekerin verteilte die Medikamente auf die dafür vorgesehenen Patientenunterlagen und gab der Schwester Darias Spritze direkt in die Hand.

Kurz erschrak sich sie. Die Frau, die die Spritze übergab, war Asiatin. Sie hatte keinerlei Ähnlichkeit mit Mei-Lin, zumindest nicht auf die Entfernung, und doch versetzte ihr der Anblick einen kurzen Schreckmoment.

Sie schüttelte den Kopf. Sollte das jetzt ewig so gehen? Dass sie beim Anblick einer Asiatin in Panik ausbrach? Sie musste sich unbedingt etwas mehr zusammenreißen.

„So“, sagte die Schwester, indem sie zurück ins Zimmer kam. „Da bin ich wieder. Ein Piecks und Sie können zurück auf die Intensivstation.“ Mit einem liebevollen Lächeln griff sie nach dem Desinfektionsspray und säuberte Darias Armbeuge.

Diese blickte der Apothekerin hinterher, die am Zimmer vorbei ihren kleinen Wagen von der Station schob.

Kurz danach stand Gabriel in der Tür.

„Ich muss gleich mal mit dir sprechen“, erklärte er ohne Ansatz und grüßte die Krankenschwester knapp, die die Kappe von der Spritze zog.

„Dasha?“ Er runzelte die Stirn und blickte in die Richtung, in die Daria sah. „Stimmt irgendetwas nicht?“

Sie winkte mit der freien Hand ab. „Ich leide an Verfolgungswahn.“

Er reagierte nicht ganz so locker, wie sie es erwartet hatte, und fragte „Warum?“

„Die Frau, die die Medikamente auf die Station gebracht hat, ist Asiatin und ich fürchte, ich werde bei dem Anblick von asiatischen Frauen in nächster Zeit immer einen Schreck bekommen.“ Sie lächelte die Schwester entschuldigend an und streckte den Arm durch.

Die Krankenschwester setzte die Spritze an, doch Gabriel packte sie plötzlich am Handgelenk und nahm sie ihr ab.

Darias Herzschlag schwoll sofort an. „Was ist denn los?“

Anstatt ihr zu antworten, wandte sich Gabriel an die Schwester. „Kannten Sie die Frau, die Ihnen die Spritze gegeben hat?“

Ein zaghaftes Kopfschütteln war die Antwort. „Ich kenne viele aus der Apotheke nicht."

„Was ist denn passiert?", fragte Daria.

„Das erzähle ich dir gleich. – Rufen Sie unten in der Apotheke an."

„Und was soll ich sagen?" Die Krankenschwester zog das Telefon aus ihrer Kitteltasche.

„Fragen Sie, ob das G-CSF für Miss Sarakowa schon abgeholt wurde."

„Aber hier -"

„Tun Sie es einfach!", verlangte er wenig sanft, und schickte aufgrund ihres erschreckten Gesichtsausdrucks ein „Bitte" hinterher.

Mit einem Nicken wählte sie eine Nummer und wartete eine Antwort ab. „Hier ist Jenny aus der L5. Ich wollte mal nachhören, ob ihr das Hormon für Miss Sarakowa schon hochgeschickt habt."

Schweigend wartete sie die Antwort ab. Daria beobachtete jede Nuance in ihrer Mimik und erkannte sofort die Verwunderung. „Aber hier ist eine Spritze angekommen. – Die ist nicht von euch? Aber wie -"

Gabriel nahm ihr das Telefon ab. „Hier spricht Dr. Gabriel Stetson. Geben Sie das G-CSF an niemanden heraus. Ich hole es gleich selbst ab. Ja, vielen Dank." Er legte auf und gab der Krankenschwester das Telefon zurück. „Entschuldigen Sie uns bitte einen Moment?"

„Natürlich." Sie nickte beinah verstört und verließ das Zimmer.

„Was ist denn nur los?", fragte Daria, während Spock sein Handy aus der Tasche zog.

„Wir haben uns wohl leider getäuscht, was Mei-Lin angeht."

„Was?"

„Ich habe hinter der Halterung des Monitors eine alte Münze gefunden; eine von der Sorte, wie Mei-Lin sie an ihren Tatorten hinterlässt.

„Aber wie kann sie das denn überlebt haben?“

„Keine Ahnung. Aber wie es aussieht, hast du sie selbst gesehen.“ Er steckte die Kappe auf die Spritze und steckte sie ein, nahm Daria am Arm und zog sie auf die Beine. „Komm mit.“

Ehe sie es sich versah, hatte er seine Waffe gezogen und hielt sie unauffällig, aber entsichert an seiner Seite.

Daria schlug das Herz im Halse. Diese Irre würde versuchen Kelly etwas anzutun. Sie würde sie töten, wenn sie es nicht verhinderten.

Mein Gott!

Als die Tür der Intensivstation in Sicht kam, wurden Darias Schritte schneller. Doch Gabriel packte sie und riss sie grob hinter eine Wand.

„Was -?“

„Hast du jemals gesehen, dass die Tür der Station offen ist?“

Daria blickte ihn mit weit aufgerissenen Augen an. Er hatte Recht. Normalerweise musste man klingeln, bevor einem die Tür zur Schleuse geöffnet wurde. Panik überfiel sie.

„Sie ist schon dort. Sie -!“

„Bleib hinter mir“, sagte Gabriel, der in eine Art Lauerzustand gewechselt hatte. „Und egal, was passiert, bleib *immer* hinter mir.“

Mit diesen Worten kam er nach einem prüfenden Blick aus dem Versteck und tastete sich an der Wand entlang. Die Waffe hielt er mit ausgestreckten Händen vor sich in Richtung Boden. Noch konnte Daria nichts erkennen, was ihr suspekt vorkam.

Kellys Zimmer war nur wenige Meter entfernt. Am liebsten wäre sie losgerannt und hätte sie in ihre Arme gerissen.

Doch stattdessen schlichen sie sich vorwärts, bis sie endlich an ihrer Tür ankamen. Gabriel linste durch das Fenster und Daria stellte sich hinter ihm auf die Zehenspitzen.

„Mein Gott!“, hauchte sie. Im Zimmer rangen zwei Frauen miteinander. Eine davon war Mei-Lin. Die andere kannte Daria nicht.

Gabriel stieß die Tür auf und zielte auf Mei-Lin. Doch bevor er abdrückten konnte, hatte sie ein Messer gezogen und presste es der fremden Frau, die sie wie einen Schutzschild vor sich hielt, an die Kehle.

„Lass Sie los, Mei-Lin!“

Das bösartige Lächeln, das sich so unauslöschlich in Darias Gedächtnis gebrannt hatte, breitete sich wieder über das Gesicht der Frau, die sie versucht hatte umzubringen. Sie war schlichtweg fassungslos, dass ihr die Explosion offenbar nicht einmal ein Haar gekrümmt hatte.

„Ich freue mich auch euch beide zu sehen“, antwortete sie. „Wie schade, dass es unter so ärgerlichen Umständen geschieht.“

„Wenn du die Frau loslässt, dann sind die Umstände weit weniger ärgerlich.“

Daria blickte in das Gesicht der Geisel. Sie war knapp über vierzig und hatte grünliche Augen, in denen ein panisches Glitzern lag.

„Das Ärgerliche beziehe ich vielmehr darauf, dass ihr mir mein Geschäft versaut habt. Und trotzdem immer noch lebt.“

„Man muss auch mal verlieren können, Mei-Lin.“

Daria wurde das Gefühl nicht los, dass Gabriel diesen lockeren Plauderton anschlug, um sie einzulullen. Kelly schlief in ihrem Bett und der Blick zu ihren Monitoren beruhigte Daria insofern, als dass sie zeigten, dass ihre Vitalfunktionen in Ordnung waren.

„Sagt das der Lady, der ich gleich die Kehle durchschneiden werde."

„Wenn du das tust, bist du tot."

Sie gab ein Achselzucken von sich und drückte das Messer fest genug gegen die Kehle ihrer Geisel, dass ein kleines Rinnsal Blut in deren Ausschnitt ran. Daria war verblüfft, wie ruhig sie trotz allem blieb.

„Möglich. Aber ich bin wirklich stinksauer. Und ich will Rache für den Verlust, den ihr mir bereitet habt. Diese Sache in den Bergen habe ich über Monate vorbereitet. Die Aufbereitung hat mich ein Vermögen gekostet. Und wofür? Damit ihr verdammten Idioten sie in die Luft gejagt habt. Was ich eigentlich damit sagen will: einer Frau, die auf Rache sinnt, ist alles zuzutrauen."

„Und was wäre in diesem Falle *alles*?"

„Ich will, dass ihr sterbt", sagte sie mit hasserfülltem Gesicht. „Einer nach dem anderen. Und auch, wenn ich mir die Mühe mit der da", sie nickte zum Bett, „eigentlich gar nicht mehr machen müsste, will ich doch, dass ihr sie sterben seht."

„Erschießt mich."

Die Worte der fremden Frau waren für alle gleich verblüffend.

Gabriel betrachtete sie stumm und sie wiederholte es.

„Erschießt mich. Schießt durch mich hindurch und tötet sie."

Sogar Mei-Lin wirkte überrumpelt. Denn eines war nicht zu übersehen: diese Frau – warum auch immer – bluffte nicht.

Gabriel hob die Waffe und zielte auf die Brust der Fremden, was Mei-Lin sichtlich nervös machte.

„Es tut mir leid, Miss“, sagte er und drückte ab.

Dann ging alles ganz schnell. Die Frau brach zusammen. Mei-Lin wurde zurückgeschleudert und krachte schreiend gegen die Wand. Hinter ihr zersplitterte Glas, und Gabriel feuerte noch einmal. Doch Mei-Lin war verschwunden; durch das zerschossene Fenster gesprungen oder gefallen, so genau ließ sich das nicht sagen.

„Kümmere dich um Sie“, rief Gabriel und sprang hinter Mei-Lin her.

Daria fiel auf die Knie. Die Kugel hatte die Schulter der Fremden durchschlagen.

Daria riss sich die Bluse vom Leib und presste sie auf das Einschussloch.

„Hilfe!“, schrie sie. „Wir brauchen hier Hilfe.“

Doch der Schuss hatte bereits zwei Ärzte aufgeschreckt, die nun ins Zimmer gelaufen kamen. Fassungslos starrten sie auf die Szenerie.

„Glatter Durchschuss“, sagte Daria. „Schnell.“

Die Fremde gab keinen Laut von sich und blickte Daria nur starr an.

„Wer sind Sie?“, fragte diese.

Doch die Frau schloss nur schweigend die Augen und sagte „Sie hätten uns beide töten sollen.“

*

„Und?“, fragte Daria, als Spock ins Zimmer gelaufen kam, was ihm nur ein grimmiges Zähneknirschen entlockte.

„Sie ist mir entwischt. Aber der Arm sieht übel aus.“

„Aber es wird sie nicht umbringen?“

„Leider nicht.“

Daria nickte gedankenverloren und blickte wieder auf Kelly hinab.

„Hat sie ihr etwas getan?“

„Nein. Kelly hat wohl eine Bauchspeicheldrüsenentzündung. Sie … ist sehr schwach.“

Erst jetzt bemerkte Spock, dass Daria geweint hatte. Bauchspeicheldrüsenentzündung war eine Infektion, die bei Krebspatienten oft auftrat, wenn das Immunsystem und die Organe am Boden waren.

„Und was ist mit der Frau?“

„Sie überlebt es. Sie haben sie mitgenommen und versorgen die Schulter.“

Spock kam näher und versuchte Daria aus ihrem traurigen Starren zu befreien. Er brauchte ihre Konzentration.

„Dasha, wir müssen von hier fort.“

„Ich gehe nicht weg von ihr.“

„Das sollst du auch nicht.“

Nun sah sie doch auf.

„Wir nehmen Kelly und Annabelle mit und verlegen sie in eine Privatklinik, die wir vorerst geheim halten. Nur ich werde wissen, wohin es geht.“

„Du meinst, damit Mei-Lin uns nicht findet?“

Er nickte. „Und diese Fremde, wer auch immer das sein mag, ist ebenfalls in Lebensgefahr. Wir nehmen sie auch mit.“

„Ich habe Dr. Paul gefragt, wer das war.“ Daria blickte nachdenklich drein. „Sie hat es mir nicht gesagt.“

„Wir beschäftigen uns nachher damit. Ich kann erst wieder klar denken, wenn ihr alle von hier fort und an einem sicheren Ort untergebracht seid. Ich habe vor der Zimmertür zwei Wachen aufgestellt. Sie passen auf. Und jetzt gehe ich zu Annabelle und gebe ihr Bescheid.“

Daria kaute auf ihrer Unterlippe. „Ist gut.“

Er konnte es kaum ertragen, sie so von Sorgen zerfressen zu sehen. Langsam beugte er sich vor und küsste sie. „Wir schaffen das, Dasha. Was könnten wir wohl nicht schaffen, wenn wir zusammen sind, hm?“

Ein Lächeln trat auf ihr Gesicht, das auch die Traurigkeit und Sorge nicht verhindern konnten. „Ich warte hier.“

„Anni?“ Spock übersprang den höflichen Teil und klopfte nicht an. Umso mehr stutzte er, als er ins Zimmer trat, und neben Annabelle Jimmy auf der Bettkante saß und voller Stolz sagte „Schach!“

„Jimmy?“, wunderte sich Spock.

„Spock?“, fragte dieser dagegen.

„Was tust du denn hier?“

„Ich gewinne beim Schach.“

„Wunschdenken“, sagte Annabelle und kniff vor Schmerz das Gesicht zusammen, während sie versuchte, ihren Sitz etwas zu verändern.

Dass Jimmy offenbar über beide Ohren in Annabelle verknallt war, wie es eigentlich nur ein pubertierender Teenager schaffte, war nicht zu übersehen. Leider war genauso offensichtlich, dass Annabelle diese Zuneigung auf rein freundschaftlicher Ebene erwiderte. Und auf garantiert nicht mehr.

„Wie auch immer“, versuchte er sich zu sammeln. „Wir müssen hier weg.“

„Hier weg?“, fragte Annabelle. „Ich weiß nicht, ob es dir aufgefallen ist, aber ich könnte Schwierigkeiten beim Gehen haben.“

„Wir verlegen dich und Kelly.“

„Wohin?“

„Das ist vorerst eine Überraschung. Jimmy, holst du einen Rollstuhl?“

„Ich setze mich unter gar keinen Umständen in einen Rollstuhl“, protestierte Annabelle.

„Ich kann dich tragen“, bot Jimmy an.

„So leid es mir tut", widersprach Spock, noch bevor Annabelle es tat. „Das kannst du nicht. Annabelle hat eine gebrochene Rippe und die sollte jetzt tunlichst an Ort und Stelle bleiben."

Jimmys Lächeln verlor sich ein wenig, als er vom Bett aufstand und in einer Geste die Arme vor der Brust verschränkte, als hätte er das Recht die verletzte Frau zu beschützen.

„Ich bin mir ziemlich sicher, dass sich Annabelle für die Gründe dieses so plötzlich notwendigen Umzugs interessiert", sagte er.

Annabelle blickte überrascht zu ihm auf, wandte sich dann aber Spock zu, denn ganz offenbar hatte Jimmy den Nagel auf den Kopf getroffen. Und, verdammt, warum sollte er die beiden schon anlügen.

„Der Unfall", sagte er und nickte in Richtung Annabelles Bein, „war leider kein Unfall."

„Alles klar soweit?", fragte Daria und blickte in den Krankentransporter, in dem Kelly untergebracht war. Um das Infektionsrisiko zu senken, war Annabelle in einem zweiten Wagen untergebracht.

Sie hatte keine Ahnung, wie Gabriel es fertiggebracht hatte, dass Kelly einfach so aus dem Krankenhaus mitgenommen und in ein anderes verlegt werden durfte, dass keiner von der Belegschaft kannte, doch sie stellte keine Fragen und wollte genauso schnell wie Gabriel weg von diesem Ort, der Mei-Lin nur allzu bekannt war.

„Von mir aus kann es losgehen", antwortete Gabriel. Neben ihm stand Jimmy und rieb sich unschlüssig die Hände.

„Na, dann …", sagte er. „Gute Fahrt."

Annabelle hob auf ihrer Liege den Kopf ein wenig. Daria fiel es schwer ihren Gesichtsausdruck zu deuten, doch in irgendeiner Form schien sie hin und her gerissen.

„Diese Schachpartie“, sagte sie, „ist noch nicht beendet.“

Jimmy lächelte ein wenig. „Ich habe dich doch schon so gut wie Matt. Du solltest aufgeben.“

Nun lächelte Annabelle sogar. Ihre dunklen Augen funkelten, als sie sagte „Du bist nicht der einzige, der niemals aufgibt, Jimmy RedCrow.“

Jimmy trat mit einer angedeuteten Verbeugung zurück und klopfte Gabriel auf die Schulter. „Pass auf die Damen auf, Mann.“

„Davon kannst du ausgehen, mein Freund.“

Daria stieg zu Kelly in den Wagen und nach wenigen Sekunden fuhr er hinter dem anderen im Konvoi los.

Der Fahrer war in eine Art schwarze Kampfuniform gekleidet und hielt den strengen Blick stur auf die Straße gerichtet. An den Beulen an seiner Seite war leicht zu erkennen, dass er ganz offenbar nicht unwesentlich bewaffnet war.

„Wohin fahren wir denn nun eigentlich?“, fragte sie.

„Agent Stetson hat mich angewiesen, darüber Stillschweigen zu bewahren, Ma'am.“

Daria zog die Brauen in die Stirn. „Sogar mir gegenüber?“

„Er hat mir keine Ausnahmen genannt.“

Großer Gott, das nannte sie blinden Gehorsam. Dass Gabriel innerhalb dieser Strukturen tatsächlich einmal gearbeitet haben konnte, kam ihr mehr als irrsinnig vor. Dennoch gab sie auf und wandte sich dem Rückraum zu.

Kelly schlief. Wenigstens bekam sie von alldem nichts mit.

Und auch Daria selbst schenkte ihrer Umgebung erst dann wieder Aufmerksamkeit, als es plötzlich dunkel wurde. Sie waren ganz offenbar in eine Art Tunnel gefahren. Allerdings war der Tunnel einspurig, unbeleuchtet und es gab logischerweise auch keinen Gegenverkehr.

Schon wieder wollte sie den Fahrer fragen, wohin sie fuhren, besann sich aber eines Besseren und zügelte ihre Neugierde, bis der Wagen endlich zum Stehen kam.

Vor einer zweiflügligen Metalltüre standen bereits mehrere Männer in weißen Kitteln, vermutlich Ärzte.

Der zweite Krankenwagen kam neben ihnen zum stehen und Gabriel stieg aus, wechselte einige Worte mit den Wartenden und ging dann zu Daria, die bereits ausgestiegen war.

„Wo sind wir hier?"

„In einem Militärkrankenhaus."

Sie zog die Stirn kraus. „Militär?"

„Es gibt im Untergeschoss Räume, die abgeriegelt werden können. Nirgendwo können Annabelle und Kelly besser geschützt werden."

„Und die Frau, die Kelly retten wollte?"

„Ist ebenfalls auf dem Weg hierher."

Die Ärzte öffneten die Türen des Krankenwagens und machten sich daran Annabelle und Kelly auszuladen.

„Ihr seid hier in Sicherheit", beruhigte Gabriel seine Cousine. „Sobald ihr auf euren Zimmern seid, kommen wir zu euch."

Als eine schwarze Limousine vorfuhr, konnte das sicher nur die Fremde sein, deren Namen Daria die Ärzte nicht einmal hatten verraten wollen.

Der Fahrer der Limousine stieg aus und öffnete die Hintertür. Die Frau hatte ihre Schulter bandagiert und trug den entsprechenden Arm in einer Schlinge. Sie warf Gabriel einen Blick zu, den Daria nicht einordnen konnte, dann folgte sie einem der Ärzte durch die Metalltür.

„Ich möchte mit ihr reden", sagte Daria an Gabriel

gewandt.

Er nickte. „Sobald sie auf ihrem Zimmer ist, bringe ich dich zu ihr." Etwas an seiner Mine machte sie misstrauisch.

„Weißt du, wer sie ist?"

„Ich … kenne nur ihren Namen."

„Und wie ist ihr Name?"

„Maria Kusnova."

Daria zog die Stirn kraus. „Eine Russin?" Sie hatte keinen Akzent gehört.

„Zumindest ein russischer Name."

„Was weißt du sonst noch über sie?"

„Nichts. Ich konnte in der Kürze der Zeit nicht mehr herausfinden. Nur, dass sie offenbar von Anfang an, immer wieder Kelly besucht hat."

Daria nickte wage. Sie musste auf jeden Fall mit dieser Frau sprechen. Vielleicht hatte sie Antworten. Antworten auf Fragen, die zu stellen sie hoffte, den Mut aufbringen zu können.

Als Daria durch das kleine Fenster in der Zimmertür blickte, lag Maria Kusnova mit dem Rücken zu ihr auf ihrer gesunden Schulter. Sie war klein, normal gebaut und atmete so ruhig, dass Daria annahm, dass sie schlief.

Sie klopfte einmal an und als die Frau nicht reagierte, trat sie einfach ein.

„Miss Kusnova?", fragte sie, indem sie die Tür hinter sich schloss. „Ich hatte gehofft, mit Ihnen reden zu können."

Sie reagierte nicht.

„Miss Kusnova?"

Noch immer keine Reaktion, so dass Daria beschloss die Taktik zu ändern.

„Извините!"

Als die Schulter der Frau zuckte, begriff Daria, dass sie ihre russische Anrede sehr wohl verstanden hatte. Sie beschloss in ihrer Muttersprache zu bleiben und ging um das Bett herum, so dass ihr die Frau in die Augen blicken konnte. Oder zumindest hätte sie es gekonnt, wenn sie nicht wie hypnotisiert aus dem Fenster gestarrt hätte.

„Wer sind Sie?", fragte Daria ohne Umschweife.

Die Frau schwieg so lange, dass sie schon nicht mehr mit einer Antwort rechnete, bis ihr Blick plötzlich zu Daria schwenkte.

„Wer *Sie* sind, steht zumindest außer Frage."

„Und wer bin ich?"

Die Frau lächelte schwermütig. „Sie ist Ihnen wie aus dem Gesicht geschnitten."

Daria zog sich einen Stuhl heran und starrte der Frau fest in die Augen. „Wer", wiederholte sie eindringlich, „sind Sie?"

„Ich versuche mich um Kelly zu kümmern, soweit es irgendwie geht."

„Aber sie haben sie nicht adoptiert."

„Ich bin vorbestraft. Ladendiebstahl und … Drogenbesitz. Das ist schon über zwanzig Jahre her, aber die Auflagen für Adoptionen sind streng. Keiner will einem Exjunkie ein Kind geben. Zu Recht."

„Und warum kümmern sie sich dann um sie?"

„Sie ist ein wundervolles Kind", antwortete die Frau ausweichend. „Ich … hatte mich ebenfalls typisieren lassen, als sie krank wurde. Aber ich bin leider kein passender Spender. Ich hätte ihr alles gegeben. Alles. Es ist ein Geschenk des Himmels, dass Sie gekommen sind."

Daria wollte ihre Frage noch einmal wiederholen, doch dem Blick von Maria Kusnova merkte sie an, dass sie noch nicht alles gesagt hatte.

„Glauben Sie an die Erbsünde?", fragte sie.

Mit einem ungläubigen Blinzeln quittierte Daria die Frage. *„Was?"*

„Die Erbsünde. Und auch die Erlösung."

„Ich bin nicht sonderlich religiös."

„Sie haben viele Narben. Eine davon ist fast zwanzig Zentimeter lang. Auf dem Rücken. Sie verläuft von ihrem Gesäßansatz bis zur Nierengegend." Sie blickte die sprachlose Daria gefasst an. „Wollen Sie wissen, woher ich das weiß?"

„Und ob ich das wissen will", gab Daria grimmig zurück. „Und zwar sofort."

Maria Kusnova legte sich in ihrem Bett ein wenig zurecht und atmete so tief durch, wie es ihr die verletzte Schulter erlaubte.

„Die letzten sechs Jahre habe ich hier in einem Vorort von Philadelphia gelebt. Ich kellnere, weil ich nichts anderes gelernt habe. Aus Russland kam ich vor fünfundzwanzig Jahren. Aus dem amerikanischen Traum ist nichts geworden, aber das hat mich nie groß gekümmert." Sie blickte wieder aus dem Fenster. „Zu meiner Familie hatte ich nie viel Kontakt seitdem. Es hat mich nie jemand besucht. Bis vor zwei Jahren."

Vor zwei Jahren war Kelly geboren worden. „Reden Sie weiter!"

„Juri, mein Bruder, stand plötzlich mitten in der Nacht vor meiner Wohnungstür. Erst erkannte ich ihn gar nicht. Er hatte …" Plötzlich traten Tränen in ihre Augen. „Er hatte dieses kleine Bündel auf dem Arm. Ein Baby, kaum größer als meine beiden Hände. Ein Neugeborenes."

„Kelly", hauchte Daria. „Aber wie -"

„Er hat sie entführt nach dem Kaiserschnitt. Hat sie genommen, alle Zelte abgebrochen und ist geflohen in ein fremdes Land, in eine namenlose Zukunft, wo ihn keiner kannte, den einzigen Ort, den er für sicher genug hielt, dass Ihr irrer Entführer ihn und das Mädchen nicht finden konnte."

Daria spürte, wie ihr die Farbe aus dem Gesicht wich. „Sie wissen, dass ich eine Geisel war?“

„Ich weiß alles.“ Die Stimme von Maria Kusnova versagte, und sie schüttelte kurz den Kopf, brauchte einen Moment, bevor sie sich gefasst hatte. „Dimitrij wollte Sie nicht sterben lassen. Eine irre Hassliebe verband ihn mit Ihnen und er veranlasste einen Kaiserschnitt, als ihm ein Arzt sagte, dass Sie bei einer natürlichen Geburt beide sterben würden.“

„Dann hat Ihr Bruder, Juri, … er hat Kelly gerettet. Uns beide. Er hat uns beide gerettet.“

Die Frau nickte weinend.

„Aber warum machen Sie daraus ein so großes Geheimnis. Ich habe diesem Mann viel zu verdanken. Und auch Kelly.“

„Miss, er -“

„Wo ist er? Ich möchte mich bei ihm bedanken. Ist er noch in den Staaten?“

Sie schüttelte den Kopf. „Er -“

„Auch wenn er in Russland ist, möchte ich … er hat meiner Tochter das Leben gerettet. Und hat sein eigenes dabei riskiert.

„Er -“

„Er ist ein Held.“

„Er ist ihr Vater!“

Die Frau schrie die Worte in so inbrünstiger Verzweiflung heraus und brach dann unter Tränen zusammen, dass Daria für Sekundenbruchteile deren Bedeutung gar nicht erfassen konnte.

„Was sagen Sie da?“, hauchte sie fassungslos. Eisige Kälte kroch in ihre Glieder und eine eiserne Faust krampfte sich um ihren Magen.

„Er hatte damals Schulden bei Dimitrij und hat sie bei ihm abgearbeitet.“

„Als Vergewaltiger?“, schrie Daria.

„Nein, als Schuldeneintreiber.“ Die Frau wischte sich über das Gesicht. „Er hatte keine Ahnung davon, dass Sie Dimitrijs Geisel waren. Erst als er ihn plötzlich mit in Ihr Versteck genommen hat, sah er Sie das erste Mal.“

„Sagen Sie mir, was dort mit mir gemacht wurde.“

Die Frau schüttelte mit tränenüberströmtem Gesicht den Kopf. *„Sagen Sie es!“*

„Man hat Sie gefoltert. Geschlagen und misshandelt. Jeden Tag ein bisschen mehr gebrochen, so lange bis Sie vollständig zerbrochen sind.“

Darias Blick verschwamm, doch ihre grimmig aufeinandergepressten Lippen verhinderten, dass sie weinte.

„Juri erzählte, dass Sie immer von mehreren Männern bewacht wurden und fast alle …“ Sie brach ab, und Daria wusste genau, was sie nicht fertigbrachte zu sagen.

„… haben mich vergewaltigt?“, fragte sie eisig.

Maria Kusnova nickte. „Dimitrij befahl es den Wachen. Auch Juri.“

„Man kann einem Mann nicht befehlen eine Frau zu vergewaltigen! Es gehört etwas dazu, das sich Erregung nennt. Und wer könnte so etwas zustande bringen, der nicht eine verfluchte Bestie ist?“

„Er hat es bereut. Bitter bereut“, versuchte die Frau ihren Bruder in Schutz zu nehmen. „Als Kelly geboren wurde, hat er sie entführt ohne zu wissen, wer ihr Vater war. Er wollte sie retten. Ihr Kind. Ihm war klar, dass es für seine Tat keine Vergebung gab, aber er wollte wenigstens das unschuldige Leben retten, das aus all dieser Höllenqual entstanden war.“

Daria schüttelte verbittert den Kopf. Bleierner Hass pochte in ihrer Brust. „Das wird ihm vor keinem Gericht der Welt etwas nützen.“

Maria Kusnova blickte sie fest an. „Kein weltliches Gericht wird mehr über ihn urteilen können, Miss."

Daria legte misstrauisch den Kopf schräg. „Er ist tot?"

„Ja."

„Seit wann?"

„Er hat sich zwei Tage nachdem er Kelly bei mir abgeliefert hat erschossen."

„Meinetwegen?"

„Wegen all dem, was er Ihnen angetan hatte. Ich wollte ihn noch abhalten, doch er … hat mir gar nicht mehr zugehört. Mein Versprechen immer ein Auge auf Kelly zu haben, war die Absolution zu seinem Tod."

Ein Wirbelsturm fegte durch Darias Gehirn, der all ihre klaren Gedanken entwurzelte und sie mit sich riss. Sie wollte etwas sagen, irgendwie reagieren, doch sie wusste einfach nicht wie.

„Ich würde sterben für dieses Kind, Miss. Das müssen Sie mir glauben."

„Das ist nicht nötig", antwortete sie tonlos. „Das haben Sie bereits bewiesen."

„Ich weiß, dass das, was mein Bruder Ihnen angetan hat, unverzeihlich ist." Maria Kusnova griff nach Darias Hand, die sie schnell wegzog. „Aber ich will Ihnen trotzdem sagen, dass der Vater Ihres Kindes nicht immer ein schlechter Mensch war. Und dass er bezahlt hat für das, was er Ihnen angetan hat."

„Ich, … ich weiß nicht -"

Das energische Klopfen an der Tür, war für Daria ärgerliche Störung und erlösende Ablenkung zugleich.

„Miss Sarakowa?" Einer der Ärzte stand in der Tür.

„Ja?"

„Kann ich Sie kurz sprechen?"

Daria blickte die Schwester ihres Vergewaltigers an, bevor sie aufstand. „Natürlich“, sagte sie und verließ das Zimmer.

„Geht es Ihnen gut?“, fragte der Arzt.

„Nein. Worum geht es?“

„Es geht um Ihre Tochter.“

Sofort fokussierten sich Darias Gedanken wieder auf Kelly. „Was ist mit ihr?“

„Wir haben sie untersucht und würden es für sinnvoll halten, wenn wir die Stammzellentransplantation eventuell schon einen Tag früher durchführen könnten.“

Daria war kein Idiot. Sie wusste, was dieser Satz bedeutete. „Geht es ihr so schlecht?“

„Ihr Zustand ist stabil, aber …“

„Reden Sie nicht um den heißen Brei. Sagen Sie mir, was los ist.“

Der Arzt blickte sie aus seinen hellbraunen Augen ernst an. „Es wird verdammt knapp, Miss Sarakowa. Die Stammzellen können in zwei oder auch in drei Wochen anwachsen, und wenn Sie meine ehrliche Meinung hören wollen. Es kann sein, dass es auf einen einzelnen Tag, vielleicht sogar auf Stunden ankommen wird, wenn es darum geht, ihr Leben zu retten.“

Der blecherne Geschmack der Panik lag auf ihrer Zunge. „Und wie sollen wir das machen? Ich dachte, es dauert in jedem Fall mindestens fünf Tage, bis die Stammzellen gewonnen werden können.“

„Es gibt noch die Möglichkeit Ihnen etwas zu spritzen, das die Produktion im Knochenmark anregt. Wir würden die Entnahme dann bereits morgen durchführen und Kelly die Stammzellen verabreichen.“

„Und worauf warten wir dann noch?“

„Durch die Überproduktion im Knochenmark kommt es

zu Nebenwirkungen."
„Welcher Art?"
„Es kommt zu … starken Schmerzen. Jeder einzelne Knochen in Ihrem Leib wird sich anfühlen, als würde er … explodieren, so zumindest berichten es die Betroffenen. Aber wir können Ihnen Schmerzmittel -"
„Ich will kein Schmerzmittel", gab sie zurück und betrachtete den Arzt ernst. „Fangen Sie an."
„Gut, ach und noch etwas."
„Was?"
„Um ihren Körper zu schonen und möglichst lange alle Reaktionen hinauszuzögern, haben wir Kelly ins künstliche Koma gelegt."
„Was?" Daria brannten Tränen in den Augen.
„Es ist nur eine Sicherheitsmaßnahme."
„Aber das bedeutet ja, dass ich in den nächsten Tagen gar nicht mehr mit meinem Kind reden kann." Sie blickte ihn vorwurfsvoll an.
„Miss Sarakowa, um es Ihnen in der Deutlichkeit zu sagen: wenn wir diese und alle anderen möglichen Maßnahmen nicht ergreifen, werden Sie … nie wieder mit Ihrem Kind reden können, egal wie viele Stammzellen sie spenden, denn dann wird es womöglich zu spät sein."
Ein Zittern erfasste ihren Körper, dennoch nickte sie. So grausam die Worte des Arztes waren, so sehr schätzte sie seine Ehrlichkeit. „Ich verstehe."

*

Daria lag angezogen und ausgestreckt auf dem Bett des Hotelzimmers und atmete tief durch. Der Schmerz war schnell gekommen, aber noch erträglich.
„Nimm doch bitte ein Schmerzmittel, Dasha. Du bist schon ganz blass."

Gabriel machte sich Sorgen um sie. Und diese Sorgen hatten noch eine völlig neue Dimension angenommen, seit sie ihr von dem Gespräch mit Maria Kosnova erzählt hatte, die also Kellys … Tante war.

„Es geht schon. Es ist … gar nicht so schlimm."

„Es wird unerträglich werden heute Nacht. Du machst dir keine Vorstellung."

„Vergiss meine Schmerzen", antwortete sie, „sag mir lieber, ob ihr diese Wahnsinnige schon gefunden habt."

„Denkst du, ich hätte es dir noch nicht gesagt, wenn es so wäre?"

„Habt ihr wenigstens eine Spur?"

„Denkst du, ich hätte es dir -"

„Ja, schon gut. Ich verstehe schon." Sie atmete tief durch. Die Schmerzen fingen an sie aggressiv zu machen.

Gabriel betrachtete sie nachdenklich. „Komm her", sagte er dann und ging zum Bett. „Ich massiere dich ein bisschen. Auch wenn es die Schmerzen nicht wird lindern können."

Da wollte Daria keinesfalls widersprechen. Sie ging zum Bett und zog sich bis auf die Unterwäsche aus, legte sich auf den Bauch und spürte, wie die Matratze unter Gabriels Gewicht nachgab. Er öffnete ihren BH und fing an die Muskeln über ihren Schulterblättern durchzukneten, gerade so fest, dass es nicht wirklich wehtat. Ihr entfuhr ein genießerisches Seufzen.

Gabriel ließ seine Hände über ihren Rücken gleiten und verharrte an der tiefen Narbe, die sie auf ihrem unteren Rücken hatte. Daria wusste, woran er dachte, als sich plötzlich sein ganzer Körper verspannte.

„Wenigstens hat er Kelly das Leben gerettet", sagte sie, woraufhin er nur grimmig die Luft ausstieß.

„Verteidigst du dieses Schwein etwa? Ausgerechnet du?"

„Natürlich nicht." Sie atmete tief ein. „Aber ich bin froh,

dass Kelly hier ist; dass er sie fortgeschafft hat von diesen schrecklichen … Dingen. Und außerdem ist er tot."

„Da kann er auch froh sein. Wenn ich ihn in die Finger bekommen hätte, wäre der Tod bestenfalls eine verlockende Wunschvorstellung für ihn gewesen."

„Davon wird nichts ungeschehen", sagte Daria und drehte sich unter Gabriel um, so dass sie ihn ansehen konnte. „Gewalt, die mit Gewalt beantwortet wird, sorgt nur dafür, dass es nie Frieden und immer mehr Hass gibt."

„Wie kannst du das sagen, nach all dem, was dir angetan wurde?"

Daria richtete sich auf und streichelte seine Wange. „Ich will nicht mit diesem ewigen Hass leben. Ich will frei sein mit dir und Kelly und unserem Leben. Frei von Angst und dem Wunsch nach einer Rache, die es nicht geben kann. Ich will diese Gewalt nicht in meinem Leben."

Er schüttelte ungläubig den Kopf und beugte sich lächelnd nach vorne. „Was für ein guter Mensch du bist, Dasha. Eigentlich viel zu gut für diese Welt."

Sie verzog das Gesicht, als ihr ein heftiger Schmerz ins Rückgrat fuhr. „Erklär' das meinem Rücken."

„Ich sage doch, dass du ein Schmerzmittel nehmen musst."

„Ich kann ja heute Nacht ein Aspirin nehmen, wenn es schlimmer wird."

„Dasha, heute Nacht … wirst du dir Morphium wünschen."

Und er hatte Recht.

IX

Bis um fast vier Uhr morgens hatte sie es ausgehalten. Dann hatte sie sich in ihr Schicksal ergeben und sich von Gabriel das Schmerzmittel spritzen lassen. Eigentlich hatte sie die Schmerzen für Kelly ertragen wollen, doch Gabriel hatte reichlich wenig von dieser Idee gehalten und sie schließlich überzeugt, so dass sie noch drei herrlich erholsame Stunden Schlaf gefunden hatte, bevor es zurück ins Krankenhaus gegangen war.

Die Prozedur für die Entnahme der Stammzellen dauerte den kompletten Vormittag. Ihr Blut wurde aus ihrem Körper gepumpt, lief durch einen Kasten, der auf wundersame Weise dazu in der Lage war, ihre Stammzellen herauszufischen, und wurde ihr dann wieder zugeführt.

Kelly lag noch immer im künstlichen Koma, was ihren Zustand stabil hielt. Wenn sie ehrlich war, hatte Daria Angst davor sie in dieser Bewusstlosigkeit zu sehen.

Trotzdem wollte sie sofort nach der Entnahme zu ihr. Die Stammzellen würden innerhalb weniger Stunden aufbereitet sein und konnten ihr verabreicht werden. Und dann half es nur noch zu hoffen und zu beten, dass sie anwachsen würden. Und dass sie es rechtzeitig taten.

„So, wir haben es geschafft." Der Arzt mit dem unaussprechlichen griechischen Namen auf dem Kittel lächelte sie freundlich an und zog ihr die Braunüle aus dem Arm.

„Danke." Daria atmete tief durch. „Und wann wird Kelly die Stammzellen bekommen können?"

„Heute am späten Nachmittag. Bis dahin müssten sie aufgearbeitet und bereit für die Transplantation sein."

„Gut. Kann ich sie jetzt besuchen?"

„Aber natürlich. Ihr Mann ist gerade bei seiner Cousine. Soll ich ihm Bescheid geben, dass Sie soweit fertig sind?"

„Das wäre sehr nett. Vielen Dank."

Allmählich gewöhnte sich Daria an die Dunkelheit des Untergeschosses und das künstliche, viel zu weiße Licht, das alle Gänge und Räume erhellte. Sie ging zu Kellys Tür und öffnete sie vorsichtig.

Neben dem vertrauten Piepen der Überwachungsmonitore traf sie außerdem auf einen Anblick, den sie nicht erwartet hatte.

„Miss … Kusnova."

Kellys Tante fuhr mit einer entschuldigenden Geste herum. „Es tut mir leid", sagte sie. „Ich, ich … wollte sie nur besuchen. Ich bin sofort weg."

„Nein." Daria hielt ihren gesunden Arm fest und versuchte sich an einem Lächeln, das ihr merklich schwer fiel. „Bleiben Sie."

„Aber …"

„Ich habe darüber nachgedacht, und bin Ihnen dankbar dafür, dass Sie an Kellys Seite geblieben sind. Sie … ist Ihnen wichtig und ich habe nicht das Recht, ihnen den Kontakt zu verwehren." Daria schüttelte den Kopf und ließ Maria Kusnova los, als diese keine Anstalten mehr machte aus dem Zimmer zu laufen. „Ihrem Bruder werde ich nie vergeben können, aber Sie können für sein Verhalten genauso wenig etwas, wie Kelly. Sie haben mich nach der Erbsünde gefragt. Ob ich daran glaube." Sie schüttelte den Kopf. „Ich halte sie für … wie sagt man doch auf Englisch so schön und so passend: Bullshit!"

Tatsächlich musste Kellys Tante kurz lachen. Dann wurde sie wieder ernst. „Ich danke Ihnen."

„Schon gut. Kommen Sie." Sie zeigte zu Kelly ans Bett. „Setzen wir uns."

Die Traurigkeit ergriff ihr Herz in dem Moment wieder, als ihr Blick auf Kellys regungsloses Gesicht fiel. Sie war im Bett etwas zusammengesunken und wirkte nun noch kleiner, noch hilfloser und bemitleidenswerter.

„Sollen wir sie etwas gerader ins Bett legen?“, fragte Kellys Tante. „Sie liegt so schief und schlaff da.“

Daria blickte sie fest an. „Ich habe sie noch nie berührt.“

„Wirklich?“

Sie nickte.

„Dann kommen Sie, wir legen sie wieder ordentlich hin und ziehen die Bettdecke gerade.“

„Ja, gut.“ Daria stellte sich neben das Bett und schlug nach kurzem Zögern vorsichtig die obere Bettdecke zurück. Dann die untere. Sie nahm Kelly am rechten Arm, ihre Tante am linken und zusammen zogen sie sie etwas in die Höhe. Als Maria die Decke wieder überschlagen wollte, hielt Daria sie zurück.

„Warten Sie!“

„Was ist denn?“

Mit zitternden Fingern griff sie zwischen die Laken und wollte ihren Augen nicht trauen. „Mein Gott.“

„Was ist das?“ Kellys Tante hatte keine Ahnung, was vor sich ging. „Ist das eine … Münze? Wie kommt die denn in Kellys Bett?“

Panisch ließ Daria die Münze auf den Boden fallen und schlug alle Laken zurück, sah unter das Bett, zwischen die Matratzen.

„Helfen Sie mir!“, verlangte sie, doch Maria begriff rein gar nichts.

„Aber wobei denn?“

„Suchen Sie … nach etwas … Gefährlichem. Irgendetwas!“ Ihr Blick flog zu den Infusionen. Dann zu den Monitoren, den Möbeln. Es konnte alles sein. Alles.

„Hier!“

Maria zeigte in den Beistelltisch, der neben dem Bett etwas verschoben war. Daria gefror das Blut in den Adern. Sie kannte diesen Anblick. Genau diese Digitalanzeige hatte sie schon einmal gesehen: damals nach dem *Powwow*, bevor ihnen der halbe Berg um die Ohren geflogen war und Gabriel unter sich begraben hatte.

„Eine Bombe." Sie klemmte alle Infusionen ab. „Wir müssen sie hier rausschaffen. Sofort!"

„Was?"

„Ziehen Sie die Elektroden ab! Machen Sie schon!"

„Aber -"

„Na los!" Daria schloss alle Ventile und zog die Fühler ab, die Maria noch nicht geschafft hatte. Dann packte sie den schlaffen, viel zu leichten Körper ihrer Tochter und lief mit ihr auf ihren Armen zur Tür.

Maria riss die Tür auf und stieß Daria nach draußen. Im selben Moment erfasste sie eine Druckwelle, so heiß, dass ihr Atem in den Lungen Feuer zu fangen schien. Ein Knall zerfetzte ihr Gehör und sie spürte erst, wie sie durch die Luft geschleudert wurde, als sie mit dem Rücken hart gegen die Wand schlug. Kelly hielt sie in ihren Armen, versuchte sie mit ihrem Körper zu schützen, abzuschirmen, gegen die Trümmer, die wie Projektile durch die Luft schossen und sie wie durch ein Wunder nur stumpf an den Beinen und am Rücken trafen.

Sobald sie es fertigbrachte, sprang sie regelrecht auf die Beine und lief mit Kelly fast blind den Gang hinab. Sie prallte mit jemandem zusammen, den sie erst im zweiten Moment als Gabriel erkannte.

„Dasha, mein Gott! Seid ihr in Ordnung?"

Gabriel hielt sie bei den Schultern und nahm ihr Kelly ab. Einer der Ärzte folgte ihm und nahm das Mädchen entgegen. „Sorgen sie dafür, dass sie sofort wieder sediert wird", befahl er und der Arzt verschwand mit dem Kind, währen Daria nichts weiter konnte, als sich zitternd an Gabriel zu krallen.

„Maria", brachte sie schließlich hervor. „Sie … sie muss

noch da hinten sein. Sie …"

„Bleib hier", befahl Gabriel und lehnte sie gegen die Wand. „Rühr dich nicht vom Fleck."

Sie nickte zitternd und Gabriel lief den Gang hinab. Als sie ihm nachblickte, sah sie erst das ganze Ausmaß der Zerstörung. Wo vor einer Minute noch eine Tür gewesen war, hatte die Explosion ein riesiges, ausgefranstes Loch in die Wand gerissen. Überall lagen Glassplitter, zerborstene Steine und Holzsplitter.

„Maria", hauchte sie. Mein Gott, wo war sie. Sie konnte sie nirgendwo sehen. „Maria!"

Sie nahm all ihre Kraft zusammen und rappelte sich auf die Beine, torkelte an der Wand entlang zum Krankenzimmer. „Maria!"

Gabriel kam ihr entgegen, packte sie an den Schultern, genau in dem Moment, wo ihre Knie nachgaben.

„Was ist mit Maria?"

„Du musst dich sofort hinlegen, Dasha."

„Aber Maria! Wir müssen ihr helfen."

Gabriel verstärkte seinen Griff an ihrer Schulter so sehr, dass sie ihren rastlosen Blick auf ihn richtete.

„Man kann ihr nicht mehr helfen, Dasha", sagte er und deutete ein Kopfschütteln an. „Es tut mir leid."

„Was?" Sie starrte ihn fassungslos an. „Bist du sicher?"

„Ich bin ganz sicher. Komm." Er hob sie kurzerhand auf seine Arme und stieg mit ihr über einige Trümmer. Sie fragte nicht, wohin er sie brachte, sondern starrte nur schweigend über seine Schulter, bis sie den Ort der Verwüstung nicht mehr sehen konnte.

„Brauchen Sie Hilfe?" Einer der Ärzte kam zu Spock und Daria in den kleinen Aufenthaltsraum, in den er sie verfrachtet hatte. Er versuchte ihr Kaffee einzuflößen, den sie hartnäckig verweigerte. Sie hatte einen leichten Schock und war, genau wie Kelly, wie durch ein Wunder unverletzt.

Ja, ein Wunder und die selbstlose Hilfe dieser Frau, die nun kaum noch zu erkennen zwischen den Trümmern lag. Daria hatte ihm erzählt, dass sie sie regelrecht aus dem Zimmer gestoßen hatte. Hätte sie es nicht getan, wäre Daria und ihrer kleinen Tochter womöglich dasselbe passiert wie ihr.

„Ich verstehe nicht, woher sie weiß, dass wir hier sind", sagte Daria leise. „Wir haben doch alles geheim gehalten, als wir hierher gefahren sind. Kann es sein, dass einer deiner Männer für sie arbeitet?"

„Unmöglich."

„Aber woher weiß sie es dann?" Daria schüttelte den Kopf. Sie war augenscheinlich ratlos. Und ihm ging es nicht anders.

„Dr. … Mr. …" Der junge Arzt, der in der Tür zum Aufenthaltsraum stand schnaufte frustriert bei der Auswahl an Anreden, die er offenbar für Spock bereit hatte. „Agent …", versuchte er es noch einmal.

„Was gibt es?"

„Wir haben das Ergebnis des toxikologischen Tests der Spritze, die sie uns zur Überprüfung gegeben hatten."

Die Spritze, die Daria hätte untergejubelt werden sollen. „Und?"

„Natriumchlorid, Sir. Isoton."

Daria blickte ihn ungläubig an. „Kochsalz?", fragte sie. Als Krankenschwester wusste sie selbst, dass das bestenfalls ihr Blut verdünnte. Es war alles andere als gefährlich, geschweige denn tödlich.

„Ja, Ma'am."

„Aber warum …" Sie blickte Spock an, der sich dieselbe Frage stellte.

„Sie lässt dir eine Spritze bringen, die für uns verdächtig

ist, aber völlig harmlos“, sinnierte er. „Wir entdecken sie, stürmen zu Kelly und es kommt zu einer Konfrontation, bei der sie entwischt. Und obwohl wir hier an einem absolut sicheren, abgeschotteten Ort sind, findet sie uns innerhalb von weniger als einem Tag.“

„Was spielt sie nur für ein krankes Spiel?“, fragte sich Daria.

„Mit Spiel liegst du wahrscheinlich gar nicht so verkehrt. Das würde zu dem sadistischen Abgrund, der ihr Wesen ist, passen, aber es erklärt nicht, woher sie weiß, wo wir sind.“

Da plötzlich kam ihm eine Idee. „Doktor, schaffen Sie mir einen der Sergeants von oben her. Er soll einen hochsensiblen Metalldetektor mitbringen.

„Ja, Sir.“

Der Arzt verschwand und Daria blickte Spock ratlos an. „Ein … Metalldetektor?“

„Ja.“

„Darf ich fragen, was deine Theorie ist?“

„Im Krankenhaus waren doch jede Menge Menschen um dich herum, die du nicht kanntest, nicht wahr?“

„Natürlich.“

„Kannst du ausschließen, dass irgendeiner davon für Mei-Lin arbeitet?“

„Nein, wie sollte ich?“

Er nickte. „Eben.“

„Ich kann dir nicht folgen.“

„Sie brauchen einen Detektor, Sir?“

Der Soldat, der in der Tür stand, trug einen braunen Tarnanzug und einen strengen Gesichtsausdruck.

„Ja, vielen Dank für die prompte Hilfe, Sergeant.“ Gabriel stand auf und zog Daria auf die Beine.

Dann trat er einen Schritt zurück und nickte in ihre Richtung. „Scannen Sie sie.“

Daria riss die Augen auf. „Was?“
Der Soldat zog die Stirn kraus. „Sind Sie sicher, Sir?“
Spock wandte sich ihm ungeduldig und mit einem wenig verständnisvollen Gesichtsausdruck zu. „Sehe ich aus wie jemand, der sich nicht sicher ist?“
„Natürlich nicht, Sir.“
„Dasha, breite die Arme aus, bitte.“
„Ich verstehe das nicht.“
„Tu es einfach.“ Er nahm ihre Hände und drückte sie kurz. „Ich bitte dich“, setzte er versöhnlich nach, so dass sie seiner wenig nachvollziehbaren Bitte Folge leistete.
Der Soldat trat etwas zögerlich vor und fuhr in etwa zwanzig Zentimetern Entfernung mit seinem Detektor, der aussah, wie ein Miniatur-Tennisschläger, Darias Körper ab. Es gab keinen Alarm, so dass er in die Knie ging, ihre Beine überprüfte und dann wieder aufstand. Während er sich den linken Arm vornahm, warf Daria Spock einen bösen Blick zu, der jedoch schlagartig verpuffte, als der Detektor an ihrem rechten Arm Alarm schlug.
Sie blickte auf ihr Handgelenk.
„Hier ist etwas, Sir.“
Gabriel beugte sich über Darias Arm und kniff die Augen zusammen. Dann zog er sie unter das grelle Licht einer Leuchtstoffröhre.
„Das ist meine Armbanduhr, Ihr Experten!“
„Sie haben nicht zufällig eine Lupe, Se -“ Bevor er den Satz beenden konnte, streckte ihm der Soldat eine Lupe entgegen.
„Sie sind ganz ausgezeichnet ausgerüstet.“
„Danke, Sir.“
Spock nahm Daria die Uhr ab und drehte sie um. Vorsichtig folgte er der Kontur des Rückens mit zwei Fingern und spürte eine Unebenheit, die er mit bloßem Auge nicht ausmachen konnte. Erst mit der Lupe erkannte

er sie.

Als er aufsah, blickte ihn Daria erwartungsvoll an.

„Was ist denn mit meiner Uhr?“

„Du hast sie doch immer abgenommen, wenn du dich für die Intensivstation eingeschleust hast, nicht wahr?“

„Natürlich. Man muss allen Schmuck abnehmen. Wegen der Infektionsgefahr. Das weißt du doch.“

„Ja“, sagte er und gab dem Sergeant seine Lupe zurück. „Das weiß allerdings nicht nur ich. Irgendjemand hat die Zeit, in der du bei Kelly warst genutzt und deine Uhr präpariert.“

„Präpariert? Womit?“

„Ich muss es mir natürlich noch genauer ansehen, aber ich wüsste nicht, was es anderes sein könnte, … als ein Sender.“

„Ein Sender? Aber wenn das stimmt, dann habe ich Mei-Lin hierher geführt. *Ich* habe Maria getötet.“

Gabriel nahm sie bei den Schultern. Auf sein strenges Nicken hin zog sich der Soldat zurück, so dass sie alleine waren.

„Du hast niemanden getötet, hörst du? Du hast Kelly gerettet und wenn es so ist, wie ich glaube, dann war das nur ein Teil ihres perfiden Spiels.“

„Aber dann … mach ihn kaputt. Zerstör den Sender!“

„Nein!“ Spock wehrte Daria ab, als sie versuchte nach ihrer Uhr zu greifen.

„Warum denn nicht? Sie wird immer wissen, wo wir sind, solange es diesen Sender gibt und wir ihn nicht zerstören oder zurücklassen.“

„Weil wir den Spieß jetzt umdrehen werden.“

Daria blickte ihn verständnislos an. „Wie denn das?“

„Da der Sender noch funktioniert, weiß sie, dass du die Explosion überlebt hast. Sie wird also einen neuen Anschlag auf dich verüben.“

„Falls du etwas sagen wolltest, das mich beruhigt, lass dir gesagt sein, dass es nicht funktioniert."

„Wir werden dafür sorgen, dass Mei-Lin unsere Spur wieder aufnimmt und dann werden wir diese Sache ein für alle Mal beenden."

*

Gabriel hatte vor, mit Darias Armbanduhr und ein paar schwer bewaffneten Männern zu einem anderen Unterschlupf zu fahren und Mei-Lin glauben zu machen, dass auch Daria und Kelly mit dabei wären. Daria, der Gabriels Plan den Wurm am Haken zu spielen, gar nicht gefiel, schüttelte den Kopf.

„Ich halte das für eine ganz blöde Idee!", befand sie.

„Dasha, wir müssen doch irgendetwas unternehmen, um sie endgültig aufzuhalten. Sollen wir denn immer weiter mit dieser ständigen Angst leben, dass sie wieder zuschlagen könnte?"

„Nein, aber ich will nicht, dass du den Köder spielst. Die Zielscheibe …"

„Ich verspreche dir, dass ich wieder zurückkomme." Er versuchte sich an einem aufmunternden Lächeln. „Dieses Versprechen habe ich doch noch immer eingehalten, nicht wahr?"

„Ja, aber du warst bewusstlos!"

„Lässt du mich denn gehen, wenn ich dir verspreche bei vollem Bewusstsein wiederzukommen?"

Daria schüttelte den Kopf. Doch dann seufzte sie tief und blickte aus ihren tiefblauen Augen zu ihm empor.

„Pass auf dich auf", sagte sie eindringlich. „Versprich mir das! Und halte dich daran!"

Er lächelte und küsste sie. „Ja zu allen drei Punkten."

Vorsichtig, aber bestimmt löste er sich von ihr. Und stieg

in den Wagen.

Daria blickte ihm nach, bis die dunkle Limousine nicht mehr zu sehen war. Dann ging sie wieder hinein.

Durch die abgedunkelte Frontscheibe blickte Spock starr auf die Landstraße. Sie umfuhren die Hauptverkehrswege ganz bewusst um den Eindruck zu schüren, dass sie versuchten sich vor Mei-Lin zu verstecken.

Er wusste, sie wartete nur darauf, dass sie nach ihrem neuerlichen Anschlag reagierten und wieder flohen. Denn ihr war zweifellos klar, dass Gabriel nicht das geringste Risiko eingehen wollte. Und an einem Ort zu bleiben, den sie kannte, war weit mehr als ein geringes Risiko.

„Haben wir schon einen Schatten, Bob?", fragte er seinen Beifahrer, der nur stumm den Kopf schüttelte.

Spock konnte es nicht erwarten, diese Geistesgestörte endlich in seine Finger zu bekommen und für all das bezahlen zu lassen, was sie getan und beinah geschafft hatte zu tun. Es war nur eine Frage der Zeit, bis sie seiner Spur folgen und den nächsten Anschlag verüben würde, doch diesmal war er vorbereitet.

Als das erst kürzlich verlassene Gelände der Papierfabrik in Sicht kam, öffnete er das hohe Metalltor per Fernbedienung und ließ es hinter sich wieder schließen. Es gab Überwachungskameras auf dem Gelände, drei Meter hohen Zaun mit Stacheldraht darauf und eine nicht unerhebliche Menge von Bewegungsmeldern. Mei-Lin sollte keineswegs misstrauisch werden, weil ihr der vermeintliche Sieg womöglich zu leicht zu erringen erschien.

„Dexter, wir gehen ins oberste Geschoss", befand er. „Bob und Corry, ihr sichert den Eingang. Allen, behalt die Überwachungsmonitore im Auge."

Die Männer nickten und verteilten sich auf ihre Posten.

Dexter folgte Spock. Dexter war ein rothaariger, grauäugiger Scharfschütze mit einer Schwäche für bedingungslosen Nahkampf. Spock wollte nicht behaupten, dass er eiskalt war, aber ihm fiel spontan kein Mann ein, dem er eher zugetraut hätte, einer kleinen Frau das Genick umzudrehen. Jedenfalls fiel ihm keiner ein, der auf seiner Seite stand.

Dexter sah auf seine Uhr. „Es ist jetzt halb Zwei. Sie weiß seit etwa zehn Minuten, wo wir sind."

„Du solltest dich in Geduld üben, mein Freund. Es kann bis morgen dauern, bis sie sich entscheidet zuzuschlagen. Sie wird gut vorbereitet sein wollen. Sie ist nicht unbedingt der Typ, der antritt, um zu verlieren."

Dexter lachte grimmig. „Das sind wir ja glücklicherweise auch nicht."

Es verging einige Zeit, in der die beiden Männer an den übergroßen Fenstern entlang patrouillierten, bis plötzlich Spocks Handy klingelte. Der Blick aufs Display verriet den Anrufer.

„Hi Nicolai", sagte er, indem er abhob und sich etwas abseits von Dexter an einen Metallpfeiler lehnte.

„Spock, wie geht es euch?"

Er hatte Nicolai, der wieder mit seiner Frau nach London geflogen war, von den Geschehnissen im Krankenhaus berichtet und setzte ihn nun in Kenntnis über das, was vorhin geschehen und was sein Plan war, um dem ein für alle Mal ein Ende zu bereiten.

„Dann rufe ich ja zum dämlichsten Zeitpunkt überhaupt an. Du solltest dich konzentrieren. Nicht dass diese kleine Schlampe plötzlich hinter dir steht und dir die Kehle aufschneidet."

Spock lächelte etwas gequält. „Das werde ich zu verhindern wissen."

„Hör mal, pass auf euch auf. Kommt mir ja heil aus dieser Sache raus."

Die Sorge in Nicolais Stimme war für Spock nicht zu überhören. „Aber klar doch, Mann. Du kannst dich auf uns verlassen. Ich melde mich, wenn das hinter uns liegt."

„Alles klar. Bis dann." Nicolai seufzte noch einmal. *„Und das mit dem Aufpassen meine ich ernst."*

Dann war die Leitung tot. Es fing an zu regnen, was die Sicht leider deutlich verschlechterte. Spock steckte sein Handy ein. Als seine Finger dabei Darias Armbanduhr berührten, holte er sie heraus und blickte gedankenverloren darauf. Mit dem Daumen wischte er den dünnen Schmierfilm vom Zifferblatt. Es war offenbar erst kurz nach Zwei. Er sah mit einem Stirnrunzeln zu Dexter auf, da es ihm so vorkam, als wäre bereits viel mehr Zeit vergangen.

„Wie spät ist es auf deiner Uhr?", fragte er ihn.

Dexter schob den Ärmel zurück. „Halb Vier. Warum?"

„Auf der von Daria ist es erst Fünf nach Zwei."

Mit einem Achselzucken wandte sich Dexter dem aufziehenden Gewitter zu. „Sie wird wohl bei der Explosion etwas abbekommen haben. Es ist nicht gerade eine Rolex, wenn du verstehst, was ich meine."

Spock nickte halbherzig. „Ja, du hast wahrscheinlich Recht." Er drehte und wendete die Uhr zwischen seinen Fingern. „Dexter?", fragte er dann. „Du hast nicht zufällig einen kleinen Schraubenzieher dabei?"

„Aber klar doch. Ich reise immer mit Vollausstattung." Er holte aus seiner Brusttasche ein überdimensioniertes Taschenmesser heraus und klappte nach kurzem Suchen einen Schraubenzieher heraus, den er Spock gab.

„Wenn du sie damit jetzt repariert bekommst, bin ich beeindruckt."

„Das habe ich eigentlich nicht vor", gab Gabriel konzentriert zurück, während er die zweite Schraube löste. Dann machte er sich an die dritte und schließlich an die vierte. Vorsichtig nahm er den Uhrdeckel mit dem Sender zwischen zwei Finger und hob ihn ab.

„Großer Gott."

„Was ist?"

Spock sprang auf die Beine und ließ die Uhr fallen. Obwohl er versuchte das Zittern zu unterdrücken, bebten seine Finger, als er Dexter die chinesische Münze vor die Nase hielt, die in Darias Uhr gewesen war und dafür gesorgt hatte, dass sie nicht mehr lief.

„Sammle die Leute ein! Es war eine verdammte Falle."

*

Daria grüßte die Wache, die Gabriel neben Kellys Tür postiert hatte, freundlich und ging hinein ins Zimmer. Ihre Narkose war wieder stabil und sie schien offenbar durch die Explosion keinen weiteren Schaden genommen zu haben.

Jeden Moment mussten die Stammzellen für sie transplantierfähig sein. Sie blickte an die Uhr an der Wand und dann wieder in Kellys blasses Gesicht. Die Zeit lief ihr davon, das begriff und spürte sie mit jeder Pore ihres Körpers. Es machte ihr solche Angst, dass sie kaum klar denken konnte.

Die Tür ging auf und die Wache kam herein. Der Mann stand in seiner Kampfuniform etwas steif im Türrahmen und blickte starr zu Daria hinüber. Diese runzelte fragend die Stirn.

„Ist etwas, Sergeant?", fragte sie.

Anstatt zu antworten, griff er langsam nach der Waffe, die er am Hosenbund trug, entsicherte sie und zielte auf Kelly.

„Oh, mein Gott!" Sie sprang auf und stellte sich vor ihre

Tochter. „Tun Sie ihr nichts! Tun Sie ihr bitte nichts!“

Noch immer schwieg der Wachmann und zielte auf Daria. Sie wusste, dass die Kugel ihren Körper durchschlagen und Kelly ebenfalls töten würde, wenn er abdrückte. Panik rauschte durch ihren Körper und eine bleierne Hoffnungslosigkeit schlug über ihr zusammen.

„Nehmen Sie mich, bitte. Nur tun sie ihr nichts! Tun Sie ihr bitte nichts an!“

Daria sah die Schusshand des Sergeants zittern. Sein Gesicht war hart und … verzweifelt.

„Es tut mir leid“, presste er mühsam hervor. „Ich kann es nicht.“

Ein Schuss zerfetzte das Zimmer und ließ Daria aufschreien. Doch anstatt selbst getroffen zu sein, durchschlug ein Geschoss die Brust des Soldaten und ließ ihn leblos in sich zusammensinken.

Daria geriet ins Taumeln und krallte sich in den Gitterschutz von Kellys Bett, als plötzlich Mei-Lin mit einer kleinkalibrigen Waffe, kopfschüttelnd in der Tür stand.

„Dieses verdammte Gewissen“, sagte sie, „kann einem das ganze Leben versauen.“ Als sie aufsah war ihr Blick pures Eis. „Meine Liebe, so sehen wir uns wieder.“

Sie hatte Gabriel in eine Falle gelockt und alle potentiellen Opfer standen ihr nun wahl- und hilflos gegenüber. Ihr Arm war verbunden, doch dies schien kein Umstand zu sein, der sie in irgendeiner Form behinderte.

„Bitte, tuen Sie ihr nichts.“ Sie ist doch nur ein Kind.“

Wenn nur wenigstens Kelly überleben würde, so wäre es für Daria erträglich zu sterben.

Mei-Lin legte den Kopf schräg. „Ich werde sie nicht erschießen.“

„Oh, Gott sei Dank.“ Daria sackte erleichtert zusammen.

„Stattdessen“, fuhr Mei-Lin fort und zog mit der Hand ihres steifen Armes etwas aus der Tasche. „Werde ich das hier … erschießen.“

Daria erstarrte. Sie hielt einen Infusionsbeutel in der Hand. Das musste Kellys Transplantat sein. Wenn Mei-Lin es zerstörte, war Kellys langsamer, qualvoller Tod so gut wie sicher.

„Ich bitte Sie, wir haben Geld. Wir … geben Ihnen alles.“ Nicolai hatte ihr nach ihrem Auftauchen einen Teil seines Vermögens überschrieben. Sie hatte es nie gewollt oder angerührt, aber jetzt. „Es … ist viel. Sehr viel.“

„Sie meinen sicherlich Ihren Anteil am Zwetajew-Vermögen.“ Sie nickte wissend. „Sehr interessant. Nur leider … nicht für mich.“

„Wenn Sie kein Geld wollen, was wollen Sie dann?“

Mei-Lin kam mit einem irren Lächeln näher. „Rache, meine Liebe. Ich möchte vor allem Rache. – In dem Land, aus dem ich komme, ist es wichtig das Gesicht nicht zu verlieren. Man könnte fast so weit gehen zu sagen, dass es über allem steht. Und diese verdammte Mine in die Luft zu jagen, vor all meinen Leuten und Geschäftspartnern, mich in die Verlegenheit zu bringen durch einen Lüftungsschlitz zu fliehen und dann vor meinen Geldgebern kriechen und vom Scheitern der Mission berichten zu müssen, das … ist eindeutig ein Gesichtsverlust.“

„Bitte verschonen Sie Kelly. Töten Sie mich an ihrer Stelle.“

„Dass alle plötzlich so scharf darauf sind zu sterben, wenn es um ein Kind geht.“ Mei-Lin schüttelte den Kopf. „Wissen Sie, dass es besonders qualvoll ist an einem Bauchschuss zu sterben? Er zieht sich … lange hin, bis er zum Tode führt.“

Noch ehe Daria dazu kam zu antworten, fuhr ihr ein heftiger Schmerz in den Unterleib. Sie griff sich an die schmerzende Stelle und spürte die Wärme ihres eigenen Blutes. Der dazugehörige Knall ließ sie begreifen.

Der Blick über die Schulter zeigte ihr, dass Kelly unverletzt war. Die Kugel musste in die Matratze eingeschlagen haben. Fast als hätte ihr die Wichtigkeit dieses Umstands bis dahin Kraft gegeben, spürte sie erst jetzt die Schwäche in ihren Beinen. Ohne etwas dagegen tun zu können sank sie auf die Knie und lehnte sich kraftlos gegen das Bettgestell. Obwohl sie der Schmerz beinah ohnmächtig machte, presste sie eine Hand auf die Eintrittswunde, um den Blutverlust etwas zu verlangsamen. Ein Überlebensreflex, der in ihrer Situation ganz offenbar unnötig war, sich aber dennoch nicht abstellen ließ.

„Nach etwas über fünf Minuten werden Sie ohnmächtig. Nach weiteren fünf bis zehn Minuten … sind Sie tot. Und leisten ihm …“ Sie nickte zur Leiche des toten Soldaten. „… Gesellschaft. Allerdings hoffe ich, dass Ihr Freund noch rechtzeitig kommt.“

„Mein … Freund?“ Daria fiel es schwer zu sprechen. Ihr fehlte die Kraft und ihre Zunge fühlte sich unkoordiniert an.

„Meine Leute haben mich informiert, dass er auf dem Weg hierher ist. Ich bin mir sicher, dass er versucht hatte sie zu kontaktieren. Allerdings gibt es leider einen Defekt im Funk und auch die Handys haben keinen Empfang. Und wo er nun zu uns kommt, wollen wir ihm doch gerne einen gebührenden Empfang bereiten. Das Transplantat für die Kleine zerschieße ich, wenn er kommt. Sozusagen als krönenden Paukenschlag.“

Daria brannten Tränen in der Nase, die zu weinen sie bereits zu schwach war. Es war unglaublich, wie schnell die Kraft aus ihrem Körper wich.

„Ich dachte, Sie würden etwas länger durchhalten, meine Liebe. Wahrscheinlich habe ich den Darm erwischt.“ Sie seufzte ironisch. „Dann geht es meistens etwas schneller.“

Sie spürte, wie ihr Blick langsam verschwamm und sich zittrig anfühlte, als sie zu dem toten Soldaten hinübersah. Wenn nur Mei-Lin einen Augenblick abgelenkt gewesen wäre. Wenn nur sie selbst die Kraft gehabt hätte, nach seiner Waffe zu greifen. Doch keines von beidem war der Fall. Sie spürte, wie sie das Bewusstsein zu verlieren drohte und wollte noch einmal in Kellys Gesicht sehen, doch sie konnte sich nicht mehr drehen. Mei-Lins Stimme drang wie ein konturloses Surren an ihr Ohr. Worte formten sich keine mehr. Sie spürte, wie sie vornüber kippte und nichts dagegen tun konnte. Wie sie auf dem Boden aufschlug bekam sie nicht mehr mit.

*

Als Spock das Gebäude betrat, hatte er bereits ein halbes Dutzend von Mei-Lins Männern ausgeschaltet. Wie ein fleischgewordener Alptraum fegte er mit einer großkalibrigen SIG Sauer und einem Kampfmesser durch den Eingangsbereich und tötete alles, was sich zwischen ihn und Daria stellte.

Es gab nichts und niemanden, der ihn aufhalten konnte und es kam ihm vor, als wären all die Jahre Schieß- und Kampftraining nur für diesen einen Moment gewesen. Als er zu Kellys Zimmer kam, erwartete ihn ein Bild des Grauens, das ihn fast den Verstand kostete.

Mei-Lin saß auf einem Stuhl, hielt Kellys Transplantat in der Hand und zielte auf Spock, während ein Soldat tot auf dem Boden lag und neben ihm Daria mit einem Bauchschuss. Er konnte ihr Gesicht nicht sehen, da sie auf der Brust lag. Die Hoffnungslosigkeit ließ ihn einen rasenden Wutschrei ausstoßen. Sein Finger wanderte zum Abzug.

„Wenn du das tust, zerschieße ich das Transplantat", erklärte Mei-Lin ungerührt und richtete die Waffe auf den Infusionsbeutel. „Sei kein Spielverderber und gib' mir deine Waffe!"

„Ich würde dir niemals meine Waffe geben."

„Dann stirbt die Kleine."

„Du tötest uns doch sowieso alle."

„Ja, das stimmt allerdings." Mei-Lins Augen flirrten kurz zur Seite. Blitzartig hob sie den Transplantat-Beutel vor ihr Gesicht. „Sag deinem Gorilla, dass er das Mädchen tötet, wenn er abdrückt."

Offenbar war ihm Dexter nachgekommen.

„Dex, nimm die Waffe runter!"

„Wenn wir beide schießen, erwischen wir sie", kam es von draußen, vermutlich von neben der Tür.

„Das Gehirn ist erst vier Sekunden nach dem tödlichen Schuss wirklich tot", gab Mei-Lin zu bedenken. „Mehr als genug Zeit um die Aussicht auf Leben für die Kleine zu zerstören."

Spocks Kiefer mahlten vor Anstrengung. Egal, was geschah. Das wäre das schlimmste für Daria, dessen war er sich bewusst. „Waffe runter, Dex. Und dann verschwinde von hier!"

„Nein, nein, nein!" Mei-Lin lächelte wölfisch. „Er soll rauskommen und sich neben dich stellen."

„Das wird er nicht tun!", rief Spock.

Doch Dexter kam schon um die Ecke und stellte sich neben ihn.

„Du bist ein verfluchter Idiot, Mann!"

„Möglich." Dexter fixierte Mei-Lin. „Ich würde die Braut so gerne abknallen."

Spock kniff die Augen zusammen. „Stell dich hinten an!"

Mei-Lin stand lachend von ihrem Stuhl auf. „So viel Aufmerksamkeit für mich. Das macht mich ganz verlegen.“

„Bück dich, du Schlampe. Dann zeig‘ ich dir etwas, das dich verlegen macht!“ Dexter funkelte sie aus seinen grauen Augen an und zuckte nicht einmal mit der Wimper, als sie auf seinen Schritt zielte.

„Ich denke, das brauchst du sowieso nicht mehr“, erklärte sie. Dann zerfetzte ein Schuss die Luft.

Doch anstatt dass Dexter schreiend zusammenbrach, flog Mei-Lin in seine Arme. Sie schrie schrill und laut.

Erst im zweiten Anlauf sah Spock, warum. Ihre Schusshand war zerfetzt. Blut pulsierte aus dem zerfransten Loch, das dort klaffte, wo einmal ihr Daumen gewesen war.

Zwei weitere Schüsse lösten sich und Mei-Lin brach zusammen. Mit zerschossenen Knien.

Dexter sah verblüfft auf. „Wahnsinnsschüsse, Mann!“

Spock lief zu Daria, die mit der Waffe des Soldaten in der Hand wieder zusammenbrach.

Sie lebte, bei allem was heilig war, sie lebte. Noch.

„Danke“, brachte sie mühsam hervor. Ihre Haut war fast bläulich weiß und ihre Lippen zitterten. Ihr ganzer Körper fühlte sich eisig an.

„Dasha, mein Gott. Sag‘ nichts! Du darfst nicht sprechen.“

„Danke“, wiederholte sie dennoch, blickte ins Leere, ohne ihn zu fixieren. „Danke, Nahimana.“

□

Epilog

Sechs Monate später:

„Sieh' mal, Mummy. Ich kann schon Zöpfe flechten. Siehst du? Siehst du das?"

Kelly kam gefolgt von Nanuk, der ihr die letzten Monate nicht mehr von der Seite gewichen war, die Treppe heruntergehüpft und hielt mehrere Haargummis in der Hand.

Wie immer, wenn Daria ihr Kind sah, lachte ihr Herz und sie dankte Gott dafür, dass sie alle buchstäblich im letzten Moment gerettet worden waren. Mehr als eine noch immer schmerzende Naht an ihrer Schussverletzung und eine weitere Narbe in ihrer Sammlung war nicht zurückgeblieben.

Wieder kam ihr der eigenartigsten Traum in den Kopf, den sie jemals geträumt hatte. Die Nahimana war ihr darin begegnet, kurz nachdem sie unter Mei-Lins Schuss zusammengebrochen war, und hatte ihr gesagt, ja regelrecht befohlen, wieder aufzuwachen. Und tatsächlich hatte sie das Bewusstsein wieder erlangt und Mei-Lin zur Strecke bringen können, die nun in irgendeinem Hochsicherheitsgefängnis verrotten würde.

„Das sieht großartig aus, mein Schatz", sagte sie, indem sie vor Kelly in die Knie ging und über den hellblonden Flaum strich, der ein halbes Jahr nach ihrer Heilung schon eine beachtliche Länge hatte und sich zu wilden, wunderschönen Locken kräuselte.

„Ist Daddy hier? Ich will es ihm auch zeigen."

„Er ist im Dorf unten auf der Baustelle." Jetzt, da Kelly bei ihnen wohnte, hatte es sich Gabriel zur Aufgabe gemacht einen neuen Kindergarten und eine neue Schule zu bauen. Natürlich nicht nur für Kelly, sondern für alle

Kinder im Reservat.

„Dann zeige ich ihm meine Haare nachher. Wenn sie noch länger werden, sehe ich aus wie eine Prinzessin, nicht?“

Sie strich ihr über den Kopf. „Das tust du jetzt schon. Und du *bist* eine Prinzessin. Meine Prinzessin. – Und ich habe ein Geschenk für dich.“

„Ein Geschenk?“ Ihre dunkelblauen Augen leuchteten.

„Ja. Für uns beide, eigentlich.“

Daria ging zur Küchenschublade, holte das schwarze Samtkästchen heraus und ging damit zum Tisch. Kelly saß mit einem breiten Strahlen auf dem Stuhl und konnte es augenscheinlich kaum abwarten, bis Daria das Kästchen öffnete.

Als sie es schließlich tat, entfuhr dem Mädchen ein staunendes „Oh“.

„Das ist eine Halskette“, sagte sie und Daria nickte.

„Ganz genau.“ Sie nahm eine der Ketten und legte sie Kelly um. Dann nahm sie die zweite.

„Warte, Mummy. Ich ziehe sie dir an. Ich kann sie dir anziehen.“

Sie tänzelte um den Stuhl herum und schaffte es tatsächlich den filigranen Verschluss der Halskette zu schließen.

„Jetzt haben wir beide die gleiche Kette und eine ganz besondere Erinnerung, denn das da …“ Sie zeigte auf das Zentrum der Kette. „… ist etwas ganz besonderes. Etwas Altes.“

„Ist es ein Ring?“

„Nein, Schätzchen. Es ist eine Münze. Eine alte chinesische Münze, die eine große Bedeutung für uns hat. Sie ist ein Teil unserer Geschichte.“

Kelly blickte sie mit staunenden Augen an und fuhr mit ihren kleinen Fingern die Münze an ihrem Hals nach.

„Und was ist die Geschichte?“

„Die Geschichte erzähle ich dir, wenn du älter bist. Viel wichtiger ist, was uns die Geschichte sagen will.“

„Und was will sie uns sagen?“

„Dass man nie aufgeben darf, mein Schätzchen. Dass man immer für das kämpfen muss, was gut ist und was man sich wünscht.“ Sie küsste die Stirn ihrer Tochter und sog den kindlichen Geruch ihrer Haut ein. „Dass man alles erreichen kann, Kelly, wenn man nur bedingungslos dafür kämpft. Und nie aufgibt.“

Ende

Danksagung und in eigener Sache:

Meine lieben Leserinnen und Leser,

bevor ich mich bei all denjenigen bedanke, die mir bisher so wundervoll weitergeholfen haben, möchte ich etwas aufschreiben, das mir auf der Seele liegt; etwas, von dem ich hoffe, dass Ihr alle es lesen werdet.

Meine Geschichten sind fiktiv und keine der Personen existiert wirklich, keine Handlung ist etwas Realem nachempfunden, weswegen es mir so viel Freude macht, sie mit all meinen Gedanken zu füllen und mit Figuren, Orten und Handlungen zu beleben, von denen ich hoffe, dass sie euch gefallen.

Was aber sehr wohl real ist, ist die Tatsache, dass so schreckliche Krankheiten wie Leukämie nicht nur in Büchern und Filmen vorkommen, wo sie theatralisch von Hollywoodstars in Szene gesetzt werden.

Ich schreibe das auf, weil ich Euch, meine lieben Leserinnen und Leser, um zwei Dinge bitten möchte.

Zuallererst: passt auf euch auf! Hört auf euren Körper! Behandelt ihn gut und sorgt dafür, dass es auch eurer Seele gut geht! Lasst euch alles angedeihen, was euch schützt. Nutzt die Vorsorgemöglichkeiten, die so viel verhindern können, bevor es eskaliert.

Und meine zweite Bitte richtet sich an diejenigen von euch, die helfen möchten. Nutzt die Möglichkeit der Stammzellentypisierung. Es ist nur ein Wattestäbchen voller Speichel und ein kleiner Umstand. Im Ernstfall sind es ein paar Tage, zehn Spritzen und ein unbequemer Sessel aus Kunstleder, während euch die Stammzellen entnommen werden.

Aber es kann auch ein gerettetes Leben sein. Wertvolle

Jahre, die Ihr einem anderen Menschen zu schenken in der Lage seid. Kein Geschenk ist kostbarer auf dieser Welt!

Und zu guter Letzt möchte ich Euch danken! Ja, Euch! Meinen treuen Leserinnen und Lesern, die ihr mich seit über einem Jahr mit eurer Begeisterung und Unterstützung begleitet und mir so manches Mal der größte und wundervollste Ansporn wart um weiterzuschreiben, den man sich vorstellen kann!

Ich hoffe sehr, dass euch meine Geschichten weiterhin Freude bereiten werden und auch, dass ich mich mit vielen amüsanten, mitreißenden Lesestunden bei euch werde bedanken können.

Wir immer freue ich mich über eure Nachrichten, Mails und Rezensionen und wenn es Fragen oder Kritik gibt, wendet euch jederzeit an mich.

Hier bin ich zu erreichen:

Email: Lara.steel.mail@gmail.com

Facebook:
https://www.facebook.com/pages/Lara-Steel/350798415049851?fref=ts

Twitter:
@Lara__Steel

Eure Lara Steel

□

□

Impressum:

Der Autor ist unter der folgenden Adresse zu erreichen. Es handelt sich bei der Adresse um einen postalischen Weiterleitungsservice der Firma Ideekarree, da der Autor seine private Adresse nicht bekannt geben möchte. Die Firma Ideekarree trägt Sorge für die fristgerechte Weiterleitung der Post an den Autor, sofern diese an folgende Adresse gesendet wurde:

Lara Steel
c/o **IDEEKARREE Medien Leipzig**
Herr Alexander Pohl
Alfred-Kästner-Straße 76
04275 Leipzig
- **PAKETE WERDEN GRUNDSÄTZLICH NICHT ANGENOMMEN! -**

□

Auch erschienen von Lara Steel:

Lost Secrets
LARA STEEL

HEARTBEAT
Lara Steel

7661100R00134

Printed in Great Britain
by Amazon.co.uk, Ltd.,
Marston Gate.